Wolfgang Seehaber

SÜNDFLUT

Der Sylt-Krimi

Friedrich Wittig Verlag

Damit dieses Buch entstehen konnte, brauchte es beratende Helfer:

Danken möchte ich den Polizeibeamten der Zentralstation in Westerland, besonders zwei Oberkommissaren, die mir die polizeilichen Besonderheiten der Insel aufgezeigt und mich mit dem Haus, in dem sie arbeiten, bekannt gemacht haben. Vor allem der Zellentrakt wird mir unvergesslich bleiben.

Weiterer Dank gebührt den Westerländer Hotels, die mir erlaubten, in ihr schönes und einwandfrei funktionierendes Innenleben zu schauen. Mir wurde beeindruckend deutlich gemacht, welch große Rolle Diskretion und Höflichkeit spielen und dass es auf der Insel wirklich eine Philosophie der Gastfreundschaft gibt, die von Noblesse und Großzügigkeit getragen wird.

Gedankt sei auch den Westerländern, die mir in Buchhandlungen und Restaurants wichtige Tipps und Ratschläge über empfehlenswerte Sylt-Literatur oder kulinarische Besonderheiten gaben – ebenso wie der Pathologin Dr. Katharina Peters. Sie hat mich in die Grundlagen der Obduktion eingeweiht, mir auch sonstige medizinische Kenntnisse vermittelt und so das Grauen vor einer Autopsie genommen. Ich habe gelernt, dass der Tod dem Leben dienen kann.

Last but not least nenne ich Kriminalhauptkommissar Heinrich Kordt, der mich über alle ermittlungstechnischen Untiefen gesteuert hat. Auch die größte Neugier meinerseits hat diesen erfahrenen Ermittler nie aus der Ruhe gebracht. Irgendwann hatte ich keine Scheu mehr zu fragen. Sollten mir dennoch Fehler unterlaufen sein, sind es einzig meine Fehler.

Alle Personen sind ebenso wie die ganze Geschichte frei erfunden. Jede Übereinstimmung mit lebenden Personen oder tatsächlichen Begebenheiten wäre rein zufällig.

Wolfgang Seehaber

1

Sie wollte doch ohnehin sterben. Warum also beabsichtigte dieser Mann, den sie nicht in das Zimmer hatte kommen hören, sie zu töten? Er hatte es ihr gesagt. In der rechten Hand trug er eine Art rotes Tuch, lang und mehrfach zusammengefaltet.

„Das ist dein Strang“, hatte der Mann gedroht und das nun einem Seil ähnelnde Tuch hochgehalten.

Griet Suhr hatte diesen Mann schon einmal gesehen, glaubte sie jedenfalls. Aber sie wusste es nicht genau. Vielleicht wohnte er auch in der Süderstraße. Aber die war lang. Und ihre Bewohner wechselten in der Hauptsaison beinahe wöchentlich. Doch, sie kannte diesen Mann. Aber war das jetzt nicht egal? Alles war egal.

„Ich will sowieso sterben“, sagte die Frau.

Der Mann sah sie zornig an. „Das wirst du!“, sagte er. „Bald, sehr bald.“

Sie hatte keine Angst vor ihm. Sie hatte überhaupt keine Angst mehr. Als sie beschlossen hatte, heute, am 14. Juni, aus dieser Welt zu gehen, war alle Angst von ihr abgefallen. Am Morgen hatte sie sich beinahe fröhlich von ihrer Nachbarin und Freundin Inken Mewes verabschiedet, als die aufs Festland musste.

Inken kümmerte sich um Griet, wenn deren Mann wieder einmal auf Montage war. Uwe musste als Ingenieur oft auf Montage, überall in Deutschland, sogar in Österreich oder in der Schweiz. Er galt als ein Spezialist für Brückenbau und war stolz darauf, dass er so häufig gebraucht wurde und gutes Geld verdiente. Der Preis dafür war eben, dass er manchmal wochenlang nicht auf Sylt war. Dann vertraute er Inken seine Frau an und auch dem Pastor von St. Nicolai, Sven Brandt.

In der Nicolai-Gemeinde hatte Griet viel gemacht, nachdem sie vor drei Jahren auf die Insel gekommen waren. Uwes Mutter hatte ihnen ihre Wohnung überlassen. Sie war in ein Altersheim nach Niebüll gezogen. Griet hatte im Kirchenchor gesungen. Sie besaß eine wundervolle Altstimme und hatte auch schon bei Konzerten mehrere Soloauftritte gehabt. Dann hatte Uwe jedes Mal in der dritten Bank ganz breit gelächelt, so wie nur er lächeln konnte. Wie ein Sonnenaufgang über der Insel, hatte sie gedacht.

Sie hatte oft auf der „Himmelsleiter" gestanden und landeinwärts die Sonne aufgehen sehen, als sie noch gesund war. Dann hatte sie immer an Uwes Lächeln denken müssen. Sie hatte zum Hotel auf den Dünen geschaut, vom ersten Morgenlicht getauft, und an die Aufbauten eines Kreuzfahrtschiffes gedacht, das sie in ein Land trug, wo keine Trauer, Angst und Vergeblichkeit angepflanzt wurden und alle Schatten klein und nie kalt waren.

Den Sonnenuntergang mochte sie nicht. Er erinnerte sie an Abschiede. Davon hatte sie zu viele kennen lernen müssen, innere Abschiede, wenn ihr Leben wieder einmal einen Haltepunkt verloren hatte und sie sich wie auf einer Wanderdüne fühlte, ohne festen Stand und zum Verwehen verurteilt. Dabei sind die Lister Wanderdünen so schön, dachte sie oft, wenn einmal wieder einer ihrer inneren Abschiede sie vertrieb. Dann lächelte sie das Lächeln einer verirrten Touristin, die nichts bezahlen konnte.

Im Besuchsdienst hatte sie mitgearbeitet, im Kirchenvorstand Verantwortung für das geistliche und wirtschaftliche Heil der Gemeinde übernommen, Basare zusammen mit anderen vorbereitet, Bibeltexte bei Gottesdiensten vorgelesen. Sie hatte wirklich viel getan in ihrer Gemeinde, vielleicht zu viel. Pastor Brandt hatte das einmal angedeutet: „Frau Suhr, übernehmen Sie sich nicht?"

„Nein", hatte sie dann gestrahlt und bei sich gedacht: Ich habe viel gutzumachen. Ich müsste eigentlich noch viel mehr übernehmen.

Sie hatte ihrem Mann stets eine gute Ehepartnerin sein wollen, so treu und zu allen Opfern bereit wie die sagenhafte Ose, von der ihr Uwe erzählt hatte. Diese Ose war die Frau eines Wenningstedter Bauern gewesen, der auf einer Erntefeier einen

Streit schlichten wollte und dabei einen Mann getötet hatte. Unermesslich erschrocken über seine Tat war er geflohen. Ose verkaufte große Teile ihres Besitzes, um die Schuld zu sühnen, und arbeitete hart, um ihre Kinder durchzubringen. Nach langer Zeit wurde sie erneut schwanger und gebar ein weiteres Kind. Jeder auf Sylt fragte nach dem Vater. Man beobachtete die Frau, folgte ihr überall hin und entdeckte sie schließlich bei ihrem Mann, der sich in einer Höhle inmitten der Dünen versteckt hatte. Jeder hatte ihn weit weg auf dem Festland vermutet. Aber er hatte nie die Insel verlassen und war von seiner treuen Ose versorgt worden. Von so viel Liebe überwältigt, verzieh man dem Mann die Tat. So die Geschichte. Ein Dünental bei Wenningstedt soll nach dieser Ose benannt worden sein.

Griet hatte sich gewünscht, Uwe ebenfalls durch ihre Liebe und Treue frei für das Leben zu machen. Sie hatte es sich gewünscht, bis es anders wurde, alles in ihrer Ehe anders wurde, Liebe und Treue rissig und durchgescheuert wirkten. Hatten das die Jahre getan, die häufige Abwesenheit des Mannes? Oder war sie, Griet, zu wahrer Liebe gar nicht fähig?

„Du bist eine schöne Frau", sagte der Mann mit dem roten Tuch plötzlich. „Und schöne Frauen sind öfter Opfer der Sünde als die, die nicht so gut aussehen. Du hast mit deiner Schönheit häufig Wollust bei den Männern ausgelöst."

„Ich weiß es nicht", antwortete Griet. Ich weiß es doch, flüsterte ihr Gewissen. In den letzten Monaten während ihrer Krankheit hatte ihr Gewissen sie oft angeschrieen und beschimpft, als nichtig, wertlos und schuldig, an allem schuldig, an allem …

Der Ehemann weigerte sich, die Krankheit als solche anzuerkennen, da sein großer Held Uwe Jens Lornsen auch von diesem Leiden befallen gewesen war, wie ihm Griets Arzt verraten hatte, und sich schließlich auf Grund seines unermesslichen Seelenschmerzes im Genfer See ertränkt hatte. Das konnte Uwe einfach nicht akzeptieren, weil sein Held ein Held bleiben sollte.

Sie hatte noch, bevor Inken zu ihrem Morgenbesuch kam, den Abschiedsbrief geschrieben. Uwe würde ihren Tod ganz gewiss nicht verstehen. Er hatte einmal ihr Leid als eine für ihn unverständliche Flucht in einen Irrgarten beschrieben, in den er ihr nicht zu folgen vermochte, es auch gar nicht wollte, aus dem man doch selbst und aus eigener Kraft wieder den richtigen Weg hinaus finden konnte. Später hatte er dann nie nachgefragt, auch jede Berührung mit diesem „seelischen Wirrwarr" vermieden, aber sie dennoch immer wieder geduldig zum Psychiater nach Husum gefahren. Dann musste er wieder auf Montage.

Nun fuhr Inken sie. Manchmal auch Pastor Brandt, wenn er ohnehin auf das Festland musste. Beide hatten sie Schlüssel zu der Wohnung in der Süderstraße. „Es ist besser so", hatte Uwe gesagt und sie fest auf den Mund geküsst. Sie empfand den Kuss als etwas, was ihr nicht mehr zustand, und hatte ihn, als er gegangen war, heftig von ihren Lippen gerieben.

Sie wollte auf See bestattet werden. Das hatte sie auch in dem Brief geschrieben. Es waren beinahe wohlige Gedanken gewesen, als sie daran dachte, wie die *Ekke Nekeppen* mit ihrer Urne an Bord von Hörnum aus Richtung Südwest steuern würde, um außerhalb der Drei-Meilen-Zone zu stoppen, damit ihre sterblichen Überreste dem Meer überlassen werden konnten. Der Kapitän würde das Signal „Letzte Wache" geben, eine Ehrenrunde um den Ort drehen, an dem ihre Asche in den Fluten versunken war, um dann die Bestattung im Logbuch sowie auf der Seekarte zu vermerken. Uwes Vater war auf diese Art beigesetzt worden. Griet hatte damals gedacht, dass der Tod Weite bedeutete. Heute, vor ihrem eigenen Tod, dachte sie es wieder. Aber es war nicht mehr so wohlig, weil der Mann da war, der sie vor ihrem Sterben töten wollte.

„Sie müssen mich nicht umbringen", sagte sie von ihrem Stuhl am Fenster aus.

Die Sonne warf sehr viel Licht gegen die zugezogenen Gardinen. Als sie heute Morgen ganz früh, schon mit dieser Gelassenheit, ja, Fröhlichkeit ausgerüstet, aus der Tür geschaut hatte, war der Himmel ganz hell, nahezu weiß gewesen. Ich brauche so dringend einen hellen Himmel, hatte sie gedacht.

„Doch, ich muss", erwiderte der Mann vom Bett her. „Du kannst deine Sünde nicht von dir aus tilgen. Das muss ein Gericht von außerhalb tun. Kein Angeklagter richtet sich selbst. Er wird gerichtet. Ich bin dein Richter, dein Ankläger und dein Henker. Bei Strafverfahren wie deinem muss das alles ein Mensch tun. Mehr Menschen würden nur Verwirrung stiften, wo doch alles so eindeutig ist. Mein Recht stammt von den Gesetzen einer uralten Kirche her. Mein Recht ist göttliche Gerechtigkeit. Verstehst du das? Und", hatte er düster hinzugefügt, „die Art des von dir gewollten Sterbens bedeutet doch nichts als eine eigene Verdammnis vor der göttlichen Verdammnis, und keine Sühne. Doch um Sühne geht es. Es geht immer um Sühne, wenn die von Gott geschaffene Welt noch eine Chance haben soll."

Der Mann hatte hoch aufgerichtet gesprochen, obwohl er saß. Doch er wirkte auf die Frau so riesig, als hätte er Allmacht bei sich.

„Nein", zitterte Griet plötzlich. Aller Friede, den sie vor wenigen Stunden noch empfunden, endlich wieder empfunden hatte, zerstob. „Nein", weinte sie.

„Nein, du verstehst es wirklich nicht, du Todsünderin", wütete der Mann jäh von der Bettkante her. Er erhob sich und trat hinter sie. Nun schien er das Zimmer wie der Schatten zu füllen, den das Höllenfeuer warf.

„Wirst du dich wehren?", fragte er. „Wirst du dich wehren? Das würde alles viel schwerer machen, auch deine Sünden. Demut beim Vollzug der gerechten Strafe lässt sie ein wenig leichter wiegen."

„Ich werde mich nicht wehren", ließ sie ihr Weinen ganz behutsam ausklingen und war plötzlich voller Ergebung. „Ich werde mich bestimmt nicht wehren", flüsterte sie einen letzten Stolz.

Sie tat es wirklich nicht, obwohl es ein entsetzliches Sterben war und sie es nicht verstand. Die Sommersonne zog all ihr Licht von ihr fort. Das Letzte, was sie hörte, war das Schnaufen des Mannes, als er das Tuch um ihren Hals zuzog, dann seine Worte: „Gepriesen sei der Herr!"

Eine Silbermöwe kratzte mit ihren Schwingen an der Fensterscheibe entlang und kreischte. Der Mann erschrak nicht. Er tat es gerne, was er tat. Für ihn geschah Recht und Gerechtigkeit. Ich werde immer freier, dachte er.

Dann verließ er das Haus, schloss die Tür ab und legte den Schlüssel unter den mit Kamtschatka-Rosen bepflanzten Bottich nahe der Regentonne. Die Rosen dufteten aufdringlich. Bauernrosen, dachte der Mann verächtlich. Wie die tote Frau da drinnen. Sie wucherten überall. Die Sünden wucherten überall. Und manche stanken wie die Rosen hier. Griet Suhr hatte bei ihrem Sterben nicht gestunken. Der Mann bedauerte es.

2

Kriminalhauptkommissar Stefan Mommsen, 44 Jahre alt, ein mittelgroßer, schlanker, fast graziler Mann, ganz in Schwarz gekleidet, streifte sich Latexhandschuhe über seine Hände, gepflegte, langfingerige, nervige Hände, die Frauen gefielen. Aber das wusste der Hauptkommissar nicht. Er wusste privat überhaupt nichts mehr von Frauen, seitdem seine Iris vor fünf Jahren von einem betrunkenen Autofahrer auf der Kieler Feldstraße zu Tode gebracht worden war. Sie war mit ihrem Fahrrad auf dem Heimweg gewesen. Ein dunkelblauer BMW hatte sie gestreift. Ihr Körper war so unglücklich auf den Kantstein geschlagen, dass sie sich zahlreiche innere Verletzungen zugezogen hatte. Doch sie hätte überleben können, hatten die Mediziner später festgestellt, wenn der Unfallfahrer angehalten und einen Notarzt gerufen hätte. Doch der Mann hatte die Schwerverletzte einfach liegen lassen. Als sie 20 Minuten später gefunden wurde, war alles zu spät und für Stefan Mommsen vieles unwiderruflich vorbei, wie die Liebe etwa.

Die Kollegen hatten den BMW-Fahrer ausfindig machen können. Und Mommsen hatte seinen damaligen Kieler Mentor und Freund, den Ersten Hauptkommissar Carsten Harprecht, dazu bewegen können, ihn mit dem Unfallflüchtigen für einige Zeit im Verhörzimmer alleine zu lassen. Harprecht hatte lange gezögert. Doch als das Flehen in der Stimme Mommsens in die Verzweiflung abzukippen drohte, hatte er zugestimmt, sich aber vor das Fenster gestellt, das Einblick in das Verhörzimmer bot.

Mommsen hatte zu seinem Gegenüber nur zwei Sätze gesagt: „Sie haben meine Frau getötet. Sie hätten sie retten können." Danach hatte er den Mann geschlagene zwei Stunden lang mit seinen eisblauen Augen angestarrt, der sich in Entschuldigungen wand, um Verständnis hechelte, Erklärungen hinaussabberte, während Mommsen weiter bewegungslos dasaß und seine hellen Augen dem anderen bald wie Blendlampen vorkamen.

Kollegen hatten Harprecht draußen dazu bringen wollen, die ganze Sache abzubrechen. Doch der Erste Hauptkommissar hatte nur seinen Kopf geschüttelt und gesagt. „Er braucht das jetzt. Wenn ich ihn das nicht tun lasse, geht uns ein guter Polizist verloren."

Nach zwei Stunden schließlich war der Unfallfahrer in ein schreiendes Weinen ausgebrochen. Daraufhin war Mommsen aufgestanden, an dem Mann vorbeigegangen und hatte geflüstert: „Ich weine viel mehr als Sie."

Dann hatte er den Raum verlassen.

Eine Woche später hatte er um seine Versetzung nach Flensburg gebeten.

Nun zog er sich also Latexhandschuhe über seine Hände, um zum wiederholten Male einen Tatort zu betreten. Er war von seinem Flensburger Vorgesetzten zum Sachbearbeiter für den Westerländer Fall ernannt worden. Sylt gehörte zu ihrem Bezirk. Mommsen hatte darum gebeten, jenes Team mit auf die Insel nehmen zu dürfen, mit dem er schon mehrfach gut und erfolgreich zusammengearbeitet hatte.

Hinter ihm stand seine Vertreterin, die Hauptkommissarin

Carola Bunge, 36 Jahre alt, vier Zentimeter kleiner als Mommsen. Sie wirkte ebenfalls schlank, sportlich, das lange, dunkelbraune Haar sorgfältig zu einem Pferdeschwanz gebündelt, das Gesicht hochwangig, die Nase schmal, der Mund von sehr vollen Lippen gesäumt, was sie manchmal schmollend aussehen ließ. Aber sie schmollte nie. Dazu war sie zu sachlich, zu verstandesgelenkt, analytisch, vorsichtig bei jedem ihrer Urteile, von einer schnellen Auffassungsgabe und von ihrem Beruf nahezu vollständig besetzt. Doch manchmal brach sie einfach aus. Sie roch nach einem klaren, herben Parfum.

„Und?", fragte sie ihren Chef mit einer Stimme, dunkel, dennoch sehr akzentuiert. „Eine Frau will sterben und wird am Tag ihres geplanten Suizids umgebracht. Ist das ein makabrer Scherz, den wir nur nicht verstehen? Eine schreckliche Absurdität? Sterbehilfe? Dafür allerdings ziemlich grausam ausgeführt. Wollte die Frau auf Nummer sicher gehen? Zufall? Oder hängt da irgendeine religiöse Angelegenheit mit drin? In der Wohnung wimmelt es von frommen Schriften aller Art. Dazu gleich drei Bibeln. Alles verschiedene Übersetzungen und oft benutzt, haben mir die Spurensicherer gesagt."

„Frau Bunge", sagte Mommsen leise – er sprach oft leise, was nicht nur seine Mitarbeiter manchmal nervös machte, sondern auch zu verhörende Verdächtige –, „ich denke, Sie haben alle Möglichkeiten aufgezählt, an die ich auch gedacht habe. Aber da wir erst ganz am Anfang stehen, wird sich im Verlauf der Ermittlungen vermutlich noch eine Reihe weiterer Tötungsgründe auftun. Noch kennen wir kein Motiv, vor allem weil uns das Leben der Ermordeten bislang nahezu völlig unbekannt ist. Wissen Sie etwas von dem Innenleben, den Verbindungen und Verknotungen im Dasein des Opfers? Ich nicht? Aber das wird sich ändern."

Mommsen sah den Erkennungsdienstlern in ihren weißen Overalls bei ihrem Tun zu. Sie wirkten beinahe autistisch während all ihren Handlungen, so konzentriert und ausschließlich waren sie bei der Arbeit, zumeist wortlos. Und wenn gesprochen wurde, dann nur in kurzen, abgehackten Sätzen, die Zurufen glichen. Der Hauptkommissar respektierte die Spurensicherer über alle Maßen, weil sie es waren, die mit ihren manchmal winzig kleinen Fundsachen oft das Fundament für die Lösung eines Falles bauten.

Er schaute auf den Fotografen, der vorsichtig durch den Raum turnte, manchmal in die Knie ging oder sich seitwärts verrenkte, um möglichst viele aussagekräftige Fotos zu machen. Überall lagen oder standen kleine Schilder mit Nummern darauf, als gelte es, eine Mathematikaufgabe zu lösen.

„Kann ich schon in das Wohnzimmer?", flüsterte er.

Ein Erkennungsdienstler nickte. „Mit dem sind wir durch. Immerhin waren wir mehr als drei Stunden früher als Sie vor Ort. Der Abschiedsbrief liegt übrigens auf dem Sekretär da hinten neben dem Fenster. Die Wohnzimmertür war geschlossen, als wir kamen."

„Wo sind die anderen Flensburger und die beiden Westerländer Kripoleute?", atmete Mommsen die Frage mehr, als dass er sie sagte. Doch Carola Bunge war mittlerweile mit ihrem Hörvermögen auf die geringe Lautstärke, die von ihrem Chef sprachlich auszugehen pflegte, derartig gepolt, dass sie alles beim ersten Mal verstand, was er flüsterte. Sie hatte begriffen, dass der Hauptkommissar mit seiner Art des Redens keiner Marotte nachhing, sondern derart weit auf der Seite des Zuhörers stand, dass er dem Sprechen zu wenig Wert beimaß. Seine ständig schwarze Kleidung, hatte sie gelernt, war ebenfalls kein Spleen von ihm, auch nicht Ausdruck der Trauer um seine verstorbene Frau, sondern diente einzig der Unauffälligkeit, dem in den Hintergrund Rücken.

Mommsen ermittelte nie offensiv. Er war der, der abzuwarten verstand, der beobachtete, und das mit allen Sinnen. Seine Sprechpausen waren manchmal außerordentlich schwer zu ertragen, auch sein mangelndes Mitteilungsbedürfnis. Mit einem Mommsen befreundete man sich nur schwer. Und ein Kumpel war er nie. Kaum jemand hatte ihn jemals laut lachen gehört.

Auch sein Lächeln fiel stets sehr schmal aus. Er war höflich, zuvorkommend, hilfsbereit, und das alles so unaufdringlich, dass es die Betroffenen kaum spürten. Nie hatte er einen seiner Beamten stimmgewaltig kritisiert oder sogar heruntergeputzt. Er bat nur stets leise darum, den Fehler nicht noch einmal zu machen. Auch ein Fehler sei Lehrmaterial.

Der Hauptkommissar stand am Fenster, durch dessen Glas die gleißende Sonne nahezu schmolz. Draußen herrschte stets ein erfrischender Westwind, der die Stadt und die Insel von allen Luftverunreinigungen befreite. Und er hatte viel zu befreien. Die Beamten hatten die Autoschlangen gesehen, die sich durch die Straßen der Neuntausend-Einwohner-Stadt quälten. Dennoch roch es kaum nach Abgasen. Der Westwind kam Mommsen, als er von der polizeilichen Zentralstation am Kirchweg in die Süderstraße gegangen war, wie ein Riesenventilator vor, in unergründlicher Ferne von einer klugen Macht angebracht, der hinter jedem Auspuff sofort den Rauch fortwirbelte. Hier drinnen im Zimmer quoll die Hitze allerdings wie feuchtsatter Saunadampf und machte das Atmen schwer.

Der Hauptkommissar las den in eine Plastikmappe gelegten Abschiedsbrief der Griet Suhr, gerichtet an ihren Mann Uwe, und war tief bewegt. Aus ihm sprach eine Verzweiflung, die der Beamte kaum auszumessen wagte. Die Worte wirkten wie verhungert, ohne Hoffnung, ohne Gnade, die Liebe künstlich und schwächlich aufgepäppelt, doch in Wirklichkeit gar nicht vorhanden. Skeletthaft flehten die Buchstaben um Verständnis, waren aber viel zu abgemagert, um es wecken zu können. Eine Sterbende, eine gestorbene Sterbende, dachte Mommsen, spricht zu ihrem Mann, als hatte sie sich vorher immer nur das Dasein einer Toten vorstellen können.

Lieber Uwe, begann der Brief. *Ich muss nun den Weg deines Helden Uwe Jens Lornsen gehen. Doch er war kein Held, als er diesen Weg ging. Ich bin es auch nicht …*

„Wer war dieser Uwe Jens Lornsen?“, fragte er.

„Unser großer Freiheitsheld“, dröhnte von der Tür munter

der Westerländer Hauptkommissar Martin Krüger, rotwangig, hünenhaft, blondhaarig, wie es sich für einen echten Friesen gehörte. Mommsen missbilligte sowohl die Lautstärke als auch die wuchtige körperliche Präsenz des Polizisten. „Der Mann hat einige Rechte mehr für die Schleswig-Holsteiner dem Dänischen Königshaus abtrotzen wollen, war nur ein paar Tage lang Sylter Landvogt, wanderte dann für ein Jahr in den Bau, zog anschließend durch die Welt, war sogar in Brasilien, glaube ich. Nach Lornsen heißt alles Mögliche bei uns: Straßen, im Norden Westerlands ein Wäldchen, sogar die größte Düne auf Sylt. Die müssen Sie mal besuchen, Herr Mommsen, unsere Uwe-Düne, fast 53 Meter hoch und eine fabelhafte Aussicht von dort oben. Wirklich fabelhaft!“

„Ach ja?“, flüsterte der andere Hauptkommissar, und „Danke“.

„Übrigens“, dröhnte es erneut von der Tür her. „Die Unterbringung ihres Teams habe ich gesichert. Morgen, am Samstag, ist hier Bettenwechsel. Und da habe ich für Sie und Ihre Kollegin noch zwei Zimmer im *Marin*-Hotel an der Elisabethstraße buchen können. War ein reiner Glücksfall. Zwei Gäste haben kurzfristig abgesagt. Gutes Hotel. Wirklich gutes Hotel. Ja, und die beiden anderen, die können bei Kollegen nächtigen. Gar kein Problem. Gar kein Problem.“

„Nochmals danke“, erschöpfte sich Mommsens Stimme völlig an dem Dröhnen des Westerländers.

„Einen Teil der Straße haben wir bereits durchgefragt“, schallte es weiterhin unnachgiebig von der Tür her. „Die wenigen Touristen, die wir angetroffen haben, wussten nichts. Die Hausbesitzer, die wir in ihren Kellern oder Garagen aufgestöbert haben, wo sie während der Saison zumeist leben, um ihre Zimmer für die Gäste freizuhalten, die wussten gar nichts. Gar nichts!“ Die mächtige Stimme Martin Krügers ertrank in der feuchtigkeitssatten Saunaluft. Mommsen atmete aus. Hauptkommissarin Bunge blickte ein wenig verstört, weil sie sich von der Schweige-Sprache ihres Chefs so schnell auf die Brüll-Sprache des Sylter Beamten umstellen musste.

„Ist denn die nette Nachbarin von Frau Suhr, diese Inken Mewes inzwischen zu Hause?", wisperte Mommsen.

„Wie bitte?", röhrte Krüger.

„Ich schau einmal nach", sagte Carola Bunge und suchte nach einer Erklärung für die Nebelhornstimme des Insel-Kollegen. Es müssen die Stürme sein, beschloss sie. Die Beamten hier müssen eben andauernd gegen Stürme an ermitteln.

Sie klingelte an der Nachbartür. Eine Frau öffnete ihr, etwa so alt wie die Kommissarin, apart, ohne eigentlich schön zu sein, aber anmutig, irgendwie duftig, dachte die Kriminalistin. Sie war geschmackssicher gekleidet, hatte ein kluges, schmales Gesicht, tiefbraune Augen, darüber kunstvoll kurz geschnittenes blondes Haar. Aber alles zusammen wirkte irgendwie verrutscht oder war am Verkümmern, kam es der Kommissarin vor.

Aus der Frau strömte die Trauer nahezu und drohte, die Polizistin mitzureißen. „Könnte mein Chef gleich einmal bei Ihnen vorbeikommen?", fragte Carola Bunge und hätte am liebsten die Frau vor sich tröstend umarmt, vielleicht auch, um sich selbst ein wenig zu trösten.

„Ja, natürlich", tropfte Schmerz.

Die beiden Beamten saßen in einem bunten Wohnzimmer, nicht grell bunt, sondern pastellfarben. Kissen, Polster, Decken, Bilder, Vasen, Blumen, alles in lebensfrohem Pastell, nur warme Töne, gelb, braun, ocker, orange, sienarot. Nichts drängte das Zimmer zusammen. Alles schien es zu weiten. Am offenen Fenster spielte der Meereswind mit lindgrünen Gardinen.

Inken Mewes kauerte auf einem dünengelben Sofa. Ihr zugewandt saß ein etwa 30-jähriger Mann und fuhr der Frau immer wieder sanft über den Rücken.

„Das ist mein Freund Karl Severin", hauchte die Frau durch ihre Trauer hindurch. „Er ist aus Hamburg zu Besuch auf Sylt. Ein Schriftsteller. Ich schreibe auch. Aber lange nicht so erfolgreich wie er." Die Stimme verwehte.

Der Wind zupfte an dem hellen Haar des Mannes, kämmte es

ungebärdig, wehte es ihm in die hohe Stirn, über die grünen Augen. Trotz des warmen Wetters war er mit einem teuer aussehenden, beigefarbenen Anzug bekleidet, darunter ein hellblaues Hemd, eine braungelbe Krawatte, im ebenmäßigen Gesicht ein Ausdruck von Fassungslosigkeit, der um ein nötiges Maß an Höflichkeit kämpfte.

„Verstehen Sie", bat eine sonore Stimme, „wir haben zwar damit rechnen müssen, dass Frau Suhr wegen ihrer schweren Krankheit einen Suizidversuch unternimmt. Aber ein Mord ... Das ist, das ist ... " Die Stimme zerbrach. Der Mann lehnte sich schwer gegen das Sofapolster.

Man kann ihn kaum in sich festmachen, dachte Mommsen.

Würde ich ihn auf der Promenade treffen, ich würde ihn nicht wiedererkennen, dachte Carola Bunge. Dabei sieht er gut aus.

„Ich bin Frau Suhr durch Inken nur einmal begegnet", setzte der Schriftsteller neu an. „Da war sie noch nicht krank. Und sie ist mir damals als eine überaus liebenswerte Frau vorgekommen, bescheiden, hilfsbereit, nie kokett, trotz ihrer Schönheit. Ja, ich fand, sie war schön, auf eine eigene Art schön. Sie hat sich sehr für ihre Mitmenschen eingesetzt, weiß ich von Inken, vor allem in der Nicolai-Kirche. Ihr Mann konnte wegen seines Berufes ja oft nicht bei ihr sein. Und da hat sie sich eben Aufgaben gesucht, äußerst sinnvolle Aufgaben. Sie wirkte auf Menschen sehr einladend, haben alle, die sie kannten, empfunden. Beschreibe ich sie damit richtig, Inken?"

Doch Inken Mewes war zu tief in ihrem Schmerz versunken, um für irgendeine Frage zugänglich zu sein. Sie weinte völlig lautlos. Die Wimperntusche malte ihr schwarze, gewundene Striche auf das Gesicht. Das Lippenrot war verwischt. Das Gesicht erschien dadurch zerrissen und verwundet.

„Ich habe Griet heute Morgen noch gesehen", wimmerte sie mit einer ganz kleinen Stimme. „Da wirkte sie so gelassen auf mich wie schon wochenlang nicht. Und dann bin ich viel früher zurückgekommen, als ich geplant hatte, weil ein Zug ausgefallen war. Und ich habe sie gefunden." Die Worte gurgelten mittlerweile mit Tränen. „Sie hat auf diesem Stuhl am Fenster gesessen. Ich habe mehrmals ihren Namen gesagt. Aber sie hat sich nicht gerührt. Da bin ich zu ihr hingegangen und habe ihr Gesicht gesehen. Alles Qual, nur Qual, nur Qual ... "

Die Stimme ertrank.

„Wann war das?", summte Mommsen.

„Um halb eins ungefähr", tauchten die Worte mühsam auf.

„Wir kommen später noch einmal vorbei, wenn Sie sich besser fühlen", bestimmte die Hauptkommissarin.

„Sind Sie der Autor von *Amors Bastarde* und *Mammon Manie?*", flüsterte Mommsen in Richtung Severin. „Gut geschriebene Bücher. Ausgezeichnet recherchiert. Und Ihr Genre, die Roman-Reportage, äußerst interessant. Bei der Beschreibung der Sexindustrie wirken Sie keinen Moment voyeuristisch. Und das Gebaren unserer Großbanken haben Sie hervorragend durchschaubar gemacht. Kompliment! Haben Sie vor, einen Bücherzyklus über die Grundübel unserer Zeit zu schreiben, sozusagen über die mittelalterlichen Todsünden? Wollust und Maßlosigkeit haben Sie ja schon angeprangert."

Carola Bunge war zutiefst erstaunt über diese lange Rede ihres Chefs. Für dessen Verhältnisse glich das schon einem Wortерguss. Entweder, dachte sie, ist er wirklich von diesem Autor so begeistert – sie fand dessen Bücher übrigens auch sehr gut –, oder er führte irgendetwas im Schilde, was sie nur noch nicht auszumachen vermochte, sich auch überhaupt nicht vorstellen konnte. Der Mann war doch nur ein Sylt-Besucher, dazu ein exzellenter Schriftsteller und ein Freund der ebenfalls schriftstellernden Nachbarin.

„Sie sind ein sorgfältiger Leser, Herr Hauptkommissar", klang Severin wieder sicher und sonor. „Ja, ich habe mir schon gedacht, über die Grundübel unserer Zeit meine Roman-Reportagen zu schreiben. Der Begriff Todsünden ist mir dabei allerdings nicht in den Sinn gekommen, obwohl ich religiös nicht ganz unbewandert bin. Ich habe einmal für einige Semester Theologie studiert. Aber das war in einem ganz anderen Leben.“ Er lächelte müde, als wäre er soeben lange gereist. „Ich recherchiere hier gerade für ein Essay, um das mich die *Frankfurter Allgemeine* gebeten hat. Und auch da soll es um die Grundübel oder Todsünden, würden Sie sagen, gehen, die hier auf Sylt, glaubt der zuständige Kulturredakteur, besonders komprimiert anzutreffen sind. Man mag da ruhig anderer Meinung sein. Übrigens, meine Freundin Inken Mewes ist keineswegs eine so schlechte Autorin, wie sie immer von sich behauptet. Sie hat bereits ein hervorragendes Kurzgeschichten-Buch herausgebracht, dazu ein sehr gutes Lyrik-Bändchen, und wird uns wohl demnächst mit ihrem ersten Roman überraschen. Ich war gleich, als ich sie das erste Mal bei einer Lesung hier im Alten Kursaal erlebte, restlos begeistert von ihrer Sprache, ihrer Phantasie, ihrem Einfühlungsvermögen.“

Inken Mewes weinte immer noch still und wirkte von Minute zu Minute verletzter, als wäre sie zwischen feindliche Fronten geraten und alle hätten es auf sie abgesehen.

„Ich bleibe bei ihr“, beruhigte Severin, als er den besorgten Blick der Hauptkommissarin bemerkte. „Und wenn Sie mich einmal alleine sprechen wollen, ich wohne im Hotel *Miramar,* direkt an der Promenade, in diesem wunderschönen Jugendstilhaus. Ich liebe es und steige dort immer ab, wenn ich auf Sylt bin. Sie werden es nicht übersehen können. Denn so viele architektonische Perlen sind an der Westerländer Promenade nun wirklich nicht aufgereiht.“

„Danke für Ihre Zeit und Ihre Auskünfte“, sprach Mommsen.

„Keine Ursache“, lächelte Severin und umarmte Inken Mewes sehr fest.

„Der Mann ist wirklich gut“, sagte der Hauptkommissar draußen.

„Ich weiß“, erwiderte Carola Bunge. „Wirklich gut.“

„Habe ich da ein Fragezeichen gehört“, wisperte der Kriminalist gegen den Westwind an. Er hielt sein Gesicht in die erfrischende Brise. „Die Luft hier sollten sie in Dosen einmachen“, sagte er.

„Die könnten Sie und ich dann bestimmt nicht bezahlen", erwiderte seine Kollegin, um anschließend zu fragen: „Ist Ihnen der Herr Severin auch wie ein Chamäleon vorgekommen?"

„Ja", antwortete Mommsen. „Ein sympathisches Tier und außerordentlich überlebenstüchtig."

Als sie in die Wohnung von Griet Suhr zurückkehrten, waren die Spurensicherer immer noch bei der Arbeit.

„Sechs verschiedene Fingerabdrücke haben wir feststellen können", meldete einer der Beamten. „Die Wohnung wirkt nicht sonderlich gepflegt. Aber das ist bei der schlimmen Krankheit der Frau wohl auch kein Wunder", bedauerte er. „In der Nachttischschublade befanden sich so viele Schlaftabletten, dass sie sich zweimal damit hätte umbringen können, sagt der Arzt. Ach ja, und dieses Heft könnte Sie interessieren."

Er gab Mommsen eine kleine Broschüre, bunt aufgemacht, viele ineinander verschlungene Hände auf dem Titelblatt, darüber der Titel in einem tiefen Blau: *Die Geschwister erzählen.*

„Ich habe da schon einmal kurz reingeguckt", meldete sich noch einmal der Erkennungsdienstler. „Diese *Geschwister,* die sind eine Gruppe, die allein durch ihr vorbildliches Leben eine kleine Welt nach der anderen verbessern wollen, einzig gelenkt von den Worten der Bibel. Keine Sekte, habe ich den Eindruck. Alles klingt vernünftig und nach einer tiefen Religiosität. Überhaupt kein Fanatismus, kein sich selbst auferlegter Zwang, unbedingt missionieren zu müssen. Auf der vorletzten Seite sind dann die Grundübel unserer Zeit aufgezählt. Und ihnen werden Grundwohltaten entgegengestellt. Ganz interessant."

„Wieder diese Grundübel", murmelte Mommsen, „wahrscheinlich identisch mit den Todsünden des Mittelalters. Und keiner will diese Identität zugeben."

Er schlug die Seite auf und las tatsächlich: *Hochmut, Geiz, Wollust, Neid, Maßlosigkeit, Zorn und Trägheit.* Vielleicht fassen diese sieben Laster, oder wie man sie sonst nennen soll, wirklich die Grundschäden unseres Lebens und der Welt zusammen, dachte er. Aber er mochte es nicht. Er verabscheute Zusammenstellungen der menschlichen Schlechtigkeiten. Er erlebte sie zu oft.

Dann las er die Grundwohltaten. Sie waren größer gedruckt als die Sünden, und auch nicht in Schwarz, sondern in einem hellen Grün:

Demütig sein und sich klein machen, damit die anderen größer wirken können. Großzügig sein, schenken, was man aus einem übervollen Herzen gerne verschenkt. Den Leib als Tempel Gottes rein halten und die Sexualität leben, um der Welt neues Leben zu schenken, dabei das Wunder der körperlichen Freude heiligen und sich darüber klar sein, dass Wunder nur in begrenztem Maße geschehen, vom Herrn ausgerichtet. Den anderen Menschen alles gönnen und daran denken, dass jedem Menschen alles Gute zusteht. Sich bescheiden mit dem, was einem gegeben ist, weil es genug ist, wenn man es einmal wertet. Gott gibt jedem, was er braucht, wie den Vögeln unter dem Himmel und den Lilien auf dem Felde. Den Frieden vorleben und dabei ganz klein anfangen, nämlich bei sich selbst. Wir nehmen uns an, dann vermögen wir auch andere anzunehmen. Wir begreifen die Zerstörung, die jeder Streit, jeder Krieg anrichtet. Wir begreifen, dass Unfrieden nur Verlierer schafft. Und nie ruhen wir uns auf dem aus, was wir bislang geschafft haben. Wir sind nicht selbstzufrieden. Wir schauen, wo man uns braucht. Wir entdecken, dass man uns fast überall benötigt. Und dann gehen wir hin und tun. Wir tun es in Gottes Namen.

Mommsen nickte, als er alles gelesen hatte. Dumm klang das wahrlich nicht. Er selbst würde sich als religiösen Menschen bezeichnen. Seine Frau Iris war tief gläubig gewesen. Zusammen hatten sie damals während der Kieler Zeit in einem Gospelchor mitgewirkt, er als Begleiter am Klavier. Nur das mit der Sexualität hatte für ihn etwas sektenhaft Prüdes. Aber möglicherweise war er durch Presse und Fernsehen schon viel zu deutlich auf die erotische Libertinage gepolt worden. Er hatte seit dem Tod von Iris mit keiner Frau mehr geschlafen. Und es fehlte ihm auch nicht, meinte er. Vielleicht lagen da die *Geschwister* sogar richtig.

Dann fiel ihm ein handgeschriebenes Wort in blauer Tinte auf, Druckbuchstaben: *ACEDIA,* entzifferte er. Es stand genau unter dem siebenten Grundübel, der Trägheit, und war unterstrichen. Ebenso wie die Wollust, entdeckte er.

„Weiß jemand, was Acedia bedeutet?“, fragte er leise in den Raum und sah sich seitwärts bewegende Köpfe.

Die beiden Flensburger Beamten – Kriminaloberkommissar Peter Gadamer, 34 Jahre alt, ein untersetzter, muskulöser Bullterriertyp, der sich genauso festzubeißen vermochte wie der Hund, dem er ein wenig ähnelte, braunhaarig, die Ruhe in Person, und der Jüngste im Team, auch der Größte mit seinen 1,92, der 30-jährige Kriminalkommissar Bastian Knaack, schlank, sportlich, dunkelblondes Haar, das stets verwuschelt aussah, als wäre ihm gerade eine hübsche Frau darüber gefahren (hübsche Frauen waren eine Leidenschaft des Jungkommissars) – schauten Mommsen besorgt an. Gadamer fragte: „Wird das hier ein Fall mit Religion? Dann gnade uns Gott! Wer von uns kennt sich schon mit Himmel und Hölle aus?“

„Haben die Befragungen im Umfeld etwas gebracht?“, wollte der Hauptkommissar wissen, während er verärgert auf Gadamer blickte. Solche Bemerkungen, wie sie der Beamte eben von sich gegeben hatte, dienten nur dazu, die Moral der Ermittler zu durchlöchern. Und eine gute Moral war die erste Vorbedingung für eine erfolgreiche Untersuchung. Aber leider hatte er Recht, der Oberkommissar, grummelte es in Mommsen. Religion und Mord waren eine Verbindung, wie es sie schwerer zu durchschauen kaum gab.

„Viele Touristen und keine Auskünfte“, gab Knaack schnaufend bekannt. „Die Insulaner selbst sehen nur Touristen, sehen auf sie, sehen sich nie vor ihnen vor und sehen ihnen alles nach, aber haben nichts gesehen, was uns helfen könnte.“

Die beiden Beamten zeigten gerötete Gesichter vor, glühten Engagement und mochten den kühlenden Westwind.

„Die Westerländer Kollegen haben uns in ihrem Gebäude am Kirchweg einen Raum zur Verfügung gestellt", flüsterte Mommsen, „in dem wir uns besprechen können. Das sollten wir heute Abend um 20.00 Uhr tun. Ich möchte die beiden hiesigen Beamten, die uns bis jetzt schon so tatkräftig unterstützt haben" – er lächelte das Lächeln eines scharf gezogenen Striches –, „dazu bitten. Wir sind auf ihre Kenntnisse, was Westerland und die Insel angeht, dringend angewiesen. Die Spurensicherer werden uns bis dahin einen vorläufigen schriftlichen Bericht zukommen lassen. Die tote Griet Suhr ist in die Nordseeklinik verbracht worden, kurz nach ihrer Auffindung, nachdem die Erkennungsdienstler ausreichende Fotos gemacht und sowohl die Raum- als auch die Körpertemperatur gemessen haben." Er holte tief Luft.

Die langen Reden nehmen bei ihm auf Sylt überhand, dachte die Kriminalhauptkommissarin Carola Bunge, aber nicht respektlos, nur höchst erstaunt. Die Insel macht wohl frei und Mommsen übt sich in Sprach- FKK. Das war respektlos gedacht. Und sie zog ein aufkeimendes Lächeln blitzschnell in ihren Kopf zurück.

„Frau Bunge möchte ich bitten, bei der morgigen Obduktion dabei zu sein. Sie hat das ja schon oft gemacht und besitzt dafür sowohl den richtigen Magen wie auch weitreichende Kenntnisse. Morgen 10.00 Uhr", wisperte Mommsen seiner Stellvertreterin zu, die dachte, denke nie respektlos über deinen Chef, wenn irgendeine Autopsie auch nur in weitester Ferne droht. Sie mochte ihre Beobachterrolle dabei überhaupt nicht, war aber immer wieder zu den Leichenöffnungen geschickt worden, wohl weil sie jedes Mal hinterher so burschikos-lakonisch darüber berichtet hatte, dazu auch noch medizinisch äußerst korrekt. Eine Obduktion kam ihr immer wie eine Lästerung vor, wie ein furchtbarer Eingriff in die Schöpfung, ähnlich der Erprobung von Waffen, die die Erde entsetzlich verletzten. Und alle sagten: Das ist notwenig. Eine Autopsie war wichtig, das gab sie zu. Aber sie hatte hinterher immer das Gefühl, in eine

Kirche gehen zu müssen, um zu beten und um Entschuldigung zu bitten. Manchmal hatte sie das auch getan, aber mit niemandem darüber gesprochen. Sie wollte weiterhin als die ausgebuffte Kriminalbeamtin gelten. Mommsen hatte sie einmal zufällig in der Flensburger Marienkirche beten sehen, als ihm auch danach gewesen war. Er hatte sich unbemerkt zurückgezogen und seine Beamtin künftig mit noch mehr Achtung behandelt.

„Jetzt werden die Flensburger erst einmal ihre Quartiere beziehen", atmete der Chef aus. „Unsere Sachen stehen alle im Polizeihaus."

Obwohl der Abend sich langsam über die Insel senkte, strahlte die Sonne immer noch irgendwie ein Mittagslicht und ließ die von ihr ausgesandte Wärme vom nimmermüden Westwind kühlen. Es roch nach Fisch, nach Salz, etwas säuerlich nach dem nahen Meer. Der Himmel trug die Farbe einer blühenden Heide zwischen den Dünen, rötlich, ein wenig Blau dazwischen, etwas Gold eingesprenkelt. Hörte man über die Motorengeräusche und das menschliche Geplapper in den Straßen hinweg, vernahm man die sich vermischenden Vogellaute vom Meer her, die meckernden Bekassinen, die schrillen Austernfischer oder den Jodelgesang der Rotschenkel. Über all diese Gesänge hinweg kreischten die Möwen, schossen durch die Straßen, verhöhnten zusammenzuckende Touristen, um dann überheblich hoch in die Luft zu steigen. Sie stellten die Mehrheit der Lebewesen auf der Insel, bildeten sie sich wohl ein, waren zahlreicher als die 650 000 Besucher, die jährlich über den Hindenburgdamm in vollen Zügen heranrollten.

Die Möwen irren sich, dachte Mommsen, der gerade in nördlicher Richtung die Maybachstraße entlangging. Er blickte auf die majestätisch hohe Nicolaikirche, 95 Jahre alt, stolz gereckt, dennoch gleichzeitig in eine geradlinige Schlichtheit gekleidet, die den Kommissar auch an Ergebung und Bescheidung erinnern wollte.

Nur 100 000 Besucher könnte die Insel verkraften, ohne dauernden Schaden zu nehmen, hatte er in einem Reiseführer gelesen. Er las immer viele Reiseführer, bevor er an einem ihm bisher fremden Ort ermittelte, weil er wissen wollte, wo und vor welchem Hintergrund er sich befand, warum etwas so und nicht anders war und welche geschichtlichen Ereignisse den Ort noch heute formten.

Sylt lebte, sprudelte über vor Freude, schien es ihm, lachte, tanzte, trank Luft und Wärme, spülte sich immer wieder in reinem Nordseewasser ab und dachte nicht daran, zu einer Art Titanic zu werden. Den Titanic-Vergleich hatte Mommsen in jenem Reiseführer für höchst albern gehalten. Sicherlich läuft hier einiges falsch, aber wohl auch vieles immer noch richtig, wollte er unbedingt glauben. Er mochte das Licht, die Farben, die von Dünen winkten, die geduckten Reetdachhäuser in Alt-Westerland um die St. Niels-Kirche herum, die engen Straßen dort, in die er sich bei seiner Ankunft verirrt hatte, seine drei Flensburger Kollegen im Schlepptau.

Etwa eine Stunde später stand Mommsen, mit Carola Bunge vor dem *Marin*-Hotel, einem weißgrauen Bau, gekrönt von einem kunstvoll geformten Giebel, darunter ein Sims, einstöckig, eine Reihe hoher Fenster. Alles wirkte ein wenig klassizistisch, sah man von den bunten Jalousien ab. Das Haus sah aus, als sollte man es unbedingt betreten und wäre höchst willkommen.

Die blonde, schlanke Dame am Empfang äußerte Herzlichkeit, war nicht förmlich, geleitete sie in Zimmer, die so eingerichtet waren, dass sie aussahen, als sollte man darin verweilen und nicht nur durch sie bis zum nächsten samstäglichen Bettenwechsel hindurchgeschleust werden, groß, hell, Bequemlichkeit versprechend. Die Elisabethstraße davor flüsterte nur.

Das Meer rauschte vorschriftsmäßig Einladungen und warf mit Wellen nach den Badenden. Am Himmel zogen weiße Wolken wie alt gewordene Piratenschiffe dahin. Dann blies der Wind dazwischen und die Piratenschiffe verwandelten sich in zahme Zauberwesen aus Märchenwelten.

Mommsen kam sich verspielt vor, als er seine Sachen auspackte, den Laptop auf den Tisch stellte, das kleine Keyboard aus der Leinentasche holte, es auf die Kofferablage platzierte, eine Steckdose fand, das Musikinstrument anschloss, sich die Kopfhörer anzog, die gewünschte Instrumentierung auf den Knöpfen einstellte und einen Gospel spielte: *Oh Happy Day.* Er spielte gut. Es klang glücklich und nach Trauer zugleich.

Iris war noch immer tot.

Bald würde er mit seinen Kollegen in seinem sachlich eingerichteten Besprechungszimmer sitzen und mit ihnen zusammen fragen, warum ein Mensch just an dem Tag getötet wurde, an dem er ohnehin nach eigenem Vermögen sterben wollte. Sie würden sich vermutlich einige Antworten geben, sich dann wahrscheinlich auf den Zufall einigen, weil er, Mommsen, der Chef, sich auf ihn geeinigt hatte. Der Zufall erschien ihm am logischsten, wenn ein Zufall überhaupt jemals logisch sein konnte.

Niemand war in die Wohnung gewaltsam eingedrungen, hatten die Spurensicherer festgestellt. Der Täter hatte entweder einen Schlüssel gehabt oder Griet Suhr hatte ihn selbst hereingelassen. Nichts deutete auf einen Raub oder auf eine sexuell begründete Straftat hin. Nichts war durchwühlt worden. Die Kleidung der Toten, übrigens eine festliche Kleidung – die Frau hatte sich eigens für ihren Tod geschmückt –, war nicht angerührt worden.

Morgen würde der Ehemann aus München eintreffen – Frau Bunge hatte einfühlsam mit ihm telefoniert –, die Autopsie würde gemacht und die genaue Todeszeit bekannt werden, obwohl man jetzt schon vermutete, dass sie zwischen 8.00 und 12.30 Uhr lag.

Mommsen, wollte unbedingt mit diesen so genannten *Geschwistern* reden. Auf der Rückseite des Büchleins hatte sich handgeschrieben ein Name befunden, Thomas Andernacht, vielleicht der Leiter der Gruppe, dazu eine Telefonnummer und die Anschrift: *Neues Kurzentrum, Mittelhaus, Andreas-Dirks-Straße 1–8, die Appartementnummer im sechsten Stock.*

Dieses Kurzentrum war eines der Betonungetüme, die direkt am Strand vor der Musikmuschel aufgetürmt worden waren, als es offenbar einigen Syltern oder auch Nicht-Syltern irgendwie nach Turmbauten zu Babel zumute gewesen war. Und der Bau des einen Turmes war schon damals in der Bibel furchtbar schiefgegangen. Nichts als Schutt am Ende. Und keiner verstand danach keinen mehr.

Mommsen spielte noch einen Gospel. Dann schaltete er das Keyboard aus, nahm die Kopfhörer ab, klappte den Laptop auf und begann zu schreiben, ungeordnet, unlogisch, rein intuitiv, was ihm alles zur Tötung von Griet Suhr einfiel. Das würde er jeden Abend tun, nachdem er die Aufzeichnung vom Vortag gelesen hatte. Es würde ihn weiterbringen. Das wusste er aus Erfahrung. Mommsens Ermittlungserfolge wuchsen zuerst im Bauch, um ihm dann zu Kopfe zu steigen. Und das aus dem Kopf würde selbstverständlich, nachdem es streng geordnet war, dem Ersten Hauptkommissar Lothar Bleichen in Flensburg zugefaxt oder zugemailt werden, weil ihm Berichte zustanden, dem Staatsanwalt auch.

Mommsen steckte sich einen seiner tiefschwarzen Zigarillos an, die er nur in Abwesenheit aller Menschen rauchte, weil sie wie brennende Nylonsocken rochen, hatte ihm Iris einmal gesagt. Er öffnete das Fenster und hörte der Elisabethstraße zu, danach dem Wasser, den Vögeln, zuallerletzt den Menschen. Die hörte er zu oft, fand er. Dennoch hätte er gerne gewusst, was sich Liebende gerade in Dünentälern zuschwiegen. Denn das war die Wahrheit, aus der er seine Welt schöpfen wollte.

3

Die sieben *Geschwister* knieten kreisförmig auf dem Boden des Appartements im Neuen Kurzentrum, sechs Stockwerke über der Promenade, in dem der *Große Bruder* Thomas Andernacht mit zwei *Schwestern* für vier Wochen residierte. Die beiden anderen *Schwestern* lebten mit den übrigen beiden *Brüdern* in der

Wohnung nebenan. Man wohnte bewusst gemischtgeschlechtlich, um jederzeit die sich selbst auferlegte Keuschheit zu leben. Man zeigte sich kleiderlos voreinander, um die Stärke der Versuchungen und die eigene Stärke ihnen gegenüber zu erproben. Bislang gab es in dieser Hinsicht nur geschwisterliche Siege zu vermelden, obwohl alle sieben Menschen durchaus als ansehnlich zu bezeichnen waren.

Die Geschwister waren alle um die 25 Jahre alt, der Große Bruder zehn Jahre älter. Die Gruppe zeigte sich an diesem frühen Morgen gegen fünf Uhr bereits frisch geduscht und blickte mit wachen Augen dem kommenden Tag entgegen, an dem sie erneut ihr Wächteramt wie auch ihren Missionsdienst auszuüben gedachte.

Die Frauen waren in unförmig wirkende blaue Kleider gehüllt, die alle Körperkonturen verbargen und auf deren Brustteile bunte Regenbogen gestickt waren. Die Männer hatten ihre Oberkörper in weite T-Shirts gesteckt, ebenfalls blau und mit einem Regenbogen versehen. Dazu trugen sie weite Jeans. Nur Andernacht war von dieser Uniformierung befreit. Er hatte sich ein teures grünes Polohemd angezogen, dazu hellbraune Leinenhosen.

Sie sangen den Morgenchoral: *Die ganze Welt hast du uns überlassen, doch wir begreifen deine Großmut nicht.* Sie hielten sich bei den Händen und intonierten den gesamten Choral auswendig, sechs Strophen lang. Dann betete jeder laut seine Sorgen und Ängste, um danach zu danken. Bitten waren verpönt. „Gott weiß, was wir brauchen", hatte Andernacht bestimmt. Anschließend waren die Schuldbekenntnisse dran. Claudia Niemann gab leise und ein wenig stotternd zu, dass sie gestern am Strand, während sie den Kindern biblische Geschichten erzählt hatte, einem Mann länger nachgesehen hätte.

„Hattest du unreine Gedanken dabei?", fragte der Große Bruder scharf.

„Nein, ich glaube nicht", stammelte Claudia. „Ich fand ihn nur einfach schön."

„Gut", sagte Andernacht, „Schönheit darf und soll sogar von uns bewundert werden. Sie stammt schließlich aus Gottes Händen. Wir haben die Insel auch schön gefunden, als wir sie am Anfang unserer Besuche hier von der Uwe-Düne aus bewunderten. Dann haben wir darum getrauert, dass diese Schönheit von den Menschen verunreinigt wird. Sie wird von den Menschen in einem Vergewaltigungsakt nahezu brünstig besprungen. Aber wir sehen nicht zu. Wir leben es so vielen wie möglich vor, dass diese Schönheit gehegt und behütet gehört. Wir bescheiden uns. Wir verbeugen uns vor Gottes Schöpfung." Er sprach in einem Singsang wie in einer beschwörenden Litanei.

„Hat noch einer etwas zu bekennen", schärfte er seine Stimme erneut.

Die Geschwister blickten schweigend zu Boden.

„Sigrid", schrie der Große Bruder jäh, „du hast dir gestern in der Friedrichstraße einen Tanga-Slip gekauft. Schaff ihn her! Sofort."

Eine schwarzhaarige zierliche Frau erhob sich erschrocken, das kleine Gesicht bleich wie der frühe Morgen draußen, und hastete zum Schrank im Schlafzimmer. Sie kehrte zurück, stand zitternd vor Andernacht und reichte ihm das Kleidungsstück.

„Entfalte es!", brüllte der Große Bruder, „zeige es allen, damit sie sehen können, dass dieser Dreck zu nichts anderem dienen soll, als zu enthüllen und zu locken. Hast du diese Gedanken beim Kauf gehabt?", schrie der Gruppenleiter.

„Ich weiß es nicht", weinte die junge Frau. „Ich sah ihn und wollte ihn. Vielleicht habe ich an Locken gedacht, aber nur ganz unbestimmt, nicht richtig."

Andernacht entriss ihr das Höschen und zerfetzte es mit wilden Bewegungen. „Hure, Diebin", zischelte er. „Unser Geld gehört allen. Wir besprechen gemeinsam jede Neuanschaffung. Du wirst heute Nacht in kaltem Wasser in der Badewanne schlafen."

Er warf die Stoff-Fetzen in die Luft. „Schmutz", schrie er, „Unflat, der Kot eines Pornografen!"

Er stand auf, öffnete die Bibel und las aus dem 25. Kapitel des Matthäusevangeliums den Abschnitt über das Weltgericht. Er las diesen Abschnitt jeden Morgen: „Was ihr getan habt einem von diesen meinen geringsten Brüdern, das habt ihr mir getan."

„Und nun Stille!", verlangte er.

Die Gruppe schwieg genau 30 Minuten. Die Knie schmerzten ihnen. Sie dachten an ihre täglichen Aufgaben. Die Frauen würden wieder am Nordstrand und am Südstrand den Kindern biblische Geschichten erzählen. Zwei Regenbogenfahnen würden ihren Standort markieren. Sie hatten von Tag zu Tag mehr Zuhörer, sogar Erwachsene. Andernacht hatte sie in der Erzähltechnik gut geschult.

Die beiden Männer würden erneut ihren Tisch entweder in der Friedrichstraße oder in der Strandstraße aufstellen, Menschen anzusprechen versuchen und Broschüren verteilen. Doch viele Leute winkten häufig ab, hasteten an ihnen vorbei, grölten sogar manchmal: „Könnt ihr Sektenlümmel uns nicht wenigstens im Urlaub in Ruhe lassen!" Und die, die stehen blieben und ihnen wenige Minuten lang zuhörten, lächelten zumeist breit und sagten vielleicht: „Ihr seid Spinner, aber nette Spinner", oder: „Wisst ihr, Jungs – die Heiligen, die haben nichts vom Leben. Kommt, ich gebe euch einen aus."

Durch die Fenster wärmte das Licht mittlerweile. Sie hörten den Wellenschlag des Meeres. „Gott zeigt uns im Meer seinen Atem", hatte Andernacht behauptet. „Und bei Sturm, bei Orkan, da atmet er seinen Zorn."

„Vergesst nie eure Schuld!", sprach der Große Bruder am Schluss ihrer allmorgendlichen Andacht. „Vergesst nie eure Schuld! Vergesst nie eure Schuld!"

Als ob wir die jemals vergessen könnten, dachten die Geschwister und fühlten die tiefen Risse in ihrer Liebe, ihrem Vertrauen, in ihrer Hoffnung. Jeder Schatten im Raum schien aus einer Begräbniskapelle zu stammen.

„Ich bleibe heute hier", gab Andernacht bekannt. „Ich denke

mal, die Polizei will mit mir reden. Ihr wisst ja, dass Griet Suhr tot ist. Und ihr wisst ebenfalls, dass ich sie oft besucht habe, schon über eine lange Zeit hinweg, weil sie es sich so sehr gewünscht hat. Sie suchte zuletzt bei mir Halt in ihren entsetzlichen Irrtümern der Melancholie, die ja wohl nichts anderes als das Wüten von ungesühnter Schuld in einem Menschen sind. Ich habe euch doch erzählt, wie wir uns vor Jahren auf der *Heimstätte für Heimatlose* getroffen haben. Diese namenlosen Gräber schienen schon damals eine magische Anziehungskraft auf sie auszuüben. Seitdem war ich ihr nahe. Sie bedurfte der Rettung. Die Liebe in ihrer Ehe schlief längst den Schlaf der Traumlosen."

Die Frauen und Männer fassten sich noch einmal bei den Händen. Der Große Bruder stand in ihrer Mitte. Er zeichnete mit dem rechten Zeigefinger ein Kreuz auf jede Stirn. Dazu sagte er jedes Mal: „Ich verfluche dich nicht!"

Auch Kriminalhauptkommissar Stefan Mommsen war sehr früh auf den Beinen. Bereits gegen halb sechs überquerte er am Ende der Friedrichstraße die Promenade, musste nichts für diese Querung bezahlen, weil noch kein Kassierer vor Ort war, und wanderte südwärts am Wassersaum entlang, bewunderte den breiten Strand, der durch häufige und millionenteure Sandvorspülungen so breit gehalten wurde, hatten ihm mehrere seiner geschwätzig denunzierenden Reiseführer verraten. Stürme und Wellen fraßen eine Menge Sand. Doch heute schwappten die Wellen so gemütlich, als wären sie in einem Nichtschwimmerbecken einer Badeanstalt daheim. Der Wind säuselte über das Wasser. Hinten in der Ferne verzweifelte gerade ein Windsurfer. Eine Gruppe von Frauen machte unter der Anleitung einer ranken, sehr jungen Blondine merkwürdig langsame Bewegungen mit Armen und Beinen. Mommsen wusste, dass das etwas Chinesisches war. Junge Leute sprinteten am Wasser entlang. Manche trugen nichts am Leib. Vieles schlackerte und schlenkerte. Mommsen hätte sich Badebekleidung für die Läufer gewünscht.

Der Himmel zeigte großartige Wolkenbilder vor, die ständig wechselten. Manche waren von Sonnenlicht gerahmt. Silbermöwen stimmten ihr Kreischen aufeinander ab und flogen aufdringlich. Seeschwalben huschten über das Wasser.

Der Hauptkommissar atmete tief ein und aus. Er hatte das Gefühl, als würden dabei seine Innereien sauber geduscht. Scharfer Salzgeruch überlagerte den dumpfen des Tangs. Der Sand unter seinen nackten Füßen fühlte sich kalt an, aber auch als etwas, das seine Füße massierte.

Er dachte an Griet Suhr, an ihren Ehemann, an die Freundin Inken Mewes, an diese Gruppe, die sich Geschwister nannte und deren Broschüre sie mit handschriftlichen Vermerken in der Wohnung der Toten gefunden hatten. Mit allen würde er heute reden müssen. Und dann wollte er erfahren, was dieses merkwürdige Wort ACEDIA bedeutete, das jemand unter die Todsünden gesetzt hatte. Dazu musste wohl einer der Beamten bei der Theologischen Fakultät in Kiel nachfragen.

Er sann über das nach, was er im Bericht der Spurensicherung gelesen hatte, dass sich nämlich in den Strangulationswunden am Hals von Griet Suhr winzige rote Partikel eines festen Stoffes befunden hatten, der sich zur Hauptsache aus Leinen, dann aus Wolle zusammensetzte. *Wie bei einem Tischläufer,* hatte einer der Erkennungsdienstler an den Rand geschrieben. Dazu hatte man winzige Überreste von goldenem Stickgarn entdeckt.

Mommsen versuchte, sich an einen Tischläufer zu erinnern. Das waren doch so längliche Stoffgebilde, bunt gemustert, die man als Schmuck über die Tischdecke legte. Aber er wusste es nicht so genau. Bei Griet Suhr hatte sich jedenfalls kein Tischläufer in irgendeinem der Schränke befunden. Er wollte sich einen schwarzen Zigarillo anzünden, ließ es dann doch sein, weil ihm die schöne Luft zu schade dafür war.

Um 8.00 traf sich pünktlich die Ermittlergruppe im Besprechungszimmer. Mommsen fasste die Erkenntnisse der Spurensicherung zusammen und verteilte dann die Aufgaben. Er selbst wollte sich die Gruppe der Geschwister genauer ansehen. Die Westerländer Kollegen bat er, in der Süderstraße weitere Befragungen vorzunehmen. Frau Bunge würde der Autopsie beiwohnen. Gadamer sollte bitte beim Pastor der Nicolaikirche vorstellig werden, um möglichst viel über die Arbeit von Griet Suhr in der Gemeinde zu erfahren, vor allem aber, wie der Geistliche die Frau menschlich einschätzte.

Kriminalkommissar Bastian Knaack wurde damit beauftragt, den Ehegatten Suhr am Bahnhof in Empfang zu nehmen. Ein Foto des Mannes war vorhanden. Dann sollte er sich mit dem Witwer schnellstmöglich in die Nordseeklinik begeben, damit der Mann noch vor der Autopsie eine Identifizierung der Frau vornehmen konnte. Mommsen bat den Beamten, von einer Befragung des Mannes zunächst abzusehen. „Bleiben Sie bei ihm und versuchen Sie, ihm so etwas wie eine Stütze zu sein“, flüsterte der Hauptkommissar. „Der Mann soll bestimmen, wo er hin will.“

Die Beamten tranken ihren Kaffee aus, übersahen großzügig die Dose mit der riesigen Aufschrift *Kaffeekasse,* sprachen noch kurz miteinander, verwiesen auch auf den Artikel in der *Sylter Rundschau,* der äußerst dezent über den Mordfall berichtete, keine Namen nannte und keine Spekulationen anstellte. Mommsen war höchst zufrieden mit dieser Art von journalistischer Arbeit. Ihm war klar, dass man die Presse nicht heraushalten konnte. Aber zu steuern vermochte man sie ein wenig – mit der Auswahl und dem Fluss an Informationen, und das stets zuvorkommend.

„Nächstes Treffen heute Mittag, 12.30 Uhr“, rief er seinen Beamten nach.

Am späten Vormittag ließ sich Mommsen von vielen Müßiggängern die Friedrichsstraße in Richtung Strand hinunterschieben. Die Fußgängerzone wirkte recht beliebig. Die vielen Geschäfte waren von Häusern eingefasst, die alle einen anderen Stil hatten oder auf einen Stil überhaupt verzichteten. Man hätte das gesamte Ensemble Friedrichstraße in jede beliebige Kleinstadt einpassen können, ohne dass es der Straße oder der Stadt weiter aufgefallen wäre. Allerdings hätte diese Kleinstadt Fischgeruch mögen müssen. Denn nach dem roch es hier allerorten, und zwar nach zubereitetem Fisch, würzig, gebraten, höchst angenehm den Speichelfluss in Gang setzend.

An weißen Masten schlappten Fahnen, die von Schleswig-Holstein, die deutsche und auch die nordfriesische, gold-rot-blau. *Die Sonne ist golden, Kampen-Kliff ist rot, der Himmel blau,* hatte Mommsens Reiseführer geschwafelt. Manchmal sah man einen Hering inmitten der Fahne, darüber und darunter oft den friesischen Wahlspruch in Söl´ring, dem Sylter Friesisch: *Rüm Hart, klaar Kiming,* was übersetzt *Weites Herz, klarer Horizont* bedeuten soll. Wieder eine Auskunft aus einem dieser besserwisserischen Reisebegleiter in Buchform. Heute Abend packe ich sie ganz unten in den Koffer, noch unter die Schmutzwäsche, versprach sich der Hauptkommissar. Ich weiß schon jetzt so viel über Sylt, wie ich nie wissen wollte.

Er stolperte über einen kleinen, länglichen, schwarzen Hund, platt auf das Pflaster gebreitet wie eine verlorene, fleckige Trauerkrawatte, der noch nicht einmal ein leises, verärgertes „Wuff" aus sich herausließ. Vermutlich ein oft getretenes Tier, dachte Mommsen, als ihn eine Stimme anrief: „Hallo, Lust auf einen Kaffee?" Er sah hinüber zum Café Orth, erkannte zunächst niemanden, auch den nicht, der ihm zuwinkte, bis er ihn schließlich doch erkannte: den Dichter von gestern, Karl Severin, erfolgreicher Verfasser von Sünden-Roman-Reportagen, Freund der schönen Nachbarin von Griet Suhr.

Er trat an den Tisch des Schriftstellers, der wieder einmal erlesen gekleidet war, cremefarben, blassblau, die manikürten Finger vor sich ausgebreitet, dann erhoben, um dem Kommissar einen Handschlag zukommen zu lassen. Der ließ sich auf dem zweiten Stuhl nieder, gab bei einer vorbeihuschenden Kellnerin seine Bestellung auf und sagte gut gelaunt: „Na, haben Sie schon einige Todsünden ausgemacht?"

„Nur bei mir", bedauerte sein Nachbar augenzwinkernd. „Ich war zornig auf die Bedienung, weil sie mich so lange übersah, was ich mir wahrscheinlich nur eingebildet habe, empfand Wollust bei einigen vorbeischlendernden Damen, gab mich hochmütig, als die Bedienung endlich kam, und fühlte Neid auf einige junge Leute, die hübsche Mädchen so fest an ihren Händen hielten, dass diese feste Verbindung gewiss bis in die Nacht reichen wird. Und träge bin ich zur Zeit ohnehin."

„Sie scheinen in der Tat recht verrucht zu sein", wisperte Mommsen und sah zu, wie die Kellnerin mit einem eleganten Schwung einen Cappuccino vor ihm absetzte. Ein Lächeln war auch noch dabei, das nicht von weit weg abgeholt werden musste. Er trank einen ersten Schluck und lobte, den Schluck noch auf der Zunge: „Gut, sogar sehr gut."

„Auf Sylt werden Sie fast nur Qualität finden. Sie hat ihren Preis. Aber der scheint mir zumeist gerecht zu sein", gab der Literat großzügig bekannt.

„Wissen Sie nicht noch etwas über unsere Verstorbene?", fragte der Ermittler, während er sein Getränk zuckerte.

„Tut mir Leid", bedauerte sein Nebenmann. „Ich habe die Frau, wie ich Ihnen bereits gesagt habe, nur einmal gesehen, und das sehr flüchtig. Mein Interesse galt und gilt allein meiner schriftstellernden Kollegin Inken Mewes."

„Keine zusätzlichen Gerüchte?"

„Ich liebe zwar den schlechten Ruf anderer Leute", tändelte Severin, „wünschte auch, mein eigener wäre ein wenig schlechter, wenn ich mir das ehrlich verdient hätte. Aber ich bin einigermaßen gut beleumdet. Frau Suhr war es ganz gewiss, wenn ich Inken glauben darf. Und trotz allem Weltbadgehabe bleibt Westerland letztlich doch eine Kleinstadt. In einer solchen bleibt ein schlechter Ruf kaum verborgen."

„Da haben Sie wohl Recht", summte der Ermittler. „Warum nur war in der Reihe der Todsünden die Wollust unterstrichen? Ach, das wissen Sie ja noch nicht. Wir haben bei Frau Suhr eine Broschüre von einer Gruppe, die sich Geschwister nennt, gefunden.

Darin waren die Grundübel unserer Zeit aufgezählt und die Wollust durch eine Unterstreichung hervorgehoben."

„Ach ja?", richtete sich der Schriftsteller in seinem Stuhl auf. „Mit der Unterstreichung kann ich nichts anfangen. Mit den so genannten Geschwistern schon. Die werden nämlich von einem alten Studienkameraden von mir geleitet, dem ausgelernten Theologen Thomas Andernacht. Ich habe ja mein Studium nie abgeschlossen. Er schon. Kürzlich haben wir uns zufällig getroffen. Wenn man die Friedrichstraße oder die Strandstraße nur oft genug begeht, trifft man irgendwann jeden, der gerade auf Sylt weilt. Bei unserem Treffen ist es bei einem kurzen Hallo und Wie geht´s? geblieben, wobei wir noch nicht einmal wissen wollten, wie es uns geht. Wir haben uns – warten Sie einmal – vor elf oder zwölf Jahren das letzte Mal gesehen. Und schon damals hatten wir uns nicht viel zu sagen. Der Andernacht, der lebte, aß, schlief mit der Theologie, blühte oder verwelkte mit ihr. Was weiß ich? Jedenfalls war er ein Hundertprozentiger, wobei ich daran zweifle, ob hundert Prozent bei dem überhaupt ausreichen. Andernacht lebt, genießt oder leidet über jedem Limit, wobei ich das Leiden in den Vordergrund stellen würde. Aber, wie gesagt, wir lebten irgendwie auf verschiedenen Ebenen. Unsere Begegnungen sind darum kaum als richtige Begegnungen zu bezeichnen. Um es bildlich auszudrücken: Sie ähnelten dem knappen aneinander Vorbeigleiten von zwei Schiffen in dichtem Nebel, ohne dass es jemals zu einer Kollision kam."

„Dafür wissen Sie aber ziemlich viel", räusperte Mommsen einen tiefen Atemzug aus sich heraus.

„Fast alles nur vom Hörensagen", kräuselte der Literat seinen Mund. „Über Andernacht sprachen viele viel. Die Fakultät in Kiel war klein. Und der Mann eben ziemlich großartig, wie eine Mehrheit dachte."

„Ich werde gleich mit ihm reden", flüsterte der Kommissar und hätte am liebsten einer Silbermöwe einen Tritt gegeben, die ständig aggressive Anflüge auf seinen Tisch startete, wobei dieser Tritt vermutlich ins Leere gegangen wäre und er sich auf dem Hintern sitzend mitten auf der Flanierstraße wiedergefunden hätte. „Sie haben mich noch neugieriger auf diesen Mann gemacht, als ich es ohnehin schon war." Warum rede ich eigentlich so viel, dachte er dabei verwundert. Ist es die Insel, ihre Schönheit, die klare Luft, die Weite des Meeres oder was?

„Sie werden bei Andernacht einiges zu knacken haben", lächelte Severin das Lächeln eines Schadenfrohen, der aus jedem Schaden klug wurde.

„Und bei Ihren früheren Besuchen auf der Insel ist Ihnen Frau Suhr auch nie begegnet?", gab der Kommissar keine Ruhe, weil er sich bei einer Mordermittlung nie Ruhe zugestand.

„Ich war das letzte Mal vor drei Jahren hier", nahm der Schriftsteller die Aufdringlichkeit des Beamten sehr gelassen hin. „Da kannte ich Inken, Frau Mewes, noch nicht, hatte also keinen Grund, die Süderstraße aufzusuchen, außer vielleicht, um bei Jörg Müller, dem Starkoch Sylts, exquisit zu speisen. Sollten Sie auch einmal tun. Es kostet, ist aber über alle Maßen köstlich. Ach ja, und vor drei Jahren, hat mir Frau Mewes erzählt, da wohnte in der Wohnung neben ihr noch die alte Frau Suhr, bevor sie dann, weil sie allmählich gebrechlich wurde, in ein Altenheim umzog und ihre Behausung den Kindern überließ."

„Nun denn", sagte Mommsen. „Überlasse ich Sie also weiteren Todsünden."

„Mit Vergnügen", lächelte Severin.

Mommsen hatte, als er aufstand, bereits wieder dessen Gesicht vergessen. Er duckte sich unter einer Silbermöwe weg und trottete in Richtung *Neues Kurzentrum,* leider nicht zu übersehen. Und selbst das schöne *Miramar* in seiner Nachbarschaft konnte das phantasielose Betonungetüm nur unwesentlich adeln.

Im sechsten Stock öffnete ihm sofort ein etwa 35-jähriger Mann die Tür, mittelgroß, von schlanker, aber muskulöser Statur, die dunklen Augen hellwach, das mittelblonde Haar sorgfältig gekämmt, ein Lächeln im Gesicht, das von sehr viel Vorläufigkeit wusste.

Mommsen zeigte seinen Ausweis, sagte seinen Namen und seinen Rang, erzählte noch an der Tür von der Broschüre der Geschwister, die sie bei der toten Griet Suhr gefunden hatten, Andernachts Name, Telefonnummer und Adresse handschriftlich darauf geschrieben.

„Nun kommen Sie doch erst einmal herein und nehmen Sie Platz", reagierte der andere mit einer angenehm tiefen Stimme, verfestigte das Lächeln auf seinem Gesicht zu einer gewissen Dauerhaftigkeit, wies auf eine bequem wirkende Sitzecke, zeigte auf das Fenster: „Die Aussicht ist wirklich sehenswert."

„Warum?", stürmte Mommsen in das Zimmer.

„Was warum?", kam die ruhige Replik.

„Warum Ihr Name, Ihre Telefonnummer und so weiter handgeschrieben in der Wohnung einer vermutlich Ermordeten?"

„Möchten Sie einen Kaffee?"

„Nein!"

„Aber ich." Andernacht verschwand in einer Kochnische und kehrte mit einer Kanne samt zwei Trinkbechern zurück. „Wirklich nicht?", winkte er mit einem Becher.

„Nein, wirklich nicht", randalierte die Stimme des Ermittlers. Aber da das im Flüsterton stattfand, vermochte der andere keine Randale auszumachen und goss sich ruhig eine Tasse ein. Dann lagerte er sich schräg auf das Sofa und ließ es aus seinem Mund müde tropfen: „Ich kannte Frau Suhr. Zufällig sind wir uns vor Jahren schon auf dem Friedhof der Heimatlosen da unten bei der Katholischen Kirche begegnet. Sie wusste, wer ich bin. Wahrscheinlich hat sie mich gesehen, als ich einen unserer Stände in der Friedrichstraße betreute, und eine Broschüre mitgenommen. Was weiß ich? Wir sind in Kontakt geblieben. Es hungerte sie nach Spiritualität. Sie quälte sich um den Sinn des Lebens. Alles Religiöse wirkte magnetisch auf sie. Somit auch ich als Theologe. Ich habe mich ihr als solcher zu erkennen gegeben. Jüngst bat sie mich verzweifelt um Hilfe. Sie war ziemlich schlimm drauf, was ihre Depressionen anging, wirkte auch ein wenig verlottert. Und so habe ich ihr zu helfen versucht, so gut ich konnte. Aber ich glaube, ich kam bei ihr nie so richtig durch. Ich habe ja auch nur wenig Erfahrung mit depressiv Kranken, mit Leuten also, bei denen sich die Schuld derartig innerlich verknotet hat, dass sie ihre Seelen daraus nicht mehr zu lösen vermögen. Sie war eine Gefangene ihrer Schuld, konnte nicht mehr an Gott glauben, meinte, ihren Mann nicht länger zu lieben, verstand die Gnade als etwas, das ihr nie wieder zustand, und erwähnte, dass ihr das Leben nichts mehr bedeute."

Andernacht sprach all das in einem ruhigen Wortfluss, unbeteiligt, eher als Referent eines Geschehens, dessen Deutung ihm geläufig war. „Wir alle, das heißt die Geschwister und ich, mussten mit einem Selbstmord rechnen. Und den kann niemand letztlich verhindern."

„Das wohl nicht", gestand Mommsen zu. „Sie haben sich also intensiv um Frau Suhr gekümmert?"

„So oft und so gut ich es konnte."

„Und Ihre so genannten Geschwister auch?"

„Nein, die nicht."

„Und warum nicht?"

„Dafür war ich alleine zuständig. Bei der Größe eines solchen Problems bin immer ich zuständig."

„Warum?"

„Weil ich letztlich für alles, was in und neben unserer Gemeinschaft geschieht, die Verantwortung trage. Und ich möchte meine Geschwister schonen."

„Sie haben die Depression vorhin als eine Verknotung von Schuld bezeichnet. Sehen Sie dieses Leiden allein als religiös bedingt?"

„Natürlich. Als was denn sonst?"

„Als eine psychische Erkrankung, die jeden befallen kann, deren biologische Ursache in einer Stoffwechselstörung im Gehirn liegt, die dann eben Verzweiflung und Schuldgefühle zeitigt. Also ist die Schuld eine Folge der Erkrankung, nicht ihre Ursache."

„Sind Sie ein gläubiger Mensch?“ Andernacht setzte sich ganz steil auf das Sofa, erhob sich über den Kommissar, ließ seine Stimme aufschallen.

„Ja, das bin ich“, sagte Mommsen.

„Und dann sehen Sie die Sünden und ihre Folgen nicht?“

„Die sehe ich als Polizist fast jeden Tag, ohne dass ich allerdings dabei das Wort Sünde in den Mund nehmen würde. Es sind mehr oder weniger, meist mehr, bewusst herbeigeführte Verfehlungen. Frau Suhr hat ihre Depressionen ganz gewiss nicht bewusst herbeigeführt.“

„Aber zuvor wohl bewusst gesündigt und mit den Depressionen dafür zahlen müssen.“

„Wissen Sie das? Oder vermuten Sie das nur? Wissen Sie nur von einem einzigen depressiv Kranken unumstößlich genau, dass er ein großer Sünder war und dann mit diesem schrecklichen Leid dafür bezahlen musste.“

„Nein, das weiß ich persönlich nicht. Aber ich habe viel gelesen und gehört. Und in meiner Glaubenswelt gibt es auch noch die Deutung, dass die Depression die Sünde an sich ist, eine Abwendung von Gott.“

„In Ihrer Glaubenswelt möchte ich nicht leben“, bedauerte der Kommissar.

„Warum nicht, lieber Herr Mommsen? Weil wir die Dinge noch beim Namen nennen? Weil wir aus den Worten der Bibel keinen allen bekömmlichen lyrischen Erguss gemacht haben? Wir reden noch von Gericht, von Sünde, von Strafe. Für uns ist Gott nicht der unverbindliche liebe Gott, der seine Gnade wie ein weiches Bett-Tuch über alle Menschen breitet, damit sie beruhigt schlafen. Wir sprechen noch von Buße, von Reue.“

„Und die Vergebung?“

„O ja, die geschieht. Aber allein aus Gottes Ermessen, wenn er dereinst auf dem Richterstuhl Platz nimmt.“

„Können Sie sich eigentlich noch freuen?“

„Wenn ein Mensch umkehrt und den richtigen Weg geht, den Weg der Gebote, den Weg von allen Ursünden weg, o ja, darüber kann ich mich durchaus freuen. Dabei wollen wir mit unseren kleinen, unvollkommenen Mitteln helfen, den Menschen auf dieser Insel, die sich immer wieder ganz besonders in den Ketten der Grundübel verfangen. Bei denen wollen wir es versuchen, ihnen die Freiheit wiederzugeben."

„Tut es Ihnen Leid, dass Frau Suhr gestorben ist?"

„Ich bete für ihre Seele."

„Das beantwortet meine Frage nicht."

„Eine andere Antwort habe ich nicht."

„Jetzt möchte ich doch einen Kaffee", flüsterte Mommsen und richtete seine eisblauen Augen ganz fest auf sein Gegenüber. Der goss ein, ohne auf den Becher zu sehen. Die eisblauen Augen hielten ihn fest.

„Was aus Ihrer persönlichen Vergangenheit verschweigen Sie mir eigentlich?", ließ Mommsen die Worte auf den kalten Strahlen seines Blickes zu Andernacht gleiten.

„Wie kommen Sie darauf, dass ich Ihnen etwas aus meinem früheren Leben verschweige?", zuckte der Große Bruder kaum merklich zurück.

„Einst Primus unter den Theologen in Kiel. Und heute kein amtlich bestallter Pastor. Das meine ich. Was ist da passiert?"

„Ganz einfach. Ich habe damals schon so gepredigt, wie ich heute glaube und rede. Ich habe auf der biblischen Aussage bestanden, dass Jesus nicht gekommen ist, den Frieden zu bringen, sondern das Schwert. Einmal habe ich es von der Kanzel gesagt, dass die Kirche das Schwert mit einem Tortenheber vertauscht habe. Das stieß bei evangelischen Machthabern auf kein Wohlgefallen. Ich habe das Jüngste Gericht meinen Zuhörern vorgestellt und unsere große Glaubensgemeinschaft als schlaff und träge bezeichnet, also mindestens einer Todsünde verfallen. Das war´s dann. Ich wurde zum zweiten Examen nicht mehr zugelassen."

„Und nun hassen Sie die Kirche", wisperte der Kommissar.

„O nein. Keineswegs. Ich bin immer noch ihr Mitglied", war Andernacht nicht im Geringsten erschrocken. „Die Geschwister und ich besuchen die Gottesdienste, allerdings auch die der so genannten Freikirchen, die sich zumeist meiner Glaubensauffassung mehr zuneigen. Und heute Abend werden wir gemeinsam die Zeltmission am Flughafen besuchen. Die Plakate haben Sie ja wohl auch schon gesehen. Wir kennen den Missionar zwar nicht, haben aber im Allgemeinen bei Zeltmissionen die überzeugendsten Erfahrungen gemacht, weil dort aus einem tiefen Glauben heraus die Bibel tatsächlich beim Wort genommen und nicht so lange ausgelegt wird, bis sie keinen Menschen mehr verlegen macht."

„Sie sind ein sehr eloquenter Mann", sagte Mommsen.

„Danke", verbeugte sich der Große Bruder leicht und erlaubte sich Spott. „Haben Sie nicht Lust, heute Abend auch in das Zelt zu gehen, um einmal christliche Wahrheiten zu hören, die nicht volkskirchengerecht zusammengeschnippelt wurden. Und Sie können mich auch gleich bei meinen Besuchen begleiten, die ich jeden Tag meinen missionierenden Brüdern und Schwestern abzustatten pflege, um sie zu ermutigen oder zu trösten. Na, wie wär´s?"

„Heute nicht", ließ der Ermittler seine eisblauen Augen Frost absondern. „Das mit der Zeltmission werde ich mir noch überlegen. Und wo, Herr Andernacht, haben Sie sich eigentlich am 14. Juni zwischen 8.00 und 12.30 Uhr aufgehalten?"

„Hier bei meinen Geschwistern", kam es ohne jeden Ärger zurück. „Wir morden nicht. Wir wollen Menschen zu einem erfüllten Leben verhelfen, Herr Hauptkommissar."

„Ihr Alibi ist außerordentlich dünn", sprach Mommsen.

„Ich werde niemals eines brauchen, wenn irgendwo auf der Welt ein Verbrechen geschieht", freute sich Andernacht nahezu. „Mein Kosmos ist der des Heils."

„Ich werde noch mit Ihren so genannten Geschwistern sprechen müssen", sagte der Polizist.

„Das dürfen Sie nur zu gerne. Sie werden auf freundliche Mitmenschen treffen, ohne Arg und voller Güte", predigte der Große Bruder.

„Na, das ist dann ja wunderbar und nahezu ein Grund zur Freude für mich“, wisperte der Kommissar Sarkasmus, der den anderen aber nicht erreichte.

„Wunderbar und Freude trifft es gut“, strahlte Andernacht.

Mommsen stand auf und trat an das Fenster. Die Aussicht war wirklich atemberaubend, das in der Sonne gleißende Meer, der riesige Himmel darüber beinahe durchsichtig, ein buntes Menschengewimmel auf der Promenade und am Strand. Musikfetzen taumelten zu ihm nach oben durch die reine Luft. Das Kurkonzert hatte begonnen. Der Kommissar öffnete das Fenster und hörte eine perfekte Darbietung der Ouvertüre von Offenbachs *Orpheus in der Unterwelt,* von sechs Instrumentalisten zum Tanzen gebracht, die meisterlich spielten. Wenig später wehte die elegische Melodie der *Letzen Rose* zu ihm herauf. Er wusste, dass man sich Musik wünschen konnte, indem man einen Zettel mit seinem Lieblingsstück in einen dafür vorgesehen Kasten warf.

„Banal und billig. Seelentrost wie süßer Likör“, knurrte es hinter ihm. „Da werden Menschen betäubt, statt sie aufzuwecken.“

„Ich gehe jetzt“, sagte Mommsen. „Aber wir werden uns gewiss wiedersehen.“

„Natürlich“, warf sich Andernachts auf das Sofa. „Sie finden ja alleine raus, Sie findiger Hauptkommissar. Ist Ihre Seele nicht mit Dreck bespritzt, wenn Sie ständig mit Dreck umgehen müssen?“

„Ich sagte Ihnen bereits, ich bin ein gläubiger Mensch, wenn auch auf meine Art“, summte der Ermittler. „Die Reinheit meiner Seele vertraue ich einem Größeren an. Doch dann und wann ein kleines Stück Erde wieder zu reinigen, das sehe ich als meine Aufgabe an. Und unser Gespräch hat zu dieser Reinigungsarbeit beigetragen.“

Er hätte gerne die Tür hinter sich zugeworfen. Aber das wäre der Abgang eines Unterlegenen gewesen.

Für seinen Rückweg zum Revier wählte Mommsen die Strandstraße. Er wollte den Brüdern ein wenig bei ihrer Missionsarbeit zusehen, die wohl in der zweiten Fußgängerzone Westerlands tätig sein würden, da er sie zuvor in der Friedrichstraße nicht angetroffen hatte.

Schräg gegenüber vom *Café Wien* entdeckte er den kleinen Tisch, die Regenbogenfahne und die beiden in schlichtes Blau gekleideten Brüder. Sie sprachen die Flaneure immer mit denselben Worten an: „Sind Sie wirklich glücklich? Wir können Ihnen den Weg zum wahren Glück zeigen." Kaum jemand der Passanten blieb stehen. Manche schoben die Brüder ärgerlich beiseite. Zwei nahmen eine Broschüre von ihnen an, die der eine dann wenige Meter weiter in den nächsten Papierkorb warf. Der Bruder, der das gesehen hatte, blickte zornig, sehr zornig – man ahnte, dass Prügel in ihm wohnten –, begab sich zu dem Papierkorb und fischte das Schriftstück wieder heraus. Dann stampfte er zu dem Tisch zurück, als trüge er den Knobelbecher eines Soldaten, und flüsterte seinem Mitbruder etwas zu. Der andere zerriss die Broschüre. „Sie ist verunreinigt", rief er dabei laut. „Überall hier ist Unreinheit!" Einige Zuhörer lachten im Vorbeieilen. „Ihr Lachen ist Jauche, von einer zugemisteten Seele ausgekippt!", schrie der Bruder einem der Lacher nach. Der drehte sich um und versetzte dem Schreier einen Schlag in den Magen. Er klappte zusammen, keuchte nach Luft, richtete sich wieder auf und sah plötzlich unsäglich traurig aus.

Mommsen tat der junge Mann beinahe Leid, obwohl er dessen Schreierei zuvor als äußerst unangemessen für einen als Vorbild leben wollenden Menschen betrachtet hatte. Sie existieren keineswegs sonderlich weit entfernt von einigen Todsünden, diese Brüder, dachte der Kommissar. Und das scheint mir bemerkenswert zu sein.

Als er in den Kirchenweg einbog, sah er Carola Bunge aus Richtung Alt-Westerland kommen. Sie war sicherlich in der St. Niels-Kirche gewesen, vermutete der Chef. Die Autopsie hatte wohl wieder einmal dringend ein Gebet von ihr verlangt.

Beide betraten schweigend das Polizeihaus. Im Besprechungszimmer fanden sie einen Mann am Tisch sitzend vor, der wie nutzlos abgelegt wirkte, die Haare wirr, als hätte er sie ständig gerauft, das schmale Gesicht von Tränen genässt, die kräftigen Hände gefaltet, so fest, dass das Blut aus ihnen gewichen war und die Finger bleich wie totes Gebein aussahen.

„Herr Suhr", flüsterte hilflos Kriminalkommissar Bastian Knaack von der Wand her, an der er lehnte und diesen Halt offensichtlich sehr benötigte.

Mommsen stellte sich neben den Ehemann, der jetzt ein Witwer war, und wisperte: „Es tut uns allen unsäglich Leid, was mit Ihrer Frau geschehen ist." Er legte dem Mann behutsam die Hand auf die Schulter. „Ich weiß, wie Sie sich jetzt fühlen. Meine Frau ist vor fünf Jahren gestorben, auch grausam und auf eine Art, die uns so furchtbar unnütz vorkommt. Wir werden nicht verstehen, wie Menschen alle menschliche Würde abhanden kommen kann, sodass sie töten."

Die Beamten staunten ihren Chef an, wie selbstverständlich er persönlich werden konnte, wenn es seiner Meinung nach dringend benötigt wurde. Ihnen war dessen Persönlichkeit noch nie so deutlich offeriert worden.

„Und ich war nicht da", weinte der Mann plötzlich laut auf. „Warum war ich nicht da? Dann wäre Griet nicht tot."

„Weil Sie nicht da sein konnten", sagte Mommsen. „Weil Sie nichts von dem ahnen konnten, was hier passiert ist. Sie haben alles für Ihre Frau getan, Hüter und Beschützer für sie gefunden. Doch gegen die Perfidie eines Mörders ist der mächtigste Mensch machtlos."

„Sie wollte sterben", schluchzte Uwe Suhr.

Der Hauptkommissar schickte aus seinen eisblauen Augen einen Arktisblick zu seinem jungen Kollegen Knaack. Der hätte nichts von dem geplanten Suizid sagen dürfen. Das erschwerte vieles: dem Ehemann jegliches Verstehen und die eigene Vergebung – irgendwann, viel später – und den Ermittlern den Zugang zu diesem Mann.

„Können Sie uns ein wenig über Ihre Frau erzählen?“, fragte Mommsen sanft. „Wie und wo Sie sich kennen gelernt haben und wie Ihre Griet so war?“

Der Mann ließ sich in seinem Stuhl nach hinten fallen und blickte an die Decke, als suche er dringend einen Himmel oder lediglich die winzigste Sicherheit.

„Wir haben uns in Hamburg kennen gelernt, in der Baufirma, in der wir beide damals arbeiteten“, formte der Mann verklumpte Wortbrocken. „Das ist nun fast 14 Jahre her. Vor drei Jahren sind wir nach Sylt gekommen, als ich nicht mehr fest in Hamburg arbeitete, sondern viel herumreisen musste. Ich wollte das so gerne. Ich stamme von hier. Und ich hatte gehofft, Griet würde sich auf dieser herrlichen Insel wohl fühlen. Das hat sie auch getan!“, schrie er jäh auf und ließ seinen Kopf auf den Tisch stürzen, ohne einen Nackenmuskel anzuspannen, der den Aufprall hätte mildern können. Es klang dumpf.

Als ob man einen Sargdeckel zuschlägt, dachte Carola Bunge bang.

„Ja, sie hat sich hier wohl gefühlt“, atmete es von unten Schmerz. „Die Arbeit in der Kirche hat ihr große Freude gemacht. Sie war da in eine Gemeinschaft fest eingebunden. Und in Frau Mewes hat sie schnell eine gute Freundin gefunden. Kann ich bitte einen Schluck Wasser bekommen?“

Bastian Knaack beeilte sich, eine Flasche *Sylt-Quelle* aus dem Kasten in der Ecke zu ziehen, suchte hastig nach einem Glas, das ihm die Hauptkommissarin schließlich reichte, und goss es so voll, dass es überlief, stellte es vor den Mann und suchte wieder seine stützende Wand auf.

Uwe Suhr hielt das Glas mit beiden Händen. Sie zitterten. Er schüttete Flüssigkeit an seinem Mund vorbei. Es war ihm gleichgültig. Die Tränen aus der kalten, schwarzen Trauertiefe vereinigten sich mit dem Mineralwasser aus Rantums Tiefe.

„Griet war mir immer eine gute Frau, meine erste große Liebe“, ruckten die Worte dem nächsten Absturz entgegen. „Sie hat meine häufige Abwesenheit verstanden und mir nie einen Vorwurf deswegen gemacht. Die Wiedersehen waren immer ein Fest, auf das ich mich schon Tage vorher gefreut habe. Sie auch. Sie war so lieb, so fürsorglich und zärtlich. Und so klug. Viel klüger als ich, glaube ich. Und dann überfiel sie diese entsetzliche Angelegenheit, die angeblich eine Krankheit sein soll. Wir wussten nicht, was los war und wie sie zu diesem seltsamen Leiden gekommen war. Der Psychiater in Husum wusste das auch nicht. Aber die Medikamente haben ihr etwas geholfen, auch die regelmäßigen Therapiegespräche. Wäre es schlimmer geworden, wir hätten sie in ein Krankenhaus nach Breklum gebracht. Und nun wollte sie sich selbst töten und wurde vorher getötet. Wer kann das verstehen? Wer kann das verstehen!?"

Der Mann brüllte die zweite Frage. Dann brach er einfach über dem Tisch zusammen und weinte laut, dann immer leiser und leiser. Doch das Weinen blieb. Es schüttelte seinen ganzen Körper. Und es war das schlimmste Weinen, weil es mit seiner Stille einsperrte.

Mommsen saß schweigend neben ihm. Die beiden anderen Beamten trauerten mit, auch wegen ihrer Hilflosigkeit.

Um 12.30 Uhr begann die gemeinsame Besprechung. Carola Bunge hatte Uwe Suhr zu Inken Mewes gefahren. Jetzt berichtete sie von der Autopsie: „Die Frau ist tatsächlich erdrosselt worden. Es gab keine Abwehrspuren an ihr. Sie hat ihre Ermordung einfach hingenommen. Am Morgen hat sie noch ausgiebig gefrühstückt, wohl darum, damit sie die Tabletten nicht wieder ausspucken muss, die sie schlucken wollte, hat der Arzt gesagt. Gestorben ist sie um 10.00 Uhr herum, plus, minus einer halben Stunde. Sie war in guter körperlicher Verfassung, obwohl erheblich abgemagert, sicherlich aufgrund ihrer Depressionen. Ja, mehr gibt es eigentlich nicht zu sagen." Die Hauptkommissarin schüttelte sich einmal und atmete dann tief ein und aus.

Kriminaloberkommissar Peter Gadamer berichtete ruhig und sachlich von seinem Besuch beim Pastor der Nicolai-Kirche: „Der Geistliche macht einen sehr aufgeschlossenen Eindruck, ist wohl auch außerordentlich engagiert, was seine Arbeit angeht. Er ist noch verhältnismäßig jung, so Mitte, Ende Dreißig, würde ich schätzen. Der Tod von Griet Suhr hat ihn sehr getroffen. Von der Frau hat er voller Lob gesprochen. Sie sei von einem Glauben beseelt gewesen, der äußerst herzlich gewesen sei. So hat er das ausgedrückt. Und sie habe ihren Glauben wirklich gelebt, sich mit ihrer ganzen Person eingebracht, den Schwächsten in der Gemeinde beigestanden, Verantwortung im Kirchenvorstand übernommen, dazu Feste arrangiert, Reisen organisiert. Der Pastor weiß gar nicht, wie es ohne Griet Suhr weitergehen soll. Er könne sich jedenfalls heute kaum ein Gemeindeleben vorstellen, bei dem er nicht ihre Fröhlichkeit erleben oder ihre klugen Ratschläge hören werde. *Mein Gott, und ich muss sie auch noch beerdigen,* hat er am Schluss gesagt. *Das kann ich einfach nicht. Aber ich muss es wohl können. Das bin ich ihr schuldig.* Dann hat er, glaube ich, wirklich geweint. Er hat sich schnell von mir weggedreht. Ich mag Pastoren, die aus Trauer weinen können", fügte der sonst so nüchterne Kriminaloberkommissar hinzu und trank sehr viel Wasser.

Der Westerländer Hauptkommissar Krüger dröhnte, dass sie mindestens 40 Leute in und um die Süderstraße gesprochen hätten. „Einige glaubten, einen jungen Mann in der Nähe des Suhrschen Hauses am späten Vormittag gesehen zu haben. Es können auch zwei gewesen sein. Sie sahen jedenfalls *unheimlich* aus. So wörtlich eine Zeugin. Eine Personenbeschreibung brachten sie nicht zustande. Nur jung eben und groß, oder auch mittelgroß, blond eventuell oder ein helles Braun." Krüger schnaubte missbilligend.

Mommsen erzählte von seinem Besuch beim Großen Bruder und schloss: „Diese Geschwister sollten wir vielleicht im Auge behalten. Bei denen herrscht keineswegs nur Sanftmütigkeit vor. Ich werde sie heute Abend bei einer Zeltmissionsveranstaltung alle zusammen in Augenschein nehmen. Ich hoffe, Frau Bunge wird mich begleiten."

Frau Bunge nickte.

BUBI

„Bubi, versprich mir, dass du nie so wirst wie dein Vater! Versprich es mir hoch und heilig!"

Bubi war 13 Jahre alt, als seine schöne, zärtliche, zerbrechliche Mutter ihm das erste Mal dieses Versprechen abnahm.

„Ja, Mama, das verspreche ich dir", antwortete er.

„Danke, mein Junge", litt die Mutter auf dem grünen Sofa im Grünen Salon der Villa. Die Mutter litt viel. Sie war, solange Bubi zurückdenken konnte, nie richtig gesund gewesen. Zart war sie, zärtlich zu ihm, sanft, zierlich, die Haare lang und schwarz und glänzend. Sie dufteten nach Kamille. Mamas Augen waren groß und braun. Vor ihnen hing oft ein Schleier der Traurigkeit.

Der Vater dagegen war grobschlächtig, untersetzt, muskulös, laut, stets laut, erfolgreich, ein Baulöwe, roch nach Schweiß, Zigarren und Whisky. Er verstand die Mutter und ihre Zerbrechlichkeit nicht, verstand Bubi nicht, der nie tobte, nie weinte, jedenfalls nie vor einem anderen Menschen, auch vor Mama nicht, der die Schule liebte, die Bücher, Musik, gerne Bilder betrachtete, keine Freunde mit nach Hause brachte, vielleicht auch keine hatte. Der Vater tobte gegen die Zartheit seiner restlichen Familie an, röhrte beim Abendessen sprachliche Deftigkeiten, prahlte mit seinen Prankenhänden, die wirklich eine rohe Kartoffel zu zerquetschen vermochten, wie der Seewolf in dem Jack-London-Buch. Bubi kannte es und hasste den Seewolf.

„In deinem Körper gärt es jetzt", zirpte die Stimme der Mutter vom Sofa her. „Möglicherweise denkst du manchmal an Frauen, die nichts anhaben. Denkst du manchmal an Frauen, die nichts anhaben, Bubi?"

„Nein, Mama", antwortete der Junge. „Ich lese lieber."

„Befleckst du dich manchmal selber, Bubi?"

„Nein, Mama. Du hast es mir doch verboten und gesagt, dass es mich ungesund werden lässt und einen Teil meines Seelenheils kostet", erwiderte der Junge.

„Weißt du, Bubi, du bist ein hübsches Kerlchen und wirst ein sehr gut aussehender Mann werden. Denke bitte immer daran, dass die meisten Frauen nur das EINE von dir wollen. Denkst du daran, dass die meisten Frauen nur das EINE von dir wollen?“

„Ja, Mama.“

„Diese Frauen, die ES mit dir tun wollen, werden dich verunreinigen. Auf deine Seele wird sich eine dicke Schmutzschicht legen, die unser Herrgott nicht mehr zu durchdringen vermag. Bubi, halte deine Seele rein. Wenn du ES tust, wird es nur wenige Minuten dauern. Und die Freude daran wird schal sein. Deine reine Seele benötigst du für die Ewigkeit. Und die Freude an ihr ist nicht schal, sondern köstlich, ein Jubel.“

„Ja, Mama.“

„Der Körper ist der Tempel der Seele. Heilige ihn!“

„Ja, Mama.“

Bubi umarmte seine Mutter ganz sanft, seine schöne, zierliche, so zerbrechliche Mutter, die mit Gott sprach, als wäre er ein großer Freund, die in der Bibel las, als läge in ihr die ganze Welt. Bubi wollte ebenso in der Bibel lesen. Und manchmal glaubte er dabei, eine ganze Welt zu entdecken. Mama liebte Bubis Umarmung. Sie gab ihm einen Kuss auf die Stirn als Segen. „Das sind die einzigen Küsse, die unser Herrgott mag.“

„Ja, Mama.“

„Bubi, weißt du, was ein Hurenbock ist?“

„Ja, Mama. Das ist ein Mann, der ES mit vielen Frauen tut, der den Tempel seines Körpers schändet.“

„Dein Vater ist ein Hurenbock. Verzeih mir, Bubi, dass ich kein anderes Wort dafür weiß. An jedem Wochenende fährt er nach Sylt, hat eine Hure aus dem Betrieb bei sich, verspielt unser Geld im Casino, betrinkt sich und hurt.“

„Ja, Mama.“

„Sylt ist eine Insel der Hurerei. Sie verdreckt Seelen. Sie giert nach Geld. Sie macht die Menschen betrunken, bis sie zu Tieren geworden sind. Wie dein Vater.“

„Ja, Mama.“

„Du wirst doch nie wie dein Vater werden. Schwörst du das bei deiner reinen Seele, beim Tempel deines Körpers?“

„Ich schwöre es.“

„Schwörst du es bei Gott?“

„Ja, Mama, ich schwöre es auch bei Gott.“

„Du bist das Kostbarste, das ich habe, Bubi.“

„Du bist das Kostbarste, das ich habe, Mama.“

„Danke, Bubi. Und nachher lässt du den Prediger rein.“

„Ja, Mama.“

Der Junge ging den langen Weg vom Grünen Salon durch die ganze Villa hindurch zur Haustür, setzte sich auf die Marmorfliesen und wartete auf den Prediger.

Er kam pünktlich, trug wie immer seinen schwarzen Anzug mit dem steifen weißen Kragen, ein silbernes Kreuz am linken Revers, fuhr dem Jungen über das Haupthaar, roch wie immer nach Pfefferminz und sprach: „Reinheit, Bubi, Reinheit. Nur sie rettet letztlich unsere Welt.“

Dann ging er zur Mutter.

Als er nach einer Stunde zurückkehrte, saß der Junge immer noch auf den Marmorfliesen. Er bewachte die Villa und die Ruhe, die Mama mit dem Prediger haben wollte.

Der Prediger trug einen weißen Umschlag in der Hand. Seine Finger durchblätterten etwas in dem Umschlag. „Sei gesegnet, mein Sohn“, sagte er zum Abschied.

Mama auf ihrem Sofa lächelte, als der Junge zurückkehrte.

„Der Prediger hat mich wieder gestärkt. Durch Leid geht es zur Freude. Durch Verzicht zum Gewinn der himmlischen Herrlichkeit. Die wahre Lust ist die, den Herrn zu preisen und dereinst seine köstliche Ewigkeit zu schmecken. Bubi, nur dieser Lust strebe nach! Und keiner anderen. Nie einer anderen Lust. Entsage und du wirst reich sein, viel reicher, als dein Vater jemals sein wird. Er wird die Armseligkeit erfahren. Er erfährt sie schon jetzt, wenn er hurt. Denn ES ist nichts als Armseligkeit, eine Niederlage des herrlichen Geistes. Unterwirfst du dich dem ES, dann bist du vom Bösen unterworfen. Wir gebären unsere Kinder unter Schmerzen, weil wir ES vorher getan haben. Ich habe den Schmerz gerne ertragen, als ich dich geboren habe. Und es war ein furchtbarer Schmerz."

„Danke, Mama."

„Du wirst doch wirklich nie wie dein Vater?"

„Nein, Mama, ganz bestimmt nicht."

„Du lieber, lieber Bubi du!"

Mama war so unermesslich schön. Vielleicht trugen Engel ja lange schwarze, glänzende Haare, die nach Kamille dufteten. Der Junge sah seine Mutter an und dachte, sein Herz würde ihm zerspringen.

4

Der Missionar Konrad Struve saß in einem kleinen Raum hinter der Bühne und rieb sich seine schmerzenden Knie. Auch den Rücken bekam er nur mit Mühe gerade. Er spürte in diesem Augenblick jedes seiner 72 Lebensjahre als Last. Es wird Zeit aufzuhören dachte er. Nur noch Sylt finanziell abschöpfen und dann endlich die Ruhe in seinem geräumigen und luxuriös eingerichteten Haus in Hamburg-Harvestehude auskosten.

Hinter ihm lag eine bemerkenswerte Karriere. Begonnen hatte sie vor Kaufhäusern in zugigen Ständen, hinter deren Theken er Wunder-Messer-Sets, Wunder-Möbelpolituren oder Wunder-Tränke zur Heilung fast aller Übel angepriesen hatte. Das Wort *Wunder* stand vor jedem seiner feilgebotenen Waren.

Damals hatte er seine Redebegabung entdeckt, als er die Menschen davon überzeugte, ihm jeden Mist aus den Händen zu reißen. Und zumeist war es Mist gewesen, Wunder-Mist. Dabei hatte er sich sein Rheuma eingefangen. Danach erprobte er seine Eloquenz auf Kaffeefahrten und lobte Heizdecken, Ventilatoren und ähnliches Zeug, das niemand wirklich brauchte, aber ihm wiederum vom Verkaufstisch gerissen wurde. In seinen Worten lag Magie, dachte er damals oft und tat es auch noch heute.

Schließlich kam er zu seiner wahren Berufung, als er an der Beerdigung eines Kollegen teilgenommen hatte. Der Redner auf der Trauerfeier war ausgezeichnet gewesen. Struve kam zu der Überzeugung, noch wesentlich ausgezeichneter sein zu können, und bewarb sich bei einem großen Bestattungsinstitut. Seitdem genoss er es, wie die Menschen an seinem Mund hingen und sich in bessere Welten, den Himmel, das Jenseits, den Hain des Friedens – je nach Glaubensrichtung – von ihm führen ließen. Das war Macht. Und sie schmeckte gut.

Auch die Entlohnung für seine verbalen Kunststücke stimmte. Er lernte Witwen und andere Frauen kennen, die nach seinem Trost und seiner Zuwendung lechzten und hinterher die Geldbörsen weit aufklappten. In jenen Tagen trug er stets einen schwarzen Anzug, darunter eine gleichfarbige Weste, aus der ein weißer Kragen ragte. Und da er schon früh grau-, dann weißhaarig geworden war, kontrastierte diese Bekleidung auf das Beste mit seiner Hauptbehaarung. Er wirkte so seriös, dass ihn die Angehörigen der Frauen schon für unseriös hielten. Er war ihnen einfach zu gut, um wahr zu sein. Aber es war eine einträgliche Zeit gewesen.

Und nun, am Abend seines Lebens, versuchte er sich eben noch einmal als Zeltmissionar. Er hatte bei anderen gelernt, bei ehrlichen, redlichen, tief gläubigen Menschen, denen wirklich etwas an ihrer Botschaft lag, die voller Idealismus ein karges Leben fristeten, um das Evangelium in die bundesrepublikanische Welt zu tragen. Struve wurde bibelfest, trainierte sich fromme Reden an, voller Selbstbekenntnisse, übte sich zunächst als Warmmacher, als so genannter *Warm-upper,* bevor der eigentliche Missionar auftrat, und kostete erneut die Macht aus, sah aber auch, welche Geldsummen in die Sammelkörbe gelegt wurden. Darum ging es ihm. Er machte sich nichts vor. Er war weder fromm noch ein Idealist, sondern einzig ein Wirtschaftsunternehmer, der die vorzügliche Ware seiner Worte gegen Bares eintauschte.

Nun hatte er also dieses blaue Viermastzelt am Westerländer

Flughafen angemietet, in das demnächst das Meer-Kabarett einziehen würde. Nach dem munteren Gelächter zu urteilen, das zu ihm aus dem Zelt herüberschallte, während sein Warmmacher sprach, erwarteten seine Gäste so etwas wie einen Vorläufer jenes Kabaretts und fühlten sich offenhörig gut unterhalten.

Seine gesamte Crew hatte Struve aus der Konkursmasse eines abgesetzten Musicals angeworben, die acht Sängerinnen und sechs Sänger, den Keyboarder, den Schlagzeuger und den Bassgitarristen, dazu weitere acht Männer und Frauen, die als Claqueure, als Geldsammler und als Spontanbekenner tätig zu sein hatten. Ohne ihn wären sie allesamt arbeitslos. So hatten sie wenigstens für zwei Monate im Sommer etwas zu tun, was zwar karg entlohnt wurde, aber immer noch mehr einbrachte, als das Arbeitsamt zahlte.

Der Warmmacher, hörte Struve gerade, verwechselte einmal wieder einiges in dem ihm vom Missionar vorgegebenen Lebenslauf. Er redete davon, selbst auf den Strich gegangen, dabei dem Alkohol, dann dem Heroin verfallen zu sein. Sagen sollte er, dass er das Kind einer Hure sei, die ihm die Heroinsucht schon bei der Geburt mitgegeben habe. Und gerade, als er von der Köhlbrandbrücke springen wollte, hatte er von oben die Lichter des Missionszeltes gesehen, war hinabgestiegen, hatte dem Propheten Struve gelauscht und war von einem Augenblick auf den anderen frei von jeder Sucht und Todessehnsucht. Die Köhlbrandbrücke verschwieg dieser Penner einfach, ärgerte sich Struve, schluckte zwei Aspirintabletten, spülte sie mit Wodka herunter, benutzte ein Mundspray, lutschte einen Pfefferminzbonbon und machte sich zu seinem Auftritt bereit.

Band und Chor intonierten gerade den Gospel *Free.* Struve erhob sich, strich seinen weißen Talar glatt, überprüfte den Sitz der grünen Stola und schritt auf die Bühne. Zögerlicher Beifall mischte sich in die Musik. Euch kriege ich schon, dachte der Missionar.

Gleißend weißes Scheinwerferlicht ließ den hünenhaften Mann beinahe überirdisch aussehen. Dann schallte sein mächtiger Bass, durch Mikrofon und Lautsprecher um ein Vielfaches verstärkt, in das Zelt: „Ihr Gesindel! Pöbel seid ihr vor Gott! Hurer, Raffer, geil nach jedem Reiz! Staub seid ihr, den der leiseste Wind verweht! Verloren seid ihr! Verloren! Doch ich, ich weise euch den Weg ..." Die Stimme toste. Sie ließ Magenwände beben. Die Zuhörer dachten an Sturm, Orkan und brechende Deiche, aber eigentlich nicht sehr ernsthaft.

„Pack!", krachte es in ihre Gehörgänge. „Euer Hochmut stinkt zum Himmel. Gott muss sich vor euch die Nase zuhalten. Ihm tränen die Augen. Er sieht euch nicht mehr. Doch ich werde euch kleinkriegen ..."

Der Mann ist eine Offenbarung, dachte Hauptkommissar Mommsen in der fünften Reihe. Der Kerl hat sie nicht mehr alle, war seine Kollegin Bunge überzeugt.

Der Literat Severin, der auf der anderen Seite neben der Hauptkommissarin saß und sich am Anfang der Veranstaltung nur schwer hatte bemerkbar machen können, weil die Polizeibeamten seine winkenden Hände ständig übersahen, bis sich endlich das Begreifen in ihre Gesichter schlich, diesen Mann mit den bewegten Armen doch von irgendwoher zu kennen – Severin also saß von dem Moment an, als der Missionar die Bühne betrat, wie erstarrt. Er schien die Welt um sich herum völlig vergessen zu haben.

Mommsen blickte auf die Geschwister, die allesamt in der ersten Reihe Platz genommen hatten und jetzt zivile, wenn auch recht altmodisch wirkende Kleidung trugen, die sie möglicherweise einem Spendensack des Roten Kreuzes entnommen hatten, kam es dem Ermittler vor. Nur der Große Bruder Andernacht erschien modisch auf der Höhe der Zeit gewandet und hatte sich bei dem Auftreten Struves mit seinem ganzen Oberkörper nach vorne geworfen. Mommsen hatte gefürchtet, er würde gleich auf den Zeltboden stürzen.

Der Missionar schmetterte, schlug, hämmerte seine Worte in seine Zuhörer, die sich nach dem ersten Schrecken einfach großartig fühlten. Es war doch herrlich, einmal so unflätig beschimpft zu werden. Und der Mann nahm durchaus Kraftworte in den Mund, die sie zwar kannten, aber niemals auszusprechen gewagt hätten, höchstens im Vollsuff nach dem 14. Prosecco. Mein Gott, was konnte der einen fertig machen! Vielleicht war man ja wirklich eine Schlampe, ein lebender Kadaver, ein vor Geilheit triefendes Tier, hatte sich vorher nur nie so gesehen. Und dieses „Ihr Gewürm, die ihr aus allen Aftern der Welt gekrochen seid“ klang einfach köstlich. Ja, möglicherweise sollte man sich tatsächlich etwas mehr um Gott kümmern. Das nächste Weihnachtsfest war noch weit.

Gott wäre wie ein Gewitter, drosch der Prediger auf sie ein, dessen Blitze einschlügen, wie der Lenker einer Schlacht, mit scharf geschliffenem Schwert, ein Richter, der es nur dann mit Freisprüchen hätte, wenn man – das Gewürm eben, das aus allen Aftern und so weiter – demütig und bußfertig vor seine Fußspitzen kröche.

„Das Heil“, flüsterte der Redner plötzlich – und der Chor summte leise *Amazing Grace,* das kannte jeder –, „das Heil kommt aus dem Verzichten, dem Geben, dem Herschenken, dem Erbarmen für andere, dem Opfern, dem Teilen des eigenen Reichtums mit denen, die so arm sind, dass sie weder lesen noch schreiben können.“

Bilder von afrikanischen Kindern, allesamt mit großen Augen, niedlich, zum Knuddeln und Anbeißen, erschienen plötzlich auf einer Leinwand hinter Struve.

„Sie fragen nach euch“, säuselte er. „Sie wollen lesen können, auch die Heilige Schrift, um aus der Dunkelheit ihres Heidentums in das Licht der göttlichen Herrlichkeit steigen zu können. Für sie wollen wir eine Schule in Simbabwe bauen.“ – War es Simbabwe gewesen, oder hatte er das letzte Mal Eritrea gesagt? Egal. Nirgends würde eine Schule gebaut werden, jedenfalls nicht mit seinem heute Abend eingenommenen Geld. – „Diese Schule wird den Namen unseres Heilands tragen. Geht, Brüder und Schwestern, den richtigen Weg, demütigt euch, opfert, teilt, gebt Wissen den Unwissenden, gebt ihnen Leben im

Glanz der aufgehenden Sonne." Die Stimme schmolz. Gänsehäute krochen über die Rücken einiger Zuhörer.

Das Amazing Grace des Chores schwoll jäh mächtig an. Wie aus dem Boden gestampft standen plötzlich Männer und Frauen in langen grünen Gewändern vor den Zeltinsassen und hielten ihnen Körbe entgegen. Sie schritten Reihe für Reihe ab, trugen dabei ein Lächeln im Gesicht, das besagte: „Wir verstehen alles" und „Die Vergebung ist so nah". In den Liedpausen jubelte der Missionar immer wieder: „Oh ihr Guten! Oh, ihr, die ihr geliebt werdet und liebt." Dann tanzte der Chor, das Keyboard jaulte auf, die Trommeln dröhnten, der Bass sang laute Herztöne. Die Sänger klatschten in die Hände: *He´s Got The Whole World In His Hand.* Die Geldsammler tanzten ebenfalls, die Stufen hinab zum Missionar hin. Der stand vor einem riesigen, oben offenen Glas. Und da hinein schütteten die Sammler das erbeutete Geld. Es war viel. Das Glas war nahezu dreiviertel voll. „Halleluja!", rief Struve. „Halleluja", antworteten ihm die Sammler. Der Rhythmus des Liedes stampfte. Allen wurde heiß. Die Melodie schrie in einem Crescendo. Die Lichter quirlten in allen Farben.

Dann ein Zeichen des Missionars. Schweigen. Eine Stille, die beinahe weh tat. Struve faltete die Hände und bewegte lautlos die Lippen. Auf der Leinwand erschien lilafarben ein Schriftzug: *Wir beten uns frei. Der Herr hört.*

Die Stille dauerte. Dann ein leises Summen des Chores, erste Worte gesungen: „Amen." Der Schlagzeuger benutzte den Besen. Der Keyboarder hatte Violinentöne eingestellt. Mommsen beneidete ihn um das prächtige Instrument. Carola Bunge flüsterte: „Ich glaube, mir wird schlecht." Der Literat war weiterhin in seiner Betäubung versunken. Andernacht rutschte unruhig auf seinem Sitz hin und her. Die übrigen Geschwister schienen sich einem gesunden Schlaf ergeben zu haben. Sie lehnten bewegungslos aneinander.

Nun fragte Struve: „Wer von euch, liebe Schwestern und Brüder, möchte sich vor uns allen bekennen?"

Thomas Andernacht schnellte von seinem Sitz, schoss nach vorne, riss sich das Mikrophon vor den Mund. Dann sprach er höchste Kunst. Er predigte Offenbarungen. Seine Stimme sang wie ein Psalmist. Er zürnte. Er schwelgte. Er strafte und liebkoste. Er beherrschte ganze Tonleitern mit seiner Stimme und kannte jede nur mögliche Lautstärke. Er seufzte, weinte, lachte, klagte, dankte und pries. Die Zuhörer neigten sich ihm immer weiter entgegen. Kein Geräusch war in dem großen Zelt zu vernehmen, nur diese beschwörende, bezaubernde, bannende und freisprechende Stimme, der Jubel und der Schmerz.

Wer hätte das gedacht, staunte Mommsen. Carola Bunge saß mit offenem Mund da. Der Literat stand beinahe. Die Geschwister in der ersten Reihe wiegten sich ekstatisch hin und her. Andernacht schwieg. Dichter Schweißgeruch hing im Raum. Eine lose Zeltbahn schlug knatternd gegen einen Mast. Jetzt rauschte, brandete Beifall auf, tobte, rollte auf den Redner zu, überhäufte ihn. Menschen standen auf den Sitzen. Der Chor schaute hilflos. Der Keyboarder stellte die größte Lautstärke ein und spielte *When The Saints.* Doch er drang kaum durch.

Struve stand im Abseits, außerhalb des Lichtkegels. Und so sah niemand die unverhohlene Wut, die sein Gesicht, den ganzen Körper in Besitz nahm. Er stieß leise Flüche aus. Hass brodelte in seinen Augen. Er würde gleich überkochen.

Andernacht machte eine tiefe Verbeugung in dessen Richtung und sagte es laut und vernehmlich: „Danke, ehrwürdiger Vater!"

Struve versuchte mit einer zitternden Hand gravitätisch zu danken. Dann stürmte er hinter die Bühne und trank den Wodka gleich aus der Flasche.

„Was sollte das denn?", fragte Hauptkommissarin Bunge.

„Er hat sich auf eine altehrwürdige Weise bedankt", erwiderte Hauptkommissar Mommsen.

„Wenn´s mal nicht mehr war", sann die Ermittlerin laut nach.

„Unser Großer Bruder ist jedenfalls ein Redegenie", stellte der Kommissar flüsternd fest.

„Das kann man wohl sagen“, echote seine Kollegin.

Mit dem Literaten Severin war immer noch nichts anzufangen. Er schien sich in eine Art Trance geflüchtet zu haben.

„Der Mann findet auch alleine nach Hause“, sagte Mommsen und bewegte sich samt seiner Kollegin in Richtung Ausgang.

„Ein wirklich interessanter Abend“, wisperte der Hauptkommissar draußen und zündete sich eines seiner schwarzen Zigarillos an. Dass er das in Gegenwart eines anderen Menschen tat, war wohl als Zeichen für ein gestörtes inneres Gleichgewicht zu werten, mutmaßte Carola Bunge und stellte sich gegen die Windrichtung.

Über Westerland lagerte das rote Licht einer Sonne, die sich auf das Abtauchen hinter dem Meereshorizont vorbereitete. Möwen taumelten durch diese üppige Glut und wirkten wie Feuervögel. Die Luft schmeckte nach den Blüten von Wildblumen aus den Dünentälern. Der Tower des Flughafens gab sich bullig schwarz. Autoschlangen krochen in die Kleinstadt zurück.

Mommsen und seine Kolllegin wanderten gemächlich den Bahnweg entlang. Er war lang. Aber sie hatten Zeit. Sie sprachen nicht miteinander. Irgendwann hakte sich die Hauptkommissarin bei ihrem Chef ein. Er warf ihr einen kurzen Blick zu. „Meine Schuhe“, erklärte sie daraufhin und machte es noch ein wenig enger zwischen ihnen.

„Ich hätte Lust auf einen Wein“, sagte der Kommissar viel später. Da kreuzten sie bereits die Andreas-Nielsen-Straße.

„Werden wir großspurig und gönnen uns den Wein bei einer ersten Adresse, dem *Stadt Hamburg*“, lächelte Carola Bunge.

„Einverstanden“, summte der Chef. Er fühlte sich irgendwie leichtfertig. Dann dachte er: Irgendetwas habe ich während der Zeltmission gesehen, was wichtig für unseren Fall ist. Es war indirekt, ja, indirekt, und es fällt mir nicht mehr ein.

Thomas Andernacht stand hoch aufgerichtet über dem gebeugt dasitzenden Missionar, die schützende Phalanx seiner Geschwister hinter sich.

„Sie sind ein Scharlatan“, zischte er, „ein Lügner, ein Säufer“ – er deutete auf die leere Wodkaflasche – „und ein Betrüger. Kein Cent von dem eingenommenen Geld wird nach Afrika gehen, nehme ich einmal an. Aber das ist mir eigentlich egal. Nicht egal ist mir allerdings, dass Sie selbst kein Wort von dem glauben, was Sie da draußen so großspurig verkünden. Sie verleugnen Gott. Sie lästern ihn.“

„Das muss ich mir nicht gefallen lassen“, wehrte sich Struve und wollte seine hünenhafte Gestalt den Vorwürfen entgegenstellen, versuchte, vom Stuhl hochzukommen. Doch Andernacht drückte ihn mit einer nahezu beiläufigen Geste auf das Sitzmöbel zurück.

„Die Wahrheit muss sich jeder gefallen lassen“, peitschten die Worte des Großen Bruders. „Sie behandeln Ihre Leute schlecht. Die müssen in Wohnwagen auf dem Campingplatz hausen, während Sie in einem der ersten Häuser Westerlands abgestiegen sind.“

„Nein“, bereitete der Missionar ein Dröhnen seiner Stimme vor. Doch das Dröhnen geriet nur zu einem Krächzen.

„Wir haben Sie in das *Stadt Hamburg* einziehen sehen“, sagte einer der männlichen Geschwister.

„Ich bin alt“, verlegte sich Struve nun auf das Klagen. „Da wollen Sie mir doch nicht allen Ernstes auch den Zeltplatz zumuten?“

„Es gibt billige Hotels oder Pensionszimmer. Aber das ist nicht das Thema“, schlug Andernacht ohne Erbarmen. Nach Gnade war ihm nicht. „Der ehrwürdige Vater ist geizig. Er verprasst das Geld lieber für sich, als seine Leute angemessen zu bezahlen. Teilen, Abgeben hat der ehrwürdige Vater vorhin gepredigt. Doch der ehrwürdige Vater denkt nicht daran. Er denkt nur an sich. Die Mission ist ein Zirkus. Das Meer-Kabarett ist wesentlich ehrlicher. Sie sind ein kläglicher Clown, ehrwürdiger Vater, ein bedauernswertes Missverständnis von einem Komiker. Man sollte Ihre Scharlatanerie der Presse mitteilen, ehrwürdiger Vater. Die *Sylter Rundschau* wird gewiss gerne darüber schreiben, wie ein Missionar noch nicht einmal sich selbst missioniert hat, ehrwürdiger Vater."

„Was soll der Quatsch mit dem ehrwürdigen Vater?", zagte Struve.

„Es soll mehr, als Sie sich vorstellen können, mehr, als Sie wissen", gellte Andernachts Stimme. „Ganz gewiss ist es kein Quatsch, ehrwürdiger Vater. Was können Sie uns anbieten, damit wir nicht zur Zeitung gehen? Und es sei gleich gesagt, Geld wollen wir nicht. Ihr Geld stinkt uns zu sehr. Es stinkt zum Himmel. Und der Himmel wird eines schlimmen Tages auf Sie herabfahren! Was können Sie uns anbieten?"

„Was wollen Sie", ächzte der Missionar und sehnte sich nach der vollen Wodkaflasche im Schrank.

„Was wollen wir denn vom ehrwürdigen Vater?", höhnte der Große Bruder. „Wie wäre es damit: Sie lassen mich jeden Abend in Ihrer Veranstaltung reden, und zwar genauso lange, wie Sie ohnehin nur schwatzen. Ihr Aufwärmsprecher wird durch einen meiner Leute ersetzt. Und Sie, ehrwürdiger Vater, werden mich vorstellen als den Leiter einer ebenfalls missionierenden Gruppe, die sich Geschwister nennt. Sie werden uns als tief religiös und treu im Glauben schildern, was wir auch sind. Sie werden darauf hinweisen, dass man uns täglich entweder in der Strandstraße oder in der Friedrichstraße antrifft, dazu noch am Nordstrand und am Südstrand in der FKK-Zone. Sie werden davon schwärmen, ja, schwärmen, ehrwürdiger Vater, wie die von uns dort erzählten biblischen Geschichten Kinder und Erwachsene begeistern. Ist das in Ihren versoffenen Kopf hineingegangen?" Andernacht schnitt mit seinen Worten, er zerlegte, er verwundete. Am liebsten hätte er getötet.

„Ja", flüsterte der Missionar.

„Und Gott sei Ihnen gnädig – nein, das ist der falsche Anfang, Gott ist Ihnen gewiss nicht gnädig gesonnen –, also besser: Hole Sie der Teufel, wenn Sie das alles nicht zu unserer vollsten Zufriedenheit tun!"

„Ich werde", alterte der alte Mann.

„Dann können Sie unseretwegen an Ihrem Geld ersticken. Hoffentlich tun Sie es bald. Das Warten darauf fällt mir schwer, ehrwürdiger Vater." Ein sprachlicher Genickschlag.

Andernacht wandte sich ab. Die Geschwister folgten ihm. „Wir werden gleich noch in der Nordsee baden, um Ihren Dreck von uns abzuwaschen", trat der Große Bruder nach.

Dann war Struve allein, so allein, wie man es vielleicht nach einer Kündigung ist oder bei seinem eigenen Sterben. Er trank hastig den Wodka. Die Tränen trank er gleich mit.

Im gediegenen, hanseatisch anmutenden Ambiente des Restaurants im Hotel *Stadt Hamburg* – alles atmete großartig überstandenes Altern und das Flair einer Welt, die es mit den Reisenden gut meint und ihnen das Beste wünscht – saßen Carola Bunge und Stefan Mommsen hinter kostbar wirkenden, großen Rotweingläsern. Darin funkelte ein Wein Wert, Geschmack und Reife. Sie schwiegen oft, redeten manchmal kurz über den Fall, besprachen sich über Thomas Andernacht, schwiegen dann wieder, kamen sich dabei näher, was keiner der beiden eigentlich beabsichtigte.

Der Hauptkommissar sagte: „Ich habe übrigens ein Fax von der Theologischen Fakultät in Kiel bekommen, wegen des handgeschriebenen Wortes ACEDIA, das wir auf der Broschüre der Geschwister bei Griet Suhr entdeckt haben. Sie erinnern sich?"

Die Ermittlerin nickte.

Mommsen zog einen gefalteten Papierbogen aus der Innentasche seines schwarzen Leinenjacketts, entfaltete das Schriftstück und las vor: „Acedia kommt von dem griechischen Wort acedos und bedeutet wörtlich übersetzt *ohne Interesse.* Im Mittelalter wurde es als Unfähigkeit zur Tugend begriffen und als eine der Hauptsünden, ja, als Todsünde bewertet. Hildegard von Bingen setzte den Begriff sogar mit der Erbsünde gleich. Und nun kommt´s." Der Kommissar atmete einmal tief durch. „Und mit Acedia oder auch Acidia wurde damals die Melancholie bezeichnet, also die Depression. Die Inquisition hat depressiv kranke Frauen zu Tausenden dem Feuer übergeben. Sie galten als Hexen. Da hat also einer auf die Broschüre der Geschwister sinngemäß geschrieben, dass sich Griet Suhr einer Todsünde, sogar der Erbsünde schuldig gemacht hat. Und wie gesagt, im Mittelalter stand darauf als Strafe der Tod. Ist das Mittelalter heute schon vorbei, Frau Bunge, wenn es um Depressionen geht? Hat sich da einer die Rolle des Inquisitors angemaßt? Was mich erschrecken lässt, der Andernacht hat die Krankheit der Frau Suhr ganz ähnlich begriffen, es beinahe wörtlich zu mir gesagt."

„Mein Gott!", schauderte die Kommissarin. Sie bewegte ihre Schultern, als wollte sie etwas Unliebsames von ihnen abschütteln. „Aber vielleicht bewerten wir die theologische Deutung einfach zu hoch. Möglicherweise hat der Andernacht, der ja Theologie studiert hat, sich nur ein geistreiches Spielchen erlaubt, als er Frau Suhr einmal wieder besucht hatte."

„Hoffentlich", murmelte der Kommissar dumpf. „Oder besser: hoffentlich nicht. Denn dann hätten wir ein Motiv für den Mord, so abstrus es uns auch erscheinen mag. Aber wissen wir, was in dem Kopf von diesem Großen Bruder vorgeht? Sanftmütig erscheint mir seine ganze Sippschaft nicht. Und wir hätten einen Täter, beziehungsweise einen Täterkreis. Denn auch eines seiner Geschwister könnte ja zum Strangulierer geworden sein."

„Oder zur Stranguliererin", ergänzte die Kommissarin. „Der Zorn, der auch noch als gerecht begriffen wird, kann gewaltige Kräfte verleihen."

„Also sollten wir uns intensiv um die Geschwister kümmern", murmelte Mommsen.

„Das sollten wir wohl. Doch die werden schwer aufzubrechen sein. Die halten zusammen wie Pech und Schwefel. Nach Alibis brauchen wir die gar nicht erst fragen. Die geben sich jederzeit und für jede Zeit gegenseitig eins."

„Der Andernacht weckt niedere Instinkte in mir. Ich möchte

ihm am liebsten eine in seine hohnlächelnde Überheblichkeit reinhauen“, wurde der Hauptkommissar für seine Verhältnisse laut, sprach es also in einer Tonlage, die seine Kollegin als normal bezeichnen würde.

„Aber Sie doch nicht“, lächelte Carola Bunge.

„Warum ich nicht?“

„Sie haben doch noch nicht einmal den Mann geschlagen, der Ihre Frau totgefahren hat. – Das hätte ich jetzt besser nicht sagen sollen“, erschrak sich die Frau, als sie sah, wie Mommsen sich weit zurücklehnte, um Abstand zu schaffen, dazu seinen Kopf fest zwischen die Schultern zog, damit er nicht mit ihm und Worten wütend nach vorne stieß, sein Gesicht zuschloss und von niemandem mehr etwas wollte, auch von Carola Bunge nicht, von ihr ganz besonders nicht. Alle gewonnene Nähe dieses Abends schob sich weit auseinander. Die Ferne war kaum zu überbrücken.

Sie gingen schweigend und nicht beieinander eingehakt die Strandstraße bis zur Elisabethstraße hinunter. Vor ihren Zimmern im *Marin*-Hotel wünschten sie sich kurz eine gute Nacht, gaben sich nicht die Hände dabei, trauerten um vergebene Gelegenheiten, glaubten, dass sie endgültig vergeben waren, und tauchten in ihre Schlafräume ein.

Mommsen schaltete die Nachttischlampe ein, blickte kurz auf das Bild seiner verstorbenen Frau, setzte sich vor sein Keyboard, stülpte sich den Kopfhörer über und spielte einen getragenen Gospel, ein flehentliches Gebet: *Precious Lord, Take My Hand.* Er spielte viele Verse davon, mehr, als es gab.

Als er spürte, wie Stille in ihm aufstieg und die Trauer sanft beiseite schob, nahm er die Bibel seiner Frau in die Hand, die neben dem Bild lag, schlug sie an einer beliebigen Stelle auf und suchte nach einer Unterstreichung, die Iris gemacht hatte. Sie hatte viel unterstrichen. Und Mommsen las die Bibel nur an diesen Stellen, durch die Augen seiner toten Frau. Er las Worte des Propheten Jesaja. Sie taten ihm gut, nach der Unehrlichkeit des Missionars im Zelt. Sie waren wahr und gültig:

Die Erlösten des Herrn werden wiederkommen und nach Zion kommen mit Jauchzen; ewige Freude wird über ihrem Haupte sein; Freude und Wonne werden sie ergreifen, und Schmerz und Seufzen werden entfliehen.

Ach, Iris, dachte er, du hast immer nach Hoffnung in der Bibel gesucht und sie auch stets gefunden.

Er öffnete das Fenster, setzte sich davor, entzündete einen Zigarillo und blies den Rauch nach draußen. Der Wind würde ihn mitnehmen und fallen lassen. Und irgendwo würde ein Mensch darüber staunen, warum es plötzlich nach verbrannten Nylonsocken roch. Er lächelte über seine gedachte Dummheit. Dann fiel ihm Andernacht ein, danach Struve und noch einer, wer denn gleich, ach ja, der Literat. Der schien von der Zeltmission recht betroffen gewesen zu sein, so gespannt und versunken, wie er dagesessen hatte. Und verabschiedet hatte er sich auch nicht. Aber vielleicht hatte er sich auch nur äußerst intensiv amüsiert oder die Todsünden bei Struve gezählt. Und die waren nicht wenige bei diesem falschen Propheten: Hochmut, Geiz, sicherlich auch Wollust, so, wie der manche seiner Sängerinnen angestarrt hatte, Maßlosigkeit, Zorn …

Wir leben immer noch im Mittelalter, dachte er beim Einschlafen.

5

Die Geschwister saßen zu später Stunde erschrocken auf dem Boden von Andernachts Appartement im Neuen Kurzentrum und blickten auf ihren Großen Bruder, der seit geraumer Zeit, die ihnen als eine Ewigkeit im Vorhof irgendeiner Hölle vorkam, mit wütenden Worten auf sie einschlug. Von draußen versuchte eine helle Juninacht zu trösten. Ein voller Mond lächelte Wärme. Doch kein Trost erreichte die sechs Menschen. Dafür war der Zorn ihres Mentors zu ungebändigt, rücksichtslos und mittlerweile auch ziellos. Zunächst hatte er sie mit Flüchen auf die Zeltmission und deren Leiter gepeinigt.

„Aber Thomas“, hatte sich Beate Kindler, eine der Schwestern, zaudernd mitten in die Wut Andernachts gewagt, jederzeit zum Rückzug bereit. „Du warst einfach großartig, ja, genial in deiner Rede. Du hast den alten Mann doch an die Wand gepredigt.“

„Dazu gehörte nicht viel“, fauchte der Große Bruder. „Er ist ein verkalkter Scharlatan, nur geldgeil, sonst nichts. Er glaubt einen Dreck.“

„Und“, tauchte zögerlich die Stimme des Bruders Knut Reiser auf, „wir haben ihn doch in der Tasche. Die ganze Zeltmission wird von nun an eine Werbeveranstaltung für die Geschwister sein. Bessere Reklame können wir uns überhaupt nicht wünschen.“

„Ihr wisst nichts“, rumorte Andernacht und tobte in weiten, stampfend aufgesetzten Schritten von Zimmerwand zu Zimmerwand. „Ich will das Schwein am Boden. Er soll vor Angst nur noch quieken. Ich will ihm das Einzige wegnehmen, was er noch hat, diese ganze verdammte, verlogene Zeltmission!“

„Aber warum denn?“, zitterte Inga Hartmann. „Ist er so, wie er jetzt ganz klein ist, nicht viel wertvoller für uns? Immerhin zieht sein Name die Leute an. Er ist bekannt oder berüchtigt, wie man es nimmt. Ja, er ist eine Schande für die Zeltmission-Bewegung. Da gibt es so viele ehrliche, lautere, fromme Prediger, die nichts als die Frohe Botschaft verkünden wollen. Und er, er tritt sie in den Morast seiner Gier und seiner Geilheit. Aber benutzen wir ihn doch zunächst für uns. Du hältst Abend für Abend deine brillanten Predigten. Dann ist er ohnehin bald weg vom Fenster und dein Name wird die Menschen locken.“

„Nein“, toste Andernacht, „das ist zu wenig als Strafe.“ Er ließ sich auf einen Sessel fallen, schlug beide Hände vor das Gesicht, verweilte lange so. Die Gruppe hielt den Atem an. Dann klang es dumpf aus dem Großen Bruder: „Dieser Dreckskerl ist mein Vater. Jawohl, mein Vater. Er hat meine Mutter gleich nach meiner Geburt sitzen gelassen und nie wieder etwas von sich hören lassen. Aber ich habe genug Bilder von ihm gesehen und ihn sofort wiedererkannt. Meine Mutter hat diese Ausgeburt der Hölle noch jahrelang geliebt."

Andernacht zog die Hände von seinem Gesicht und richtete tränenblind seine Augen auf die sechs Geschwister.

„Versteht ihr jetzt?"

Die Brandung des Meeres klang sehr laut zu ihnen herauf. Das Wasser prügelte strafend auf den Strand ein, kam es ihnen allen vor. Die helle Juninacht ähnelte einem schlecht beleuchteten Waisenhaus.

Während der Frühbesprechung am nächsten Morgen, es war der Sonntag, berichtete Mommsen seinen Kollegen von der Bedeutung des Wortes Acedia auf der Broschüre der Geschwister: „Im Mittelalter beschrieb der Ausdruck die Melancholie, die Depression also. Die galt als todeswürdige Sünde. Andernacht hat sich mir gegenüber ähnlich über die Krankheit geäußert."

„Also müssen wir verstärkt ihn und seine Gruppe observieren", ließ Hauptkommissar Krüger seine Nebelhornstimme erschallen. Carola Bunge verschüttete bei dem ersten Geräusch, das aus ihrem Westerländer Kollegen brüllte, heißen Kaffee auf ihre Hand, fluchte und sagte dann: „Das werden wir wohl müssen. Aber der Haufen wird es uns nicht leicht machen. Er erinnert mich manchmal an glibberige Götterspeise. Nur, die schmeckt süß. Dieser Haufen schmeckt eher nach Gift."

„Na, liebe Frau, übertreiben Sie da nicht ein bisschen", brüllte Krüger Windstärke 10 – nein 11, verbesserte Carola Bunge für sich und sehnte sich nach einem breiten Klebeband, das man diesem Schreihals zeitweilig über den Mund kleben könnte.

„Aber vergessen wir doch bitte nicht", wagte sich Kommissar Knaack in den Vordergrund, „dass auch das Wort Wollust in der Broschüre bei Griet Suhr unterstrichen war, und das mit der gleichen Tinte, wie die Erkennungsdienstler festgestellt haben, mit der das Wort Acedia geschrieben wurde."

„Gut", flüsterte Mommsen, sah wieder sehr schwarz aus und sandte ein Strichlächeln zu seinem jungen Kollegen. „Das ist mir bei all dieser Acedia-Melancholie beinahe, nein, völlig entfallen. Danke für Ihre Aufmerksamkeit, Herr Knaack. Wollust bei unserem Opfer. Die ist nicht leicht mit jener Griet Suhr in Verbindung zu bringen, die wir bis jetzt kennen. Ich werde noch einmal mit dem Ehemann sprechen, auch mit der Freundin. Aber wir müssen tiefer in die Vergangenheit von der Suhr. Und diese Vergangenheit befindet sich in Hamburg-Wandsbek, bei der Baufirma, in der unsere Ermordete und ihr Mann gearbeitet haben. Kennt jemand einen Kollegen in Hamburg, den wir unter Umgehung des Dienstweges auf Recherche schicken können?"

Er sah sich um. Die eisblauen Augen richteten sich auf jeden im Raum und schienen kalten Morgentau auf Möbel und Menschen zu legen.

„Nein?", wisperte Mommsen. „Dann muss sich eben einer von uns auf die Reise begeben. Frau Bunge, würden Sie so freundlich sein?"

Würde er doch wieder der alte Schweiger werden, wünschte sich die Hauptkommissarin. Seine Tiraden wirken ja mittlerweile beängstigend, als hätte dieses vermaledeite Sylt einige Schleusen zu viel bei ihm hochgezogen.

„Ja, natürlich", sagte sie. „Kriege ich den Dienstwagen?"

„Selbstverständlich", gab sich der Chef großzügig. Doch diese Großzügigkeit war sehr relativ. Sie brauchten den VW-Passat kaum auf der Insel. Bislang hatten alle zu bewältigenden Entfernungen ein ausgesprochen angenehmes Fußgängermaß.

„Fahren Sie morgen früh gleich los, noch vor der Dienstbesprechung. Und heute werden wir uns allesamt den Geschwistern widmen. Sie, Herr Krüger, würde ich gerne mit Herrn Steuben bei dem Andernacht wissen. Holen Sie alles aus ihm raus. Schleppen Sie ihn notfalls hier in die Zentralstation. Der Mann ist härter als eine Sylter Royal-Auster, wenn ich einmal ein wenig Lokalkolorit in unsere Ermittlung bringen darf."

Er lächelte, aber nicht den mit einem virtuellen Lineal gezogenen Strich, sondern volllippiger, sogar verbogen.

Carola Bunge wunderte sich über alle Maßen. Der Rest der Flensburger fühlte sich total verunsichert.

„Herr Gadamer und Frau Bunge könnten sich vielleicht bei den Geschichten erzählenden Schwestern am Nordstrand umhören. Die tun das gewiss auch an einem Sonntag. Herrn Knaack möchte ich an den Südstrand bitten. Die Damen stehen immer genau auf der Grenze zwischen Textil- und FKK-Strand. Und ich werde mich den Herren Brüdern widmen, nachdem ich in der Süderstraße vorbeigeschaut habe. Und, Kollegin und Kollegen, eine besondere Rücksichtnahme – ich sagte es schon zu Herrn Krüger – ist nicht angebracht. Seien Sie aufdringlich, meinetwegen auch unverschämt. Lassen Sie alle Staatsmacht aus sich raus! Alles klar soweit? Dann an die Arbeit!"

Die Beamten tranken ihren Kaffee aus, wühlten sich aus ihren verschiedenen Sitzhaltungen nach oben, schauten noch einmal kurz zu ihrem Chef hin, ob bei dem wirklich alles in Ordnung war. Er ist einfach zu präzise, lässt uns keine langen Leinen mehr, hat den Rückraum der Ermittlung völlig verlassen, sinnierten die Flensburger. Vielleicht hat das auch etwas mit dem religiösen Aspekt dieser ganzen Geschichte zu tun, riskierten sie die stille Vermutung. Mommsen galt als gläubig, wenn auch nicht als fleißiger Kirchgänger. Er hatte seinen Glauben sozusagen aus allen Konfessionen herausgeschält und ihm eine eigene gegeben.

Der Raum leerte sich. Der Westwind blies Frische durch die sich immer wieder öffnende Tür. Der Himmel trug eine wertvoll aussehende blaue Couturier-Farbe. Die Stadt erging sich in gewohnt fröhlicher und befreiter Hektik. Hier war der Sonntag kein Ruhe-Tag. Man konnte doch als Tourist nicht an irgendeinem Tag den Lebensübermut abgeben. Dafür war der Urlaub zu kurz und zu teuer. Manche hätten nach dem Glockengeläut vom Nicolai-Turm gerne Beifall geklatscht. War es nicht ein vorzüglich aufeinander abgestimmtes verfrühtes Kurkonzert gewesen?

In der Wohnung von Inken Mewes fand Mommsen neben dem Ehemann, der zerrissen und gequetscht ausschaute, als wäre er in das Rotorgetriebe der sich drehenden Welt geraten, auch den Literaten Severin vor, wieder einmal kostenzehrend gekleidet: hellgraue Designerjeans, ein dunkelblaues Polohemd, dessen Label möglicherweise teurer war als die gesamte Konfektion des Ermittlers, darüber, locker über die Schultern gehängt, ein sonnengelbes Jackett. Das Gesicht war erneut unbestimmt.

„Gut, dass Sie kommen“, lockerte der Schriftsteller sich munter auf. „Sonst wäre ich zu Ihnen gekommen. Mir ist nämlich bei der gestrigen Zeltmission etwas zugestoßen, was mir durchaus erwähnenswert im Hinblick auf Ihre Ermittlungen scheint. Ich bin nach Ende der Veranstaltung noch ein wenig geblieben. Und da Zeltwände bekanntermaßen sehr dünn sind, war ich gezwungen, ein Gespräch zwischen diesem Struve und meinem ehemaligen Studienkollegen Andernacht mit anzuhören. Nein, ein Gespräch war es eigentlich nicht, sondern mehr eine Beschimpfung von Andernachts Seite aus in Richtung Zeltmissionar, dann eine Bedrohung, schließlich eine Erpressung. Die besagte, dass sich der Struve so ziemlich vollständig mit seinem Unternehmen in die Dienste der so genannten Geschwister zu stellen hat. Ansonsten würde mein Freund Andernacht die Scharlatanerie, die Trinkgewohnheiten und auch die sexuellen Präferenzen des Missionars öffentlich machen. Dieser Struve scheint wirklich ein religiöser Hallodri von größtem Ausmaß zu sein, dem es um keinerlei Botschaft geht, es sei denn, man würde das Knistern von Geldscheinen als Botschaft verstehen.“

„Bemerkenswert, in der Tat“, raunte der Kommissar verhaltene Begeisterung. „Und, ist Struve auf alles eingegangen?“

„Was sollte er anderes tun, wenn er den Geldfluss, den er gerne in seine Richtung strömen sieht, nicht versiegen lassen will? Denn um Finanzen geht es meinem Ex-Kommilitonen Andernacht überhaupt nicht. Er giert nach Macht und Einfluss. Das hat er schon immer getan. Das wird er immer tun.“

„Auch schon damals als Student?“, verlangte Mommsen zu wissen.

„Durchaus. Er machte Professoren mit seinem Esprit und seiner Eloquenz fertig. Er hielt sich eine Jüngerschar, die sich Gebetsgemeinschaft nannte und bei der es nahezu nach Geheimbündelei aussah. Eine geschlossene Gesellschaft, die das Fakultätsleben durchaus manchmal in die von ihr gewünschten Richtungen zu steuern wusste. Ich war nie so richtig mit dabei. Vielleicht wäre ich es gerne gewesen. Wer weiß?“

Severin sandte eine abgeklärt wirkend wollende Traurigkeit aus und drapierte dann sein Jackett noch fester um seine Schultern, als fröre er.

Der Hauptkommissar nahm wahr und speicherte unentschlossen. Dann fragte er: „Wäre es möglich, dass ich Herrn Suhr einmal ungestört sprechen kann.“

„Gehen Sie in mein Arbeitszimmer“, bot ihm Inken Mewes an. „Es befindet sich ganz am Ende des Flurs.“

Auf zwei äußerst zerbrechlich wirkenden Stühlen – möglicherweise Rokoko, dachte Mommsen – saßen sich die beiden gegenüber.

Die Sonne turtelte über die Fensterscheiben. Es roch nach einem dezenten Parfum. Der kleine Schreibsekretär war perfekt aufgeräumt. Ein Laptop lag etwas vernachlässigt auf einem mit grünem Chintz bezogenen Sofa.

„Herr Suhr“, flüsterte der Kommissar, „was ich Sie jetzt fragen muss, fällt mir sehr schwer. Wir haben ja in Ihrer Wohnung diese Broschüre der Gruppe namens Geschwister gefunden. In dieser Broschüre war bei der Aufzählung der Grundübel dieser Welt das Wort Wollust unterstrichen, von fremder Hand, keinesfalls von der Ihrer Frau. Können Sie damit etwas anfangen? Oder um es unumwunden und Sie sicherlich verletzend zu formulieren: Spielte die Sexualität im Leben Ihrer Frau eine übergeordnete Rolle?“

Der Ehemann sah den Ermittler an, als hätte der gerade vor ihm ausgespuckt. „Mein Gott“, randalierte er gegen all seine

Trauer an, „müssen Sie denn wirklich solche dreckigen Fragen stellen? Griet, meine Griet war, als sie noch gesund war, eine durch und durch ehrbare, ja, ehrbare Frau. Wenn wir miteinander geschlafen haben, geschah das rücksichtsvoll und mit großem Respekt des einen vor dem anderen. Sie war eher schüchtern. Es gab keinerlei Extravaganzen oder wie ich das nennen soll, Ausschweifungen in unserer Erotik. Nein, sie war nicht langweilig, aber vornehm. Ein anderer Begriff fällt mir dafür nicht ein. Griet wollte mit unserer Sexualität die Körper adeln, hat sie einmal gesagt. Das klingt merkwürdig, ich weiß. Aber so war sie nun einmal. Sie ging mit ihrer Zärtlichkeit verschwenderisch um, jedoch auch bedachtsam, wahrscheinlich ähnlich, wie sie die Nächstenliebe in der Kirchengemeinde gelebt hat."

„Und früher?"

„Früher war sie genauso. Ich habe mich in sie verliebt, als sie 20 war. Da wird sie ja wohl vorher kein ausschweifendes Sexualleben geführt haben. Nein, Jungfrau war sie nicht mehr. Aber das wäre in dem Alter ja auch höchst ungewöhnlich gewesen." Suhr blickte auf den Boden und wollte von dem Boden nicht lassen. „Griet war ein ehrlicher Mensch und hatte nichts von einer Schauspielerin an sich. Selbst wenn da vorher etwas gewesen wäre, was über das Übliche hinausgeht, hätte ich es sicherlich gespürt oder sogar von ihr erzählt bekommen. Und nun, Herr Hauptkommissar, möchte ich nicht länger von Ihnen gequält werden."

„Ich entschuldige mich nicht für meine Fragen, weil sie sein mussten", sagte Mommsen. „Doch ich möchte ausdrücklich feststellen, dass mir nichts, aber auch gar nichts daran liegt, Ihrer Frau die Ehre zu nehmen und Ihre Liebe zu ihr zu schmälern."

Suhr ging einfach und ließ die Tür offen stehen.

„Frau Mewes", rief der Kommissar mit überaus strapazierten Stimmbändern, aber er war einfach zu müde von dem Gespräch eben, als dass er aufstehen und die Frau holen wollte: „Können Sie bitte einen Augenblick zu mir kommen!"

Die Frau setzte sich auf den Stuhl, den Suhr gerade verlassen hatte.

„Sie kennen Ihre Freundin und Nachbarin seit drei Jahren“, zauderte der Kommissar. „Gewiss haben Sie oft miteinander gesprochen, besonders, weil der Ehemann häufig unterwegs war. Jeder Mensch braucht einen anderen, mit dem er Vertraulichkeiten austauschen kann.“ Ich nicht, dachte er dabei. „Haben Sie auch einmal über intime Dinge gesprochen?“

„Haben wir“, kam es burschikos zurück.

„Über Sexualität?“

„Genau!“

„Und wie verhielt sich Frau Suhr bei solchen Gesprächen?“

„Offen, sehr offen, freimütig und in keiner Weise verklemmt. Frauen, Herr Hauptkommissar, reden über dieses Thema viel unverblümter und auch detailversessener als Männer. Haben Sie das gewusst?“

„Nein. Und?“

„Frau Suhr machte es Spaß. Sie nahm kein Blatt vor den Mund. Es war immer sehr lustig.“

„Sie hatte Freude am körperlichen Zusammensein mit einem Mann?“

„Und ob. Wenn der Herr Suhr heimkam, dann ging bei denen die Post ab. Da wurde ich regelmäßig richtig neidisch. Aber das war nur am Anfang so. Später war die Sexualität bei den beiden nur noch Krampf. Und zuletzt fand gar nichts mehr statt.“

Inken Mewes lächelte, um sich jäh daran zu erinnern, dass ihre Freundin nicht mehr lebte. Der Mund zog sich zusammen. Falten zerteilten das Gesicht. Die Augen wurden feucht, dann nass, dann tropften die Tränen. Die Nase lief. Sie presste sich ein Taschentuch vor das Gesicht und bröckelte die Worte: „Sie hat das Leben so sehr geliebt, besonders ihr Leben hier auf der Insel. Da gehörten eben alle körperlichen Freuden dazu, auch das Essen, das Singen im Chor und eben die Sexualität. Aber bei der lief, wie gesagt, zum Schluss nichts mehr.“

„Hat Sie Ihnen einmal etwas von früher erzählt?“

„Manchmal. Aber nicht oft. Sie war wohl nie ein Kind von Traurigkeit. Aber ausufern konnte bei ihr nichts. Sie war auch eine selbstbeherrschte Frau und sehr diszipliniert. Sie hat wohl das gelebt, was wir alle mit 18 oder 19 gelebt haben, wenn man die Sehnsüchte kennen gelernt hat, auch die eigenen Bedürfnisse, und seine Träume nicht immer als solche belassen will."

„Könnten ihre Depressionen auch in der Vergangenheit begründet gewesen sein, irgendwelche nicht abgearbeiteten Traumata, wie es die Psychiater nennen, von Stress ausgelöst?"

„Das weiß ich nicht. Möglich wär´s. Irgendein Geheimnis gab es da wohl bei ihr. Aber sie hat es immer geschickt umrundet, wenn wir uns unterhielten. Und Geheimnisse habe ich auch, die ich Ihnen gewiss nicht auf die Nase binden werde."

„Ich danke Ihnen für Ihre Offenheit", flüsterte Mommsen und lehnte sich in dem zerbrechlich wirkenden Stuhl zurück. „Wir kommen einfach nicht weiter, wenn wir Frau Suhrs Leben nicht endlich wie ein offenes Buch lesen können."

„Dabei kann ich Ihnen leider nicht weiterhelfen."

Inken Mewes trocknete ihre Tränen, ordnete ihre Frisur und roch dezent nach einem Versprechen.

Sie ist wirklich hübsch, fand Mommsen. Das war sehr viel für einen Mann, in dessen Dasein Frauen seit fünf Jahren keinen Zutritt mehr hatten.

6

Als Kriminalkommissar Bastian Knaack von der Strandstraße auf die Promenade und dann auf den Strand wollte, wurde er erst einmal von einem beharrlichen alten Mann mit einem wettergegerbten Gesicht, der in einem kleinen Kassenhäuschen auf Wache saß, aufgehalten und um die notwendige Kurtaxe gebeten.

Knaack gab sofort an, sich in einem polizeilichen Einsatz zu befinden, zeigte zudem seinen Dienstausweis vor und wurde ein weiteres Mal ungerührt um die notwendige Kurtaxe gebeten, diesmal allerdings um einiges strenger.

„Jungchen“, mümmelte der alte Mann, „neulich war einer vom Wasserbauamt hier, der hatte auch einen hübschen Ausweis. Und davor hatte ich einen vom Hygieneinstitut, ebenfalls mit einem prachtvollen Pass. Ich warte nur noch auf einen Fleischbeschauer. FKK und Fleischbeschauer, du verstehst?“, krächzte der alte Mann ein Lachen, das wie das Ausrutschen von Möwenkrallen auf einem Kutterfenster klang.

„Toller Witz“, grollte Knaack und wollte sich durchschlängeln.

„Du bezahlst erst, Jungchen! Anders läuft das hier nicht. Ihr gebt so viel Geld für das Fälschen eurer Ausweise aus, nur um die paar Kröten zu sparen, die wir von euch haben wollen. Das ist ziemlich blöd. Musst du doch zugeben.“

„Der Ausweis ist echt und Sie behindern eine polizeiliche Ermittlung und ich werde bezahlen“, schloss der junge Kommissar seine Rede, als der alte Mann ein finster entschlossenes Gesicht auflegte. Das war, vermutete der junge Beamte, irgendwie dem des äußerst erfolgreichen Sylter Walfängers Lorens Petersen de Hahn nachempfunden, bevor er gerade seinen 169. Wal erlegte. Knaack hatte von ihm gerade gestern etwas in einem von Mommsens Reiseführern, der in der polizeilichen Zentralstation am Kirchenweg herumlag, gelesen – ein Bild war auch dabei gewesen – und warf die nötige Anzahl von Münzen auf den Tresen.

„Dann auch noch einen schönen Tag“, freute sich der alte Mann und harkte mit seiner rechten Hand das Geld in eine Schublade.

Knaack krempelte seine Jeans hoch, nahm seine Schuhe in die rechte Hand und sprintete am Wassersaum entlang in Richtung Süden. Die Dienstwaffe unter der Weste schlug ihm dabei andauernd gegen die Rippen. Es ist schon ein Kreuz, im Sommer als Kriminalbeamter Dienst tun zu müssen, ärgerte er sich. Man muss ständig ein Kleidungsstück mehr anziehen, um die Sig-Sauer zu verstecken. Wie rund 90 Prozent seiner Kollegen trug er nur höchst widerwillig seine Dienstwaffe. Aber es war leider Vorschrift.

Er verfiel in eine langsamere Gangart, während er keuchte und es bedauerte, dass er von dem allmorgendlichen Jogging abgelassen hatte, auch von dem wöchentlichen Training im Fitness-Studio. Einfach keine Zeit mehr. Stimmt nicht, verbesserte er sich. Einfach zu faul.

Schon von ferne sah er die Regenbogenfahne der Geschwister. Die Frauen in ihren unförmigen blauen Kleidern wirken wie Truthennen, dachte er grimmig, weil er grimmig zu sein hatte, wie ihm von seinem Chef aufgetragen worden war. Aber der Vergleich passte, zumal viele nackte Kinder an den Frauen herumhingen oder sie umkreisten wie gerade ausgebrütete Küken.

Knaack sah für einen Moment dem Volleyballspiel einiger unbekleideter, ansehnlicher junger Damen zu, dankte Mommsen still, dass er ihm diesen Auftrag und diesen Anblick zugeschanzt hatte, zog sich aber sofort wieder den Dienst an. Er begab sich zu den Geschwistern, die gerade eine biblische Geschichte beendeten, und raunzte: „Ist das hier nicht ein etwas merkwürdiger Ort für religiös empfindende, der Keuschheit verpflichteten Frauen, inmitten all dieser Nacktheit? Das ist doch Erotik pur. Und gegen die ziehen Sie ja zu Felde."

„FKK hat überhaupt nichts mit Erotik zu tun. Im Gegenteil, sie treibt den Menschen die Lüsternheit aus", lächelte ihm eine Schwester genügsam zu. „Das wussten schon die Gründerväter der Nacktbadekultur hier auf der Insel vor rund 80 Jahren im Klappholttal. Sie ließen bewusst Jungen und Mädchen, Männlein und Weiblein ausgiebig miteinander unbekleidet baden. Und siehe da, keine Lust kam auf, keine Libido regte sich. Im Gegenteil, sie regte sich ab. Es gibt kaum ein besseres Mittel gegen die Sünde der Wollust als die Freikörperkultur, Herr Polizist. Vielleicht noch das gemeinsame Ehebett, stelle ich mir vor. Sie lernen zu wenig auf Ihren Kriminalerschulen, muss ich feststellen. Außerdem sollten sie ihre Pistole besser verbergen. Sie wollen uns doch wohl nicht die Kinder verschrecken."

Knaack knöpfte sich hastig seine Weste zu und suchte verzweifelt nach grimmigen Fragen.

Die blau bekleideten Regenbogenträgerinnen schienen ihn nicht ganz ernst zu nehmen.

„Und warum verstecken Sie sich in Ihren Klamotten", grummelte er.

„Weil wir uns von den anderen abheben müssen, damit die Kleinen uns finden. Außerdem wollte ich mir ungern einen Regenbogen auf den Bauch malen lassen", amüsierte sich die andere Schwester.

„Und wie ist es in Ihrer Klause oder wie Sie sonst Ihre Behausung im Kurzentrum nennen?"

„Da zeigen wir uns durchaus nackt voreinander, eben um jede Erotik zu vertreiben und aus keinem anderen Grund. Wir liegen auch unbekleidet nebeneinander, wie es, glaube ich, Mahatma Gandhi ebenfalls getan hat, wenn ihn die Lüsternheit quälte, von der er sich unbedingt lösen wollte. Dann hat er sich eine schöne nackte Frau ins Bett geholt und ihr widerstanden. Es mag Heilige geben, die ebenso oder ähnlich gehandelt haben. Wirklich eine gute Methode, Herr Kommissar, um sich allen sexuellen Dreck aus Köpfen und Körpern zu holen. Es gibt kaum eine bessere Schulung zur Keuschheit als die Freikörperkultur. Ich sagte es Ihnen ja bereits. Würde sie allerorten und ganzjährig praktiziert, auch in Hallenbädern, wir müssten uns um erotische Ausschweifungen nicht die geringste Sorge machen. Probieren Sie es aus! Ziehen Sie sich aus! Wir passen auch auf Ihre Wumme auf."

Die beiden Schwestern lachten unbeschwerte Fröhlichkeit.

„Sind Sie noch Jungfrauen?", suchte Knaack weiter nach Grimm und nach Möglichkeiten, nicht endgültig zur Witzfigur zu werden.

„Nein, sind wir nicht", gaben beide Frauen leichtlippig bekannt. „Es gab für uns auch schon ein Leben vor Thomas Andernacht. Aber jetzt leben wir keusch. Und es ist uns keine Last."

„Wollen Sie denn so nonnenhaft bleiben?", mühte sich der Kommissar.

„Das wird die Zeit uns weisen. Und unser Glaube“, fügte Schwester Nr. 1 hinzu. „Vielleicht werden wir eines Tages heiraten, um Kinder zu bekommen, wenn die Gruppe es so verlangt, weil sie von innen heraus wachsen will.“

„Sind Sie Ihrem Herrn Andernacht zu absolutem Gehorsam verpflichtet?“

„Wir haben uns freiwillig dazu verpflichtet“, ließ Schwester Nr. 2 ihre Stimme läuten. „Im Rahmen unserer Werte gehorchen wir ihm.“

„Und nehmen bei Ungehorsam auch Strafen hin?“

„Ja, und nehmen auch Strafen hin. Die gehören zum Gehorsam.“

„Und warum gehorchen Sie dem Andernacht?“, erzürnte sich Knaack mit dem abwesenden und so allgegenwärtigen Großen Bruder.

„Weil er die richtigen Wege für uns weiß. Er ist sie alle schon gegangen. Er ist klug. Er gewinnt die Welt für uns. Er macht uns reicher, als wir jemals gedacht haben.“

„Und was bekommt er von Ihnen dafür?“

„Unsere Gefolgschaft.“

„Das klingt aber verdammt nach Sekte“, regte sich der Kommissar auf.

„Das klingt verdammt nach Freiheit“, widersprach Schwester Nr. 2. „Haben Sie noch nie etwas von der Freiheit in Gebundenheit gehört? Das ist die größte Freiheit. Man bindet sich an Ideale und an Menschen, die diese Ideale verkörpern, und erfährt dabei eine Losgelöstheit von allen Zwängen der Welt, wie sie schöner kaum sein kann.“

„Das behaupten die Gefolgsleute der einschlägig bekannten Sekten bestimmt auch.“

„Nein, das tun die bestimmt nicht. Die lieben die Unmündigkeit, weil sie nie ganz erwachsen werden wollen. Die wollen Verantwortung delegieren. Wir nehmen unsere Verantwortungen als sehr persönliche Verpflichtungen an, setzen sie in Zuneigung, in Trost, Geduld und Frieden um und sind frei. Wir gehen letztlich alle einen eigenen Weg. Herr Andernacht zeigt uns dessen Anfang und Verlauf. Aber dann gehen wir ihn allein. Das muss gelernt werden und erfordert auch Strafen. Doch wir werden groß und größer, mündig und mündiger. Wir beten. Wir lesen die Bibel. Wir vertrauen uns. Wir sind daheim und können gehen, wann immer wir wollen, aber auch zurückkehren, wann immer wir wollen. Das Zuhause geht uns nie verloren. Und der Preis, den wir dafür zahlen, ist so gering, eben nur Keuschheit, Gehorsam, Bescheidenheit und Demut. Wir beugen uns und stehen gleichzeitig aufrecht. Das ist das ganze Geheimnis der Geschwister. Thomas Andernacht ist uns nicht ein Herr, sondern eben der Große Bruder. Genügt Ihnen das, Herr Polizist?"

„Nein", knarzte Knaack. „Das klingt mir um einige Grade zu perfekt und wirkt auf mich ein wenig auswendig gelernt. Sie plappern, scheint mir, einfach Weisheiten Andernachts nach und trotten begeistert hinter ihm her, weil Sie doch Kinder geblieben sind. Wie sieht denn zum Beispiel eine der Strafen aus?"

„Manchmal verbringen wir einige Stunden der Nacht in einer mit kaltem Wasser gefüllten Badewanne. Das ist nicht schlimm. Das bringt lediglich zur Besinnung. Und wir lernen gleichzeitig dabei, dass wir mit unserer natürlichen Wärme das kalte Wasser ebenfalls wärmen. Wenn wir aus ihm heraussteigen, hat es die gleiche Temperatur wie unser Körper. So wollen wir auch mit der Welt, mit Menschen umgehen, denen aus irgendwelchen Gründen kalt ist. Die Strafe macht also einen tiefen Sinn. Niemand schlägt uns. Keiner beleidigt uns. Wir verzichten manchmal auf Nahrung. Wir leben als Vegetarier. Verzicht schafft Freiheit. Wir verschenken etwas von unserer ohnehin geringen Habe, an das wir unser Herz besonders gehängt haben, und mag es nur das Plüschtier aus der Kindheit sein oder ein wenig Geld. Auch das macht uns frei."

„Also nur eitel Sonnenschein bei Ihnen", grummelte der Kommissar.

„Nein, es gewittert auch. Wir streiten uns um Werte, um Vorgehensweisen. Aber wir tun es lediglich auf der Sachebene. Niemand wird persönlich dabei. Das ist nicht einfach. Aber es reinigt."

„Nie Wut?"

„O doch. Aber die Wut lassen wir sofort heraus. Wir schlagen auf Kissen. Manchmal auch auf härtere Dinge, dass es richtig weh tut. Wir schreien. Aber immer sofort, wenn wir Wut bei uns wahrnehmen. Bei uns gibt es keine verheimlichte Wut."

„Und Hass?"

„Da nehmen wir unsere Gebete und die Bibel, stundenlang. Danach versuchen wir, unseren Hass zu ergründen, ihn mit dem Verstand zu analysieren. Es gelingt nicht immer. Manchmal tragen wir tagelang einen Hass mit uns herum. Dann bleiben wir daheim. Und einer ist stets bei uns, der sogleich mit uns redet, wenn wir uns äußern wollen. Ja, Freund, letztlich ist es schön, eine Schwester zu sein." Die junge Frau lächelte wie jemand, der auf einem Vaterschoß sitzt und glaubt, so groß zu sein, um von dort aus weiße Wolken am Himmel streicheln zu können.

Der Polizist spürte, wie ihm der heiße Sand unter den Fußsohlen brannte. „Und was würden Sie tun", erschlaffte er, „wenn jemand Ihre Gemeinschaft zerstören will?"

„Alles", antworteten die Schwestern eines Sinnes, zweistimmig und sehr entschlossen.

„Was ist *alles?*", straffte sich Knaack jäh und wurde von der Vorstellung erschreckt, die Frauen hätten mit ihrer Antwort gerade eben einen schwarzen Rauchballen gegen die gleißende Sonne geworfen.

„Das überlassen wir Ihrer Phantasie", wandten sich die beiden Frauen ab. *„Alles* ist unser einziges Geheimnis. Und es wird ein Geheimnis bleiben."

Der Rauchballen, glaubte der junge Beamte, traf die Sonne und brachte sie aus ihrer Ruhe.

„Und nun schauen Sie ruhig wieder den niedlichen Volleyball-Spielerinnen zu. Nach spätestens zwanzig Minuten werden Sie sich völlig keusch fühlen. Nur, fürchte ich, wird es bei

Ihnen nicht lange vorhalten. Sie sind doch so gerne Sklave. Nicht wahr?“ Die Schwestern lachten ein krächzend-lärmendes Lachen, das wie jenes von Lachmöwen klang, denen es keineswegs um Fröhlichkeit geht, sondern um das Fressen und das Behaupten von Revieren.

Knaack verzog sich Richtung Norden und wurde das Gefühl nicht los, dass hinter aller Weisheit, die ihm eben serviert worden war, eine riesengroße Dummheit steckte. Er wusste nur nicht, wo und warum.

Alles, dachte er. Verdammt noch einmal! Alles würden sie tun, wenn …

Die Hauptkommissarin Carola Bunge und der Kriminaloberkommissar Peter Gadamer taten sich erheblich leichter damit, den Schwestern am Nordstrand mit Härte zu begegnen, nicht nur, weil sie zu zweit waren, sondern weil sie weit mehr Erfahrungen in Verhörpraktiken hatten als der junge Knaack.

„Sie machen sich lächerlich!“, schoss Gadamer sofort eine Breitseite auf die beiden blaugewandeten Frauen ab. „In Ihrem Alter so etwas Sinnloses zu tun, wie Kindern biblische Geschichten zu erzählen, Kindern, die Sie in zehn Minuten vergessen haben. Die Reize hier am Strand sind doch viel zu stark.“

Die eine Schwester öffnete gerade ihren Mund, als Carola Bunge ihr harsch über denselben fuhr: „Ihre Mission ist ebenso erfolglos wie inkompetent. Die Kirchen sind da in ihrer Urlaubsseelsorge viel besser organisiert und bedeutend durchsetzungsfähiger. Mir kommen Ihre Aktionen nur lachhaft vor.“

„Und Sie machen das bloß, weil Ihnen der große Boss das befiehlt. Sie machen Blödsinniges, weil Andernacht das will. Vielleicht möchte er Sie jeden neuen Tag für dumm verkaufen“, belferte Gadamer.

„Nein, so ist das nicht“, protestierte eine Schwester.

„Wie ist es dann?“

„Wir tun es aus freien Stücken. Die Gruppe hat sich diese Arbeit gemeinsam ausgesucht.“

„Die Gruppe scheint ganz schön dämlich zu sein", grinste der Oberkommissar, nicht unähnlich einem Wolf vor aufgescheuchten Gänsen. „Und dann noch Heftchen auf den Straßen anbieten. Das machen andere viel erfolgreicher als Sie. Soll das eine Art Beschäftigungstherapie sein? Oder will Andernacht den Grad Ihrer Dummheit testen? Mission ist das jedenfalls nicht."

„Herr Andernacht will nur das Beste für uns …"

„Dann will ich aber nicht wissen, wie das Zweitbeste oder das Schlechteste aussieht, wenn das Beste schon aus so viel gequirlter Sch… besteht. Nein, Sie sind Damen, wenn auch ziemlich beschränkte, darum will ich das Wort nicht aussprechen", höhnte Gadamer.

„Was finden Sie an dem Andernacht so besonders, dass er mit Ihnen machen kann, was er will?" Die Stimme der Kriminalhauptkommissarin war mit Spott durchsetzt.

„Er führt uns den rechten Weg …"

„Den sollten 25-jährige Frauen schon alleine finden können."

„Den spirituellen Weg zu höheren Erkenntnissen", setzte die Schwester ihren begonnen Gedanken fort. „Er lehrt uns das Leben in Demut, Bescheidenheit, Keuschheit und wahrer, tief empfundenen Religiosität. Er ist uns ein Vorbild und macht uns zu Vorbildern."

„Und wer bezahlt das alles, Ihre Unterkunft hier, das Essen und sonstige Dinge?"

„Wir gemeinsam", räusperte die Schwester Unwillen.

„Andernacht auch?"

„Nein, für den bezahlen wir mit", ärgerte sich sichtlich auch die andere Schwester. „Wir alle haben gute Berufe."

„Sie sind also sozusagen Andernachts religiöse Nutten und er ist, wollen wir es doch mal mit aller Deutlichkeit aussprechen, ein geistlicher Zuhälter, der Sie mit seiner Frömmigkeit dann und wann sagen wir einmal so etwas wie besamt."

„Auf solch niedriger Ebene reden wir nicht mehr mit Ihnen", krakeelten die beiden Schwestern.

„Das müssen Sie aber“, flüsterte Carola Bunge honigsüß. „Wir befinden uns mitten in einer Mordermittlung. Und Ihr Herr Andernacht hatte engen Kontakt zu dem Opfer. Wir können übrigens auch im Polizeihaus weiterreden.“

„Sie sind abhängig von dem Mann“, tobte Gadamer jäh los, „wie Junkies vom Heroin. Geben Sie es doch zu. Ohne ihn würden Sie einfach zusammenfallen.“

„Abhängigkeit von einem guten, idealistisch gesinnten Menschen ist etwas Positives“, stolperte die Schwester über einen kleinen Sandhügel und setzte sich auf den Strand.

„Sehen Sie, so etwas passiert, wenn der Andernacht einmal nicht bei Ihnen ist. Sie fallen auf den Hintern“, ließ der Oberkommissar die Worte krachen.

„Was wollen Sie eigentlich von uns?“, fragte die andere Schwester, die noch auf ihren Beinen stand.

„Wir wollen wissen, was Andernacht und Sie zusammenbindet?“

„Vertrauen, gegenseitiger Respekt, ein gemeinsamer Glaube und ein gemeinsames Ziel“, haspelte die im Sand hockende Schwester und sah dabei ziemlich degradiert aus.

„Das ist doch alles Mumpitz“, gellte Carola Bunge. „Deswegen wird man nicht zu Sklavinnen von einem Mann. Hat er etwas gegen Sie in der Hand.“

„Unsinn!“, wehrte sich die zweite Schwester schwach. „Was sollte das wohl sein?“

„Sagen Sie es uns!“

„Da gibt es nichts.“

„Was würden wir finden“, sprach Gadamer reine Vorfreude, „wenn wir Ihrer aller Leben einmal gründlich durchleuchten würden. Das können wir Polizisten nämlich. Wir haben alle Mittel dazu. Was würden wir finden? Na!“

„Nichts, nein, nichts“, wichen die Schwestern zurück.

„Womit hält Andernacht Sie bei der Stange? Sagen Sie uns das einfach. Und Ihnen bleiben einige Peinlichkeiten erspart, wenn wir Ihre Existenzen nicht von der Geburt an durchforsten.

Diese Peinlichkeiten bleiben übrigens ebenso Ihren Eltern, Freunden und Arbeitgebern erspart, die wir natürlich auch gründlich befragen würden."

„Er hat viel Macht", flüsterte die eine Schwester.

„Was?", brüllte Gadamer.

„Er ist mächtig", wiederholte die Frau es etwas lauter.

„Und wodurch?"

„Sein Wissen", weinte es die Frau nun beinahe. „Sein Wissen macht ihn mächtig. Er weiß, was wir denken, fühlen und planen. Er durchschaut uns ..."

„Und weiß etwas aus Ihrer Vergangenheit, das Sie belastet."

„Nein, nein", streckten beide Schwestern beschwörend ihre Arme den Beamten entgegen.

„Wir werden sehen", drohte Carola Bunge unverhohlen.

Die Beamten drehten sich wortlos um und stapften durch den Sand südwärts.

„Ach ja", drehte sich Gadamer noch einmal um, „wussten Sie, dass die Depression, unter der ja auch Frau Suhr litt, im Mittelalter als todeswürdige Sünde galt? Man nannte sie damals Acedia. Viele Frauen wurden deswegen getötet, als Hexen verbrannt. Und ist Ihnen bekannt, dass Herr Andernacht in dieser Hinsicht heute noch mittelalterlich denkt? Er hat einem unserer Beamten gegenüber geäußert, dass die Krankheit von Frau Suhr eine schwere Sünde sei. Wie gesagt, einst tötete man Menschen deswegen. Und heute ...? Wäre das nicht, was Ihren Großen Bruder angeht, der ja religiös ziemlich abgefahren wirkt, ein ziemlich überzeugendes Mordmotiv? Was meinen Sie?"

Die beiden Schwester starrten den Beamten an und rührten sich nicht. Sie glichen Statuen, mit denen man gerne Todesgedenkstätten schmückt.

„Wir haben sie durcheinandergewirbelt", sagte Carola Bunge.

„Mehr wollten wir auch nicht", antwortete Peter Gadamer.

„Nun heißt es abwarten", stellte die Hauptkommissarin fest.

„Abwarten ist für einen Polizisten eine der schwersten Arbeiten", entgegnete der Kriminaloberkommissar.

Um sie herum tollte das Leben, freizügig und freigiebig. Die Möwen tanzten auf dem Wind. Kinder gruben sich in den heißen Sand ein. Die Wellenzungen leckten den Strand ab und zogen etwas Strand zu sich in ihre Heimat. Am Himmel wühlten sich weiße Wolken ineinander. Überall war Bewegung. Auch in dem Mordfall Griet Suhr, glaubten die zwei Kriminalbeamten. Sie schlenderten am Meeressaum entlang, holten sich in tiefen Zügen die gesunde Luft in ihre Lungen, schmeckten sie aber vorher noch genüsslich in ihren Mündern.

„Wir hätten uns einölen sollen", sagte Carola Bunge und streckte ihren geröteten Arm vor.

7

Karl Severin saß in seinem dezent kostbar ausgestatteten Zimmer im *Miramar* auf einem bequemem Sessel, der ihn wie eine äußerst gutwillige Amme umfing, allerdings eine der allerersten Garnitur, und fühlte sich gut.

Sein inneres Gleichgewicht schien ihm hervorragend austariert zu sein. Er schaute auf den nachtblauen Teppichboden, den ein goldfarbenes Blätterornament schmückte, auf die Bilder an der Wand – ein Picasso in Blassblau gehalten, ein Monet, bei dem das Gelb vorherrschte. Vielleicht sind die Dinger sogar echt, dachte er, bei der Echtheit von allem hier in diesem Hotel, bei der Höflichkeit angefangen. Er genoss die Weitläufigkeit des Raumes um sich herum, die hohe, stuckverzierte Zimmerdecke über sich, die sorgsam unaufdringlich und kunstvoll geschreinerten Schränke. Lilien in einer passenden Jugendstilvase aus Kristall zierten einen geschwungenen Tisch, immer frisch und ihr Duft süß.

Er blickte aus einem der hohen Fenster auf das Meer, das in seinem Grau einem in Würde alt gewordenen Mann ähnelte und von der Sonne aufgehellt direkt an die Mauern des Hotels zu rollen schien. Fast überall in diesem Gebäude sah man die See, als wäre das Haus eine Insel, freute sich der Literat. Es war schwer, hier über Todsünden nachzudenken. Doch das Essay für die *Frankfurter* musste bald geschrieben werden. Der Kommissar mag mich, dachte er plötzlich. Es war ihm wichtig. Er war gerne mit dem Beamten zusammen. Vielleicht habe ich ihm mit meinen Auskünften über Andernacht und dessen Erpressung, was den alten Zeltmissionar angeht, wirklich helfen können.

Andernacht war noch der gleiche, überhebliche Angeber wie früher, kamen seine Gedanken von der ihn bis jetzt beschirmenden Behaglichkeit ab. Warum nur musste ich ihn unbedingt wiedertreffen? Nun ja, der Kerl war mit seinem merkwürdigen Klüngel seit vier Jahren regelmäßig auf der Insel. Er selbst war es seit drei Jahren zum ersten Mal wieder. Damals, vor drei Jahren, waren sie sich nicht begegnet. Vielleicht, weil ich mich damals vor allem um das bezaubernde Keitum gekümmert habe, dachte der Romancier. Wirklich bezaubernd, dieses Dorf. Tatsächlich noch ein Dorf, trotz der Fremden, blumenbeflort, die Häuser alt und geschichtenträchtig.

Andernacht kam ihm beinahe wie eine fleischgewordene Todsünde an sich vor. Ach Unsinn, weichte er diesen hart verurteilenden Gedanken wieder auf. Er ist nur ziemlich mies. Sonst nichts. Und ich bin nachtragend.

Er sah die Universitätsräume wieder, hörte Hohn, spürte, wie man ihn wegschob, nein, abschob, vertrieb, irgendeiner Heimatlosigkeit auslieferte. Und von peinigenden Heimatlosigkeiten hatte er wahrlich genügend kennen gelernt. Darum liebte er dieses Hotel auch so sehr, weil es das Gegenteil von Heimatlosigkeit dermaßen großzügig anbot.

Ich muss mich von Andernacht endlich frei machen, knotete er den Gedanken sehr fest zusammen. Er ist für mich heute doch völlig bedeutungslos. Unsere Wege müssen künftig so weit wie möglich aneinander vorbeiführen, gedanklich und auch körperlich. Und wenn man sich dennoch begegnete, weil Westerland nun einmal klein war, sollte er es einfach als ein Aneinandervorbeigleiten ohne jegliche Berührung begreifen. Dafür müsste seine Klugheit, seine Weltgewandtheit, auch sein Stolz – schließlich war er mittlerweile wer in der Literatur – doch eigentlich ausreichen.

Severin löste sich von seinem bequemem Sessel, verabschiedete sich von der Geborgenheit, die ihm die hölzerne und mit irgendeinem kostbaren Stoff bespannte Amme der allerersten Güte gewährt hatte, und trug eine zitternde Unruhe zum Fenster hin. Das Meer schien ihn jäh zu bedrängen, auch an ihm zu ziehen. Die weißen Wolkenfäden, an den klarblauen Himmel gebunden, gemahnten ihn irgendwie an Fesseln. Die Möwen schossen zum Firmament hinauf, als wären sie darauf aus, der gläsernen Klarheit Risse beizubringen. Die Seeschwalben erinnerten an Pfeile, die treffen wollten.

Nein, dachte Severin, ich will das nicht.

Er drehte sich um, sah, wie das vormals so weitläufige Zimmer sich scheinbar verengte und ihn einzuschließen gedachte. Die kostbaren Möbel benutzten ihren Wert, hatte er den Eindruck, um ihn wertlos erscheinen zu lassen.

Nein, ich will das nicht, dachte er erneut.

Severin zwang sich in Richtung Tür, öffnete sie, sah auf den Flur, der ihm einstmals so breit erschienen war – sein warmes, samtenes Rot flammte jetzt heiß. Er fühlte sich plötzlich in einer Bedrängnis, die er nicht verstand, atmete schwer, fühlte überall Feuchtigkeit, am ganzen Körper, schob sich an der Wand entlang in eine Richtung, in der er einen Ausgang vermutete, wenn es überhaupt noch einen Ausgang für ihn gab, ängstigte sich unsinnig, erkannte die Unsinnigkeit und ängstigte sich dennoch.

Ein in einen dunkelblauen Anzug gehüllter Bediensteter sprach ihn mit ernster Höflichkeit an, eine Hand auf die dezent gemusterte Krawatte gelegt, die andere unter das am Revers angebrachte Namensschild: „Herr, Severin, darf ich Ihnen behilflich sein?“ Das Lächeln bei dieser Frage wirkte nicht eingeübt, sondern wurde zu jedem Anlass neu erschaffen und wirkte frisch, dabei zurückgenommen und empfänglich.

„Danke, nein“, stammelte der Literat. „Der Ausgang ist doch in dieser Richtung?“

„Ich begleite Sie“, erbot sich der Hotelmitarbeiter und passte sich unauffällig der Ganggeschwindigkeit des Gastes an, ohne ein aufgesetztes Gespräch zu beginnen. Im *Miramar* redete immer der Gast zuerst, es sei denn, es war vonnöten, einen Beweggrund zu erkunden, der nicht ganz deutlich zum Ausdruck gebracht worden war.

„Danke“, hauchte Severin im gekonnt geschaffenen Halbdunkel des Empfangsbereichs, weil man ja niemals aufdringlich sein wollte, auch nicht mit dem Licht. Die Sonne konnte nur sorgsam portioniert Eingang finden. Die Meereswellen zeigten sich in gefällig gerundeten Arabesken des Jugendstils.

Andernacht, dachte Severin ein letztes Mal, als er in den schwelgerischen Sommer trat, du wirst mich gefälligst in Ruhe lassen! Heute bin ich größer als du. Ich wohne derzeit, wo früher ein Gustav Stresemann, ein Gerhart Hauptmann oder ein Max Reinhardt gewohnt haben. Du haust an einem Ort, wo nur das Nichts und die Nichtigkeit ihren Staub ausschütten. Und der Kommissar mag mich. Seine eisblauen Augen sind einfach wunderbar.

Mommsen stand in der Strandstraße, nahe beim *Café Wien,* und sah den beiden Brüdern zu, die Passanten verfolgten und mit ihren Broschüren in der Hand – hilflos, kam es dem Beamten vor – wedelten. Er hörte immer wieder die Phrasen, denn etwas anderes waren diese Worte wohl nicht: „Weg ins Glück … Wahres Leben … Weisheit finden.“

Dann trat er einem der Werber brüsk in den Weg, dass der auf ihn prallte, stieß ihn mit beiden Händen von sich und wisperte drohend: „Mommsen, Kriminalkommissar. Sie haben jetzt gefälligst Zeit für mich. Und der andere da hinten auch!“

„Für wen halten Sie sich eigentlich?“, setzte der Bruder zu einem Protest an, sah sich dann jäh von dem eisblauen Blick nahezu eingefroren und erstarrte.

„Für einen Polizisten“ , summte der Kriminalhauptkommissar, „der neugierig auf Sie und den anderen ist. Wie heißen Sie eigentlich?“

„Zietlow“, stotterte der, der immer noch in diesem Blick fror. „Arndt Zietlow.“

„Gut“, wisperte der Ermittler. „Das war doch schon einmal eine wichtige Auskunft. Und der andere erfolglose Broschürenverteiler?“

„Knut Reiser“, schob sich der Bruder zur Seite, um nicht länger diesen Augen ausgesetzt zu sein.

„Sehen Sie, wir kommen immer weiter“, zog Mommsen einen scharfen Lächelmund und winkte den anderen herbei, indem er immer wieder den rechten Zeigefinger krümmte, was verächtlich aussah und an Grundschullehrer erinnerte, die viel von ihrer Ausbildung vergessen haben.

„Treten wir doch ein bisschen zur Seite“, freute sich der Kommissar, ohne dass einer der beiden anderen nur einen Deut dieser Freude spürte.

„Nun zum Eigentlichen“, atmete es der Beamte beinahe nur noch. Die Brüder mussten ihre Köpfe weit vorbeugen, um ihn zu verstehen. Genau so verbogen wollte der Beamte die beiden Missionare haben.

„Warum tun Sie eigentlich etwas derart Sinnloses?“, beließ er es bei der Atemlautstärke. „Es wäre doch erheblich sinnvoller, Sie würden schlafen oder baden oder aus ihren Broschüren Papierflugzeuge basteln. Dann hätten wenigstens einige Kinder daran ihren Spaß.“

„Es ist ...“, setzte Zietlow an.

„Ich weiß“, atmete Mommsen dazwischen, „ es ist Ihnen von Herrn Andernacht befohlen worden. Ich frage mich, warum. Es wirkt so erschreckend dämlich. Kennen Sie einen Herrn Sisyphos? Den hat es wohl nie gegeben. Aber Ihre Tätigkeit hier erinnert mich ein wenig an dessen Beschäftigung, einen Stein immer wieder neu einen Berg hinaufzurollen. Und Ihre Erfolgsquote scheint mir mit dessen identisch zu sein.“

„Wir haben Abitur“, hangelte Knut Reiser nach einem Quäntchen Stolz, das ihm aber sofort wieder entglitt, als der Ermittler wisperte: „Mein Gott, das macht Ihre Dämlichkeit ja noch schlimmer, sollten Sie tatsächlich einmal das Denken gelernt haben.“

„Müssen wir uns das anhören?“, wagte Zietlow einen Trotz, der nicht größer wirkte als der gerade neben Ihnen aufschlagende Kot einer Silbermöwe.

„Die Viecher haben keinen Anstand“, atmete Mommsen fröhlich. „Sie auch nicht. Sie koten hier doch ebenfalls nur rum, wenn Sie nicht dem Sisyphos nacheifern wollen. Ihr von mir als Bild gemeinter Akt des Kotens soll von einem Gehorsam gegenüber Ihrem so genannten Großen Bruder zeugen, vor den ich das Wort *Kadaver* setzen möchte. Sie wissen, was Kadavergehorsam ist? Natürlich wissen Sie das. Sie haben ja Abitur. SS-Leute waren ihm verfallen, auch mancher gemeine Soldat, der lieber starb, als nicht zu siegen. Überhaupt Menschen, die sich sinnlos opfern, ohne einen Bezug auf die Kostbarkeit ihres eigenen, individuellen Lebens, und dann als Kadaver faulen. Finden Sie sich bei den bezeichneten Leuten wieder?“

Reiser und Zietlow starrten den Kommissar mit offenen Mündern an. Ihnen fiel erst wieder ein zu atmen, als Husten sie würgte.

Mommsen schwieg. Er sah sich die beiden Brüder von oben bis unten an, Zentimeter für Zentimeter. Es dauerte. Dann blickte er von unten bis oben. Seine eisblauen Augen ließen die Gesichter frösteln. Diese Augen ließen nicht von den Antlitzen ab. Das Schweigen ließ nicht von ihnen ab. Sekunden wogen wie Ziegel, Minuten wie Betonquader, dann wie einer der Riesenfelsen auf einem Hünengrab, von denen es auf Sylt viele gab, fiel einem der beiden Männer jäh ein. Er musste an diese Gräber denken und wusste eigentlich nicht, warum. Der *Denghoog* bei Wenningstedt. Sie hatten bei ihrem letzten Sylt-Aufenthalt gebeugt darin gesessen, sich erstickt, beinahe tot gefühlt. So war es auch jetzt. Das Schweigen senkte sich tiefer und tiefer, drückte und drückte mehr und mehr. Ein Riesenstein schien sich aus seiner Ankerung zu lösen.

Mommsen schwieg.

Die beiden Männer sahen ihn plötzlich kaum mehr.

„Herr Andernacht weiß mehr als wir alle zusammen“, bangte Knut Reiser. „Sein Wissen kann uns letztlich den Weg zum Leben weisen.“

Der Kommissar schwieg. Der Felsen ächzte.

„Er ist uns allen haushoch überlegen. Ohne ihn kämen wir nicht zurecht, was die letzten Dinge des Seins angeht. Er will uns an unsere Grenzen führen. Dafür schulden wir ihm Gehorsam.“

Mommsen hielt jede Erwiderung zurück.

Der *Denghoog,* so schien es, verflachte sich und würde sie gleich zerquetschen.

„Er hat uns durchschaut. Er durchschaut uns immer wieder“, ächzte Zietlow. „Damit könnte er uns Böses tun, wenn er wollte. Aber er will nicht.“ Der junge Mann beugte sich noch tiefer und fügte unbestimmt, wie es Kinderangst oft im Dunkeln ist, flüsternd hinzu: „Glaube ich jedenfalls.“

Der Hauptkommissar bewegte noch nicht einmal einen Gesichtsmuskel. Ein Riesenfindling schien ins Rutschen zu geraten.

„Ein Geheimnis“, stammelte der andere Bruder, „ein Geheimnis verbindet uns, das wir niemandem verraten dürfen. Es ist so eine Art Mantra, wenn Sie verstehen, was ich meine, ein Mantra, aber viel länger und viel wahrer.“

Mommsen schwieg. Sein Schweigen brach über den beiden Brüdern zusammen und drohte, sie bis zu ihren Mündern unter sich zu begraben.

Dann schnitt Mommsen einen ganz kurzen Satz in die Herzen, die Seelen, den Verstand der beiden jungen Männer: „Er hat Sie in der Hand.“

„Nein, nein“, kreischten Zietlow und Reiser entsetzlich unerwachsen. Es folgte noch ein weiteres „Nein“, das von einem ewig auf eine Sträflingsinsel Verbannten ausgestoßen zu werden schien.

Sie wandten sich um, ließen ihren Tisch und die Schriften darauf im Stich und stolperten die Strandstraße hinauf in Richtung des Hotels *Stadt Hamburg,* verschwanden dann nach links in die Norderstraße, die sie zu nichts hinführte, ahnte der Kommissar, wohin sie wollten.

Das war dann ja schon so Einiges, sann er vergnügt, kehrte in das *Café Wien* ein und bestellte sich auf echt Friesisch „Di Kofi", was auch verstanden wurde. Für die Schwarzwälder Kirschtorte, nach der es ihn zusätzlich verlangte, wusste er den friesischen Ausdruck nicht, nur den für Torte: „Di Taart". Die alten Friesen werden den Schwarzwald nicht gekannt haben, nahm er das leichte Amüsement an, das ihn überfallen hatte.

Er streckte die Beine aus, besann sich noch gerade, keinen seiner Zigarillos anzustecken, weil er das gemütliche Lokal nicht räumen wollte, überlegte dafür, wie so ein Geheimnis, ein Mantra, wohl aussehen mochte. Gut würde es gewiss nicht sein. – Somit war der Ausdruck „Mantra" von den beiden schon falsch gewählt worden. – Vermutlich gefährlich. Für wen? Für die Brüder natürlich. Und für die Schwestern gewiss auch.

Er würde es schon herausbekommen, versprach er sich, dankte der freundlichen Serviererin, die mit ihren Rundungen einem an Torten reichen Café angemessen proportioniert war, und schaufelte Sahne in seinen Mund, wobei ihn die Sig-Sauer in ihrem Schulterholster störte. Er wirkte somit ziemlich gespreizt beim Verzehren des Kuchens, was aber niemanden der Rundumsitzenden zum Lachen brachte. Die hatten zu viele andere Gründe dafür. Mommsen gönnte sie ihnen.

Dann dachte er an Andernacht und verlor von einem Augenblick auf den anderen alle Gönnerhaftigkeit.

Konrad Struve saß in seinem Büro im blauen Viermastzelt am Flughafen, trank Wodka und ließ seinen Zorn toben. Andernacht, du mieses Schwein, krachten seine Gedanken ineinander. Du willst besser sein als ich? Der Wodka schien sich in ihm zu entzünden. Überall brannte es in seinem Innern. Ich mache

das Gesicht immer noch jene Fratze eines nach menschlichen Opfern gierenden Aztekengottes. „Und ihr haut alle ab! Sofort!“, kreischte er und ging auf die Gruppe los. Die stolperte rückwärts, fiel übereinander, sah furchtsam von unten nach oben auf diesen so groß und übermächtig erscheinenden Mann.

Andernacht tat ihnen keinerlei Gewalt an. Sie waren nicht das Ziel seines Zorns, den die Schläge und der Tritt ein wenig gebändigt hatten. Er blickte erneut auf den Zeltmissionar. Der kroch auf allen Vieren. Gut so, dachte der Große Bruder und goss den Rest aus der Wodkaflasche über ihn. Nun gehört er eigentlich angezündet, dieser Behexer meiner Mutter, lockte eine Stimme, die Andernacht genau kannte. Sie sprach immer, wenn er fühlte, wie sehr man ihn aus einer ausgewogenen Welt ausgebürgert hatte. Er hätte so gerne eine Heimat gehabt. Er hatte nur sich, glaubte er.

Struve lag auf dem schmutzigen Boden, roch den Dreck, den er ausgeschieden hatte, und verstand nicht. Ein Gewalttäter, und sei es auch nur einer mit Worten, versteht nicht die Gewalt, die ihm selbst plötzlich zugefügt wird, sondern nur die, die er anderen antut.

8

Mommsen wollte noch einmal die Wohnung Griet Suhrs besuchen, sie auf sich wirken lassen, sie in sich aufnehmen, schmeckend, riechend, hörend und erst zuletzt sehend. Er tat es regelmäßig bei Morduntersuchungen, dass er sich eine Zeit lang ganz alleine inmitten des jeweiligen Tatorts aufhielt und ihn für sich zu erschließen suchte.

Er ging mit weit ausholenden Schritten die Süderstraße hinunter, am prachtvoll restaurierten Friesenhaus des Starkochs Jörg Müller vorbei. Es wirkte ein wenig schlossähnlich, zumindest gutsherrenhausähnlich, was die anderen Friesenhäuser wenige Meter weiter auf der anderen Straßenseite nicht taten. Sie gaben sich als Dienerinnen ihrer Bewohner, die Reetdächer ein Stück über die Fensteraugen gezogen. Sie sahen wie aus dem Boden der Insel gewachsen aus.

Das Haus der Suhrs war das Mittlere eines Dreierensembles von Bauten, die aneinander klebten, mit roten Ziegeln gemauert, das Dach ebenfalls rot, alles schon etwas von Wind, Regen und Schnee aufgeraut, dennoch jung aussehend.

Als Mommsen sah, dass das Polizeisiegel abgerissen und die Tür nicht abgeschlossen war, legte sich seine rechte Hand auf die Dienstwaffe und löste die Sicherung des Holsters.

Er hörte sein Herz einige Alarmschläge pochen, trat vorsichtig in den Flur, sonderte ersten Schweiß ab, schlich, roch, dass dieser Flur bereits die Menschen vergessen hatte: Staub, Feuchtigkeit, ein wenig Moder. Das Halbdunkel sprach zu dem Beamten von einem Versteck, das bereits ein anderer aufgesucht hatte. Es wirkte aufgewühlt, dieses Dunkel.

Mommsen blieb stehen und horchte. Es knarrte und ächzte, die natürlichen Geräusche eines Hauses.

Das Herz pochte die Alarmschläge lauter, nachdrücklicher. Ein Kribbeln breitete sich zwischen den Schulterblättern aus. Ein Rascheln, kaum vernehmbar, drang aus der Küche.

Mommsen schob die Tür leise auf. Die Hand umklammerte den Griff der Sig-Sauer.

Der Polizist blieb still stehen, ignorierte das ihn ständig durchlaufende Zittern, beabsichtigte, alle seine Sinne den Küchenraum erfassen zu lassen. Es roch nach etwas, was nicht hierher gehörte, ein Parfum? Nein, ein Rasierwasser, beinahe von den anderen Düften verschluckt. Mommsen hatte es schon einmal gerochen. Er erinnerte sich nicht, an wem, vielleicht an mehreren Männern. Das Letztere glaubte er nicht. Es hatte für ihn eine zu individuelle Note. Er tat den Geruch erst einmal ab, weil er ihn ablenkte.

Er setzte den ersten Schritt in die Küche hinein, zögerte, hörte, wollte sehen, sah nicht, dann den zweiten Schritt. Die Füße wogen schwerer als gewohnt. Etwas war nicht gut. Nichts war gut.

Das Herz trommelte den Alarm nun wütend, weil es nicht beachtet wurde. Die Haare knisterten. Der dritte Schritt ...

Ein Schlag traf ihn am Hinterkopf, nicht sonderlich stark mit der Handkante ausgeführt, glaubte der Kommissar zu spüren. Er war überrumpelt, fassungslos, während er nach vorne über eine Fußbank stolperte – er hatte sie zu spät erblickt. Seine linke Schläfe schrammte an einem Schrank entlang. Er schlug mit dem Kopf gegen die Wand, glitt auf den Boden. Die Schmerzen betäubten ihn. Schwärze nahm ihn auf, die so schwarz war, dass das Bewusstsein Mommsens ihr nicht gewachsen war und sich ihr übergab.

Wenig später – er hoffte jedenfalls, dass es nur wenig später war – holte ihn eine reißende Pein an seinem Kopf aus der Bewusstlosigkeit. Er setzte sich auf, atmete schwer, dann regelmäßig, um die aufsteigende Übelkeit niederzuhalten, blieb am Boden, bewegte alle Glieder. Nichts schien ernsthaft verletzt, horchte in die Dunkelheit, jemand musste die Jalousien heruntergezogen haben, vernahm nur Geräusche, die hierher gehörten, und wagte sich mit seinem Körper Zentimeter für Zentimeter in die Höhe. Er ruhte sich stehend aus.

Seine Dienstwaffe war noch vorhanden. Das beruhigte ihn, nicht jedoch der Gedanke an sein unvorsichtiges, auch unprofessionelles Vorgehen. Er hätte das Haus verlassen sollen, nachdem er das erste fremde Geräusch gehört hatte, es observieren sollen, während er mit seinem Handy nach Verstärkung telefonierte. Die Wege in Westerland waren kurz. Uniformierte Kollegen wären schnell vor Ort gewesen.

Der Kopf tat höllisch weh. Er tastete seine Schläfe ab. Seine Hand wurde dabei feucht. Blut. Er versuchte die ersten Schritte, taumelig. Draußen blendete ihn die grelle Frühabendsonne. Er trank viel von der frischen Luft. Es ging ihm besser. Er schwankte vorsichtig zur Haustür der Inken Mewes, klingelte, wartete, hörte Schritte. Die Frau öffnete ihm, unterdrückte einen leisen Aufschrei und fragte vielmehr: „Was ist Ihnen denn passiert?“

Mommsen antwortete nicht, bat stattdessen um ein Glas Wasser und ein Pflaster. Die Frau stützte ihn, ließ ihn dabei ihre Weichheit spüren, als sie eng aneinander geschmiegt in das Wohnzimmer torkelten.

Inken Mewes setzte ihn behutsam in einem bequemen Sessel ab, huschte aus dem Raum, kehrte mit Wasser und Pflaster zurück, ließ ihn trinken, säuberte seine Wunde, wobei sie immer „Hui, hui, hui“ sagte, und fragte dann: „Haben Sie den erkannt, der auf Sie eingeschlagen hat?“

Mommsen fragte zurück: „Was könnte jemand in der Wohnung von Griet Suhr so dringend suchen?“

„Ihr Tagebuch“, gab die Nachbarin und Freundin nahezu munter bekannt. „Das haben Ihre Beamten ja auch nicht gefunden. Aber das ist mir erst später eingefallen. Es ist auch sehr schwer zu finden. Griet hat ihre allergeheimsten Gedanken und Erlebnisse hineingeschrieben, ich glaube sogar, jeden Tag. Keiner wusste, was sie da notiert hatte, sogar ich nicht“, kam es ein wenig pikiert von der blond-fröhlichen Inken, die dann sagte: „So gut wie neu“, und ihre Reparaturarbeiten am Hauptkommissar meinte.

„Wussten Sie, wo das Tagebuch versteckt war“, flüsterte Mommsen durch seinen Schmerz hindurch.

„Sie hat es mir einen Tag vor ihrem Tod verraten“, trauerte die Freundin. „Stellen Sie sich vor, nur einen Tag.“

„Und wo, Frau Mewes, hat sich das Buch befunden?“ Der Ermittler sah sich jäh von aller Geduld verlassen.

„Das hat sie ganz schön pfiffig gemacht“, tauschte Frau Mewes die Trauer in Bewunderung ein. „Sie hat das Ding in Alufolie gewickelt, dann in einen leeren Karton gepackt, in dem vorher ein Fisch-Schlemmerfilet war, und den Karton dann in das Tiefkühlfach ihres Kühlschranks gelegt. Ziemlich clever. Finden Sie nicht?“

„Kommen Sie! Begleiten Sie mich in die Suhrsche Wohnung“, bat der Kommissar, aber mit Autorität, zudem mit Zorn, nicht nur auf den Schläger, sondern auch auf seine Erkennungsdienstler, diese sonst so findigen Beamten. Doch den zweiten Zorn hielt er sehr schnell für ungerecht, war das Versteck doch raffiniert ausgesucht.

Polizist und Nachbarin beugten sich in der Küche nebenan in den Kühlschrank hinein.

„Der Schlemmerfiletkarton ist weg“, betonte Inken Mewes jedes Wort. „Tut mir Leid für Sie.“

„Haben Sie mit jemandem über dieses Versteck gesprochen?“, wisperte Mommsen heftigen Argwohn.

„Wo denken Sie hin?“ Die Freundin zog sich verärgert in die Nachbarin zurück, dann in eine möglichst fremde Person: „Ich muss schon bitten.“

„Sie sind sich ganz sicher?“, drängelte der hastige Atem des Kommissars.

Die fremde Person, zuvor Freundin, dann Nachbarin, würdigte ihn keiner Antwort. Sie wirkte blass. Ihr Körper schwankte hin und her.

Sie hat geredet, überlegte Mommsen, ganz bestimmt.

Die abendliche Dienstbesprechung in der Polizeizentrale begann ohne Mommsen. Die Flensburger gaben sich beunruhigt. So etwas war ihres Wissens noch nie passiert. Man berichtete vom Tag, vom „Geheimnis“ der Geschwister, davon, dass sie „alles“ tun würden, um ihre Gemeinschaft zu schützen – Bastian Knaack zeigte über diesen Ausdruck immer noch größte Besorgnis her –, und über Andernacht, den Hauptkommissar Krüger nicht angetroffen hatte. Er berichtete das mit einer sehr gedämpften, stark aufgerauten Stimme: „Ich habe mich vor dessen Tür im Neuen Kurzentrum heiser geschrieen.“

Danke, seufzte still für sich das Flensburger Team.

„Ein Rentner“, fuhr Krüger gedämpft fort, „der nebenan wohnt, hat mir, nachdem ich ihn endlich davon überzeugt hatte, dass kein Feuer ausgebrochen wäre, der hat mir erzählt – die Wände sind in dem Haus ja auch so was von dünn –, dass er nebenan Schläge gehört hätte, auch das Weinen von Frauen und

Männergebrüll. Orgien allerdings hätte es da wohl nicht gegeben, hat er bedauert.“ Krüger sah aus, als bedauere er diesen Tatbestand ebenfalls. „Aber immerhin Schläge. Das wirft doch ein Licht auf unsere Geschwister, das nicht von Pappe ist“, verkorkste er die Metapher.

Mommsen betrat den Raum. „Es ist nichts“, flüsterte er gleich vorbeugend, als alle wie gebannt auf das Pflaster an der Schläfe sahen, durch das Blut gesuppt war. „Die Suhr hat ein Tagebuch geführt, das jetzt verschwunden ist, von einem Mann entwendet, der das Versteck kennen musste. Denn auf ein solches kommt man auch nach längerer Suche nicht. Unseren Erkennungsdienstlern ist es ja auch entgangen. Die Mewes hat am Tag vor dem Tod der Suhr von ihr das Versteck verraten bekommen. Und sie muss es jemandem gesagt haben.“

Dann verordnete der Sachbearbeiter seinem gesamten Ermittlungsteam den Besuch der Zeltmission am heutigen Abend. „Es wird gewiss interessant werden“, unkte er mehr, als dass er versprach. „Andernacht will an die Macht. Was alles wagt er dafür?“

„Sie brauchen ein neues Pflaster“, bestimmte Carola Bunge, rief einen Beamten herbei, der dann zum Sanitätsschrank lief und Pflaster aller Größenordnungen anschleppte. Sogar bunte waren dabei, mit Elefanten oder Fröschen darauf.

„Wenn Sie nicht stillhalten, kriegen sie das mit dem Frosch“, drohte die Hauptkommissarin.

BUBI

Bubi war mittlerweile 15 Jahre alt. Er hatte mit Begeisterung den Konfirmandenunterricht besucht und die Geschichten von Jesus gehört. Er wollte gerne so wie Jesus werden, wenigstens ein bisschen. Denn ganz so wie Jesus werden konnte er nicht. Das wusste er. Er war ja nicht Gottes Sohn, sondern der Sohn eines Mannes mit Seewolfhänden, der nach Zigarren und Whisky stank und ES oft mit anderen Frauen machte.

Mama war mit der Zeit immer kleiner geworden. Es war so, als wenn sie sich in sich selbst verkroch. Ihr Gesicht war voller Falten. Der Vater nannte sie oft eine „alte Backpflaume“. Das tat Bubi weh. Nur wenn der Prediger zweimal die Woche da gewesen war und mit Mama geredet hatte, irgendwie feierlich geredet hatte, während er diesen bunten Schal über seinem schwarzen Anzug um den Hals trug, war Mama irgendwie jünger und auch fröhlicher.

Bubi hörte manchmal durch den Türspalt zu, wenn der Prediger sprach, Mama segnete und dann von ihr den Briefumschlag bekam. Er wusste, dass er die beiden nicht belauschen sollte. Doch der Prediger redete so schön von der Reinheit und dem Licht, dass Bubi nicht anders konnte und auch fröhlicher wurde, besonders wegen der Reinheit. Dafür konnte er etwas tun. Das Licht würde einem geschenkt, sagte der Prediger.

Mama lächelte, als Bubi ihr gestand, er würde dem Prediger und ihr öfter heimlich zuhören. Er gestand es wegen der Reinheit.

„Das macht nichts“, sagte Mama. „Der Prediger kann auch dir wichtige Dinge sagen.“

Er saß immer noch oft mit Mama zusammen, wenn sie klein auf dem Sofa lag und ihre faltigen Hände wie kranke Vögel über die bunte Decke krabbelten. Mama fror oft. Manchmal sah sie Bubi richtig besorgt an. „Ich weiß“, sagte sie, „dass sich jetzt alles in deinem Körper in noch größerer Unruhe befindet als letztes Jahr und du bestimmt häufig an Mädchen denkst.“

„Nicht oft“, sagte Bubi.

„Fühlst du dann, wie etwas bei dir sich körperlich verändert“, fragte Mama bang.

„Nein“, zitterte Bubi wegen der Lüge und weil es nicht rein war. „Ganz selten.“

„Das ist nicht gut“, ängstigte sich Mama. „Aber du kannst nichts dafür. Ihr Männer seid so schwach. Hauptsache, du legst nie Hand an dich.“

„Nein“, sagte Bubi. „Das tue ich nie.“

„Gut“, lobte Mama. „Bewahre die Sauberkeit deines Körpers, in dem Gott so gerne wohnen möchte. Dann wirst du auch nicht wie dein Vater.“

„Bestimmt nicht“, sagte Bubi.

„Tue ES erst, wenn du eine keusche Frau gefunden hast, dich mit ihr unter Gottes Segen ehelich verbunden hast und ein Kind zeugen willst. Nur dazu hat Gott ES bestimmt.“

„Ja, Mama“, sagte Bubi und strich ihr scheu über die welken Hände.

Dann wurde Bubi konfirmiert. Und etwas Schreckliches nahm danach seinen Lauf. Denn der Seewolf-Vater bestimmte, dass es nun an der Zeit sei, Bubi zum richtigen Mann zu machen. Das sollte am nächsten Wochenende auf Sylt geschehen.

Als Bubi Mama das erzählte, weinte sie furchtbar.

„Bitte, hilf mir!“, flehte Bubi.

„Ich kann nicht“, weinte Mama noch erbärmlicher. „Dein Vater hat die Macht. Er ist zu stark für mich. Aber Bubi, vielleicht gelingt es dir ja, dass du widerstehen kannst und ES nicht tust. Versuche es mit all deinen Kräften. Kämpfe um die Reinheit deines Körpers und deiner Seele.“

„Ich werde kämpfen“, versprach Bubi und hatte furchtbare Angst.

Am Samstag fuhren sie in Vaters großem Auto nach Sylt.

Neben Bubi saß ein Mädchen, das Marga hieß. Vater sagte, sie sei das schönste Mädchen in seinem Büro. Daraufhin schimpfte die andere Frau vorne neben Vater: „Du hast immer gesagt, ich wäre die Schönste.“

„Ihr seid beide auf eine eigene Art schön“, hustete Vater, weil er eine Zigarre rauchte und sein schweres Asthma ihm das eigentlich verbot. Aber Vater ließ sich von keinem Menschen und von keiner Krankheit etwas verbieten.

In Westerland bezogen sie am Abend zwei Zimmer in einem schönen Hotel, Sylvia, so hieß Vaters Freundin, mit ihm das eine, das größer war, Marga mit Bubi das andere.

Im Zimmer stieß Marga sofort einen Jubelruf aus, als sie die große Champagnerflasche auf dem Tisch entdeckte. Sie öffnete sie. Viel von der Flüssigkeit spritzte in den Raum. Marga juchzte und alberte: „Kannst du auch so spritzen, Bubi? Komm, trink mit mir!“ Bubi wollte nicht. Da trank Marga alleine, nannte ihn aber vorher einen „Langweiler“.

Es wurde spät. Bubi ging in das Badezimmer, duschte, putzte sich die Zähne und zog seinen Pyjama an. Als er in das Zimmer zurückkehrte, lag Marga auf dem breiten Bett und hatte nichts an. Ihre Beine hielt sie weit auseinander. Bubi ekelte sich vor den vielen schwarzen Haaren. Marga zeigte darauf und sagte: „Das ist das Paradies für euch Männer. Oder bist du kein richtiger Mann?“, grölte sie. Bubi sah nicht hin. Er fand die bleiche Haut, die kleinen Berge ihrer Brüste und besonders das da unten widerlich. Er erschrak davor so sehr, dass alle Kraft ihn verließ und er sich wie eine Puppe, ein Hampelmann, fühlte.

„Komm her, du Schlaffi“, lallte Marga. „Nein? Dann komme ich eben zu dir.“ Sie stieg aus dem Bett und schwankte zu Bubi hin, drängte ihn an die Wand und zerrte mit aller Kraft an seiner Pyjamahose. Bubi hielt sie verzweifelt fest. Das Gummi riss. Die Hose rutschte. Marga johlte: „Nun guck sich bloß mal einer diesen winzigen Zipfel an. Da ist mein Daumen ja länger. Und der ist vor allem hart. Dein Zipfel, Bubi, ist weich wie durchgekautes Kaugummi.“ Sie lachte und lachte und zog an Bubi, immer wieder. „Bubi“, schrie sie und schnitt an ihm mit ihrem Hohn, „bist du etwa schwul?“

„Nein“, sagte Bubi. „Nein“, sagte er noch einmal.

„Ich glaube aber doch!“, schrie sie immer noch in diesem schneidenden Hohn. „Bisher ist nämlich jeder Zipfel, den ich in Händen hatte, gewachsen, und zwar mit Tempo.“

Sie zerrte ihn an seinem Zipfel zum Bett, breitete sich wieder so entsetzlich unrein und schamlos darauf und befahl: „Guck dir das Paradies an. Ist Marga nicht schön?“

Sie drückte Bubis Kopf auf die Haare. Ihm wurde schlecht. Er würgte. Er sprang auf, floh ins Badezimmer und übergab sich.

Als er nach längerer Zeit und mit der größten Angst seines bisherigen Lebens in das Zimmer zurückkehrte, lag Marga immer noch so, ja, gotteslästerlich auf dem Bett.

„Du bist ein Schlappschwanz", höhnte Marga. „Du hast einen so Kleinen, dass du nie, nie einer Frau damit Spaß machen wirst, selbst wenn du ihn hochkriegen solltest. Aber das kriegst du auch nie. Bubi-Schlappi", sang sie dann, „Bubi-Schlappi. Wenn du schon kein Mann bist und nie einer sein wirst, dann kannst du ja wenigstens mein Diener sein und mir eine neue Flasche Champagner bestellen, du Diener ohne Ding. Ein Diener ohne Ding", prustete sie es ein zweites Mal. „Los, du Diener ohne Ding, ruf an und sag denen, sie sollen eine neue Flasche hoch schaffen. Aber pronto, wenn ich bitten darf."

Bubi telefonierte. Er war gedemütigt worden. Er war von ihren Händen geschändet worden. Er war niedergemacht worden. Die junge Frau hatte mit ihrer Verachtung etwas von ihm abgetrennt. ES würde ihm nie gelingen. Der Gedanke, dass er rein geblieben war, vermochte ihn nicht zu trösten. Margas Worte waren viel stärker. Sie waren die Messer, die ihn für alle Zeit entmannten. Er hasste Marga. Er hasste Marga, als wäre sie jede Frau auf der Welt. Er hasste von nun an jede Frau auf der Welt, als wäre sie Marga. Nur Mama hasste er nicht.

Bubi zog sich an und verließ das Zimmer. Margas Stimme verfolgte ihn: „Bubi-Schlappi. Ding, dong, Bubi hat kein Ding, überhaupt kein Ding." Ihr Lachen verwüstete jede Liebe, die er vielleicht zu einer anderen Frau irgendwann einmal hätte empfinden können, wenn diese Frau nicht seine Mama war.

Er ging an das Meer. Er wollte am liebsten ertrinken. Aber dann würde Mama ganz allein sein. So ertrank er nicht, sondern legte sich in den kalten Dünensand und starrte in den nachtklaren Himmel. Die Sterne blinzelten ihm zu, als wollten sie ihn trösten. „Ich bin rein geblieben. Mein Körper ist weiterhin ein Tempel", sagte er laut. Aber er hörte sich nicht, nur Margas „Ding, dong, Bubi hat kein Ding". Da weinte er und konnte gar nicht mehr damit aufhören.

„Vater“, schrie er, „warum machst du das mit mir, du Dreckskerl, du elender Dreckskerl? Du suhlst dich da oben wie ein Schwein und machst ES, machst ES immer wieder. Dein Leib ist mit Mist gefüllt. Dereinst im Gericht wirst du zu den Böcken geschickt! Brennen wirst du. Brennen!“

Bubi gewöhnte sich das Weinen ab. Er benötigte alle Kraft für seinen Hass.

Wieder daheim erzählte er Mama nur, dass sein Körper und seine Seele rein geblieben seien. Das andere, dieses Ekelhafte, konnte er ihr nicht erzählen. Sie war doch so klein und schwach und sauber.

Mama sagte: „Danke, lieber Gott.“

Der Vater brüllte Bubi am Abend an und nannte ihn die größte Enttäuschung seines Lebens. Ein Mann würde er niemals werden und ein nichtsnutziger Sack mit einem Kopf darauf bleiben, sein ganzes Leben lang.

Der Prediger kam nicht mehr. Mama weinte furchtbar. „Dein Vater hat mein Konto gesperrt“, klagte sie Bubi. „Der Prediger braucht doch das Geld für die Straßenkinder in Bukarest.“

Bei seinem letzten Besuch hatte der Prediger seinen bunten Schal vergessen. Bubi fand ihn und steckte ihn ein. Warum, wusste er nicht. Er hasste den Prediger jetzt auch. Mama wurde immer winziger und trank viel Gin. Sie sprach nicht mehr sehr viel mit Bubi. Sie verwelkte einfach.

Auf einer Fahrt nach Westerland bekam der Vater einen Asthmaanfall. Er fand das Spray, das er sonst immer in der Jackett-Tasche bei sich trug, nicht. Sylvia neben ihm suchte verzweifelt nach dem Asthma-Spray im Handschuhfach, das dort für den Notfall lag. Sie fand auch die Dose. Aber die war leer. Da rief sie mit ihrem Handy einen Notarztwagen. Als der kam, war der Vater schon tot.

„Er hat furchtbar leiden müssen“, berichtete sie den Polizisten später. Auch Bubi und Mama wurden gefragt. Aber sie wussten keine Erklärung dafür, dass die Spraydose im Handschuhfach leer war. Später warf Bubi die Spraydose aus der Jackett-Tasche viele Häuser weiter in einen Müllcontainer.

Mama verkaufte den Betrieb. Dann starb auch sie bald. Bubi war dabei. Blut quoll beim Sterben aus Mamas Mund. Etwas Schlimmeres hatte er noch nie gesehen. Es graute ihn. Das Entsetzen war rein wie Nitroglyzerin.

Bubi glaubte, dass Mama letztlich die geistliche Ernährung durch den Prediger gefehlt hätte und sie von ihrer Seele aus den Körper hätte verhungern lassen. Der Prediger hatte sie getötet.

Ihre Beerdigung war schön. Bubi weinte aber nicht. Er hasste ja. Er bot die Villa einem Makler an. Dann verschwand er, reich und mit Zielen. Hass, Hass, Hass.

9

Das blaue Zelt am Flughafen war zwar nicht voll, aber gut besucht. Draußen parkten viele teure Autos. Auch die aus Kampen hatten wohl Wind davon bekommen, dass diese Zeltmission ähnlich gut war wie das Meer-Kabarett, das Ende der Woche sein Programm am selben Ort eröffnen würde.

Mommsen und sein Team saßen in der dritten Reihe. Schräg vor sich entdeckte der Ermittler Karl Severin und erkannte ihn auch gleich wieder, vielleicht, weil er ihn von hinten sah und nicht von dessen beliebigem Gesicht verwirrt wurde. Neben dem Literaten erblickte er Inken Mewes, die sich eng an ihren Nachbarn lehnte, manchmal nahezu kokett den Kopf zu ihm hob und etwas sagte, was den Romancier zum Lachen brachte. Er legte seinen Arm um die Frau.

„Na, erleben wir den Anfang einer Romanze mit?“, fragte Carola Bunge ihren Chef.

„Vielleicht auch schon die Mitte“, flüsterte der.

Die Band und der Chor intonierten höchst gekonnt den Gospel *Children Get Together.* Mommsen bewunderte und beneidete einmal wieder den Keyboard-Spieler.

Den Aufwärmer machte einer der Geschwister, Knut Reiser.

Er führte sich dabei äußerst ungeschickt auf, meinte Inhalte durch Lautstärke ersetzen zu können, gedachte zudem noch, das Publikum durch möglichst viele Hampeleien aufzuheizen. Im Zelt wurde viel gelacht. Aber auch Buh-Rufe schlugen auf den Bruder ein. Die Band und der Chor erbarmten sich und schmetterten mitten in einen seiner abgedroschenen Sätze *We Shall Overcome.* Einige aus der Achtundsechziger-Generation kannten dieses Kampflied noch, einstmals für die Gleichberechtigung der amerikanischen Schwarzen gesungen, und stimmten mit ein, während die Goldketten leise klirrten, die Rolex-Uhren beim rhythmischen Klatschen durchgeschüttelt wurden und den Bauchträgern für die letzten Verse dann einfach die Luft fehlte. Wie schön waren doch damals die Barrikaden gewesen. Aber das *Pony* oder das *Gogärtchen* waren auch nicht schlecht. Und dort schmeckten die Revolutionserinnerungen ausgezeichnet.

Zeltmissionar Konrad Struve betrat etwas gebeugt die Bühne. Einige, die schon einmal da gewesen waren, freuten sich sehr auf die Beschimpfungen, die auch kamen: „Fettaugen seid ihr, nutzloses Getier auf Gottes Erdboden! Riecht ihr den Rauch der Hölle, ihr Bastarde, von der Sünde gezeugt, von einem Fluch geboren und von der Wollust gesäugt? ..."

Aber Struve entfachte kein Feuer, noch nicht einmal eine Glut, ein leichtes Glimmen. Er brannte nicht wie gestern. Er stieß seine Beschimpfungen eher wie Nebelschwaden aus einem völlig erkalteten Leib aus. Manchmal hielt er sich am Mikrofon-Ständer wie an einer Krücke fest. Der Spendenaufruf am Schluss seiner Rede für die Kinder in Simbabwe geriet zu einem nahezu tonlos vorgetragenen Sermon, der nicht drängelte, sondern lediglich etwas gelangweilt schubste.

Die Band beeilte sich, ein wenig Schwung, ein wenig Swing in das Programm zu bringen, und ließ *I Shall Not Be Moved* von der Bühne tanzen und toben. Der Schlagzeuger drosch den Pulsschlag eines Sprinters, der Keyboarder hatte das Blech auf seinem Instrument eingestellt und stieß hastig, immer hastiger

Fanfaren aus. Der Bassist imitierte eine dahinrasende U-Bahn in New York. Das Publikum geriet aus dem Häuschen.

„Wir sollten uns mit dem Struve nachher einmal ein wenig näher befassen“, versuchte Mommsen zu seiner Nachbarin durchzudringen. Carola Bunge nickte.

Dann betrat Thomas Andernacht, der Große Bruder, die Bühne. Alle Scheinwerfer richteten sich auf ihn. Er stand auf einer gleißenden Lichtinsel, die ihn ausschließlich aussehen ließ. Hinter ihm auf der Leinwand tauchte in lilafarbenen Großbuchstaben der Schriftzug *Die Geschwister* auf. Darunter war etwas kleiner und in einem sanften Grün geschrieben: *Dienen und teilen, danken und lehren, loben und annehmen.*

Andernacht schwieg, stand bewegungslos. Alle Geräusche im Zelt erstarben nach und nach. Dic Stille vibrierte. Das Atmen der Menschen geschah für den da vorne. Der hob eine Hand und hauchte es in das Mikrofon: „Ihr seid wir. Wir sind ihr. Unser Wort heißt *Ja.* Wie heißt unser Wort?“, schrie er jäh auf.

„Ja“, flüsterten einige im Zelt verschüchtert.

„Wie heißt unser Wort? Ich will es hören!“, schleuderte Andernacht den Schrei in die Menge. „Wie heißt unser Wort?“ Er brüllte es. Er trat ganz nahe an die Bühnenkante.

„Ja“, kam es zurück, dann lauter und lauter. „Ja, Ja.“ Zu jedem „Ja“ wurde rhythmisch geklatscht. Andernacht tanzte dazu auf der Bühne dieses „Ja, Ja, Ja“. Er bewegte sich ekstatisch. Plötzlich erstarrte er mitten in einer Geste, einem Schritt, machte eine herrische Bewegung mit der Hand. Schweigen. Sofort.

„Zu wem sagen wir Ja?“, fragte er ganz leise, als spräche er zu einer Geliebten. „Zu Gott“, sang er. „Und zu uns. Zu jedem von uns, mag er noch so schwach, arm, verloren, verfolgt oder ausgestoßen sein. Ja!“, schrie er erneut.

„Ja!“, brüllte die Menge zurück. Schweiß triefte. Stimmbänder schmerzten. Ein Verstand nach dem anderen verlor sich an das Gefühl. Die Vernunft explodierte nahezu im Irrsinn.

Andernacht schrie, sang, tanzte, tobte, brüllte erneut. Er

schlug mit den Fäusten auf den Bühnenboden. Der Schlagzeuger gesellte sich zu dem vom Großen Bruder vorgegebenen Rhythmus. Der Bass setzte ein. Das Keyboard schrillte. Der Chor schaukelte hin und her, summte, summte immer lauter, riss dann die Arme empor und jubelte: *Oh Happy Day.*

Mommsen bewunderte unverhohlen diesen Andernacht. Wahre Könnerschaft, und galt sie auch völlig falschen Dingen, nötigte ihm immer Respekt ab. Man muss seine großen Feinde ehren, um ihnen wehren zu können. So lautete eine seiner Maximen.

Carola Bunge saß körperlich völlig unbewegt neben ihm. Sie wusste Begeisterung von Hysterie zu unterscheiden. Hier tobte sich unzweifelhaft Hysterie aus. Sie kannte deren Gefährlichkeit und hätte Andernacht, wüsste sie auch nur den geringsten Grund, am liebsten sofort aus dem Verkehr gezogen. Der Mann ist das Unheil, dachte sie. Ich bin dafür da, mich gegen dieses Unheil zu stellen. Sie sah sich im Zelt um. Die Menschen trugen Gesichter, die sie, würden sie sie im Spiegel sehen, nicht wiedererkennen und Schrecken, ja, Grauen empfinden lassen würden: die Münder aufgerissen, die Haut schweißig, gerötet, die Augen halb geschlossen, während die Pupillen in ihnen herumirrten. Ich hasse Demagogen, fauchte in ihrem Innern eine maßlose Wut.

Die Musik endete mit dumpfen Paukenschlägen. Wie einst, vor langer Zeit, die niemand vergessen sollte, Kriegsmeldungen in Volksempfängern eingeleitet wurden. Die Hauptkommissarin ballte bei diesem Gedanken ihre Fäuste.

Die Scheinwerfer verlöschten alle zur selben Zeit. Dann geisterte ein roter Lichtstrahl durch den Raum, suchte die Zuhörer, fand sie, einen nach dem anderen. Sie fühlten sich als wehrlose Ziele. Das sollten sie auch. Der Bassist intonierte auf seinem Instrument ein dumpfes Grollen. Es hörte sich gefährlich an. Wir sind in Gefahr, wurde den Zeltinsassen vermittelt. Dann plötzlich die leise Stimme Andernachts aus dem Hintergrund: „Ich bin für euch da. Ich sage Ja zu euch.“

Der rote Lichtstrahl verschwand. Der Bassist verstummte. Dunkelheit. Dann flammte das Zeltlicht auf. Der Alltag. Man war wieder bei sich. Aber alles, was man gehört und gesehen hatte, schlich einem lange Zeit nach. Aufatmen. Doch es war nicht vorbei. Andernacht war für die Zeltbesucher nicht vorbei. Vielleicht würde er sogar nachher in ihren Betten liegen.

Mommsen versammelte seine Mannschaft um sich und flüsterte: „Jetzt nehmen wir uns erst einmal den Struve vor."

Sie fanden ihn hinter der Bühne in seinem Büro. Andernacht stand hinter seinem Stuhl. „Raus!", kommandierte der Hauptkommissar in Richtung des Großen Bruders. Doch der war noch so sehr von seinen Allmachtgefühlen besetzt, dass er nur lachte: „Sie wollen mich aus meinem Reich werfen?"

„Herr Krüger und Herr Knaack, würden Sie bitte so freundlich sein", wisperte Mommsen, „diesen Großkotz hier rauszuschmeißen. Und sollte er sich wehren, fordern Sie eine Streife an, die ihn im Polizeihaus festsetzt."

Die beiden riesigen Kriminalisten stellten sich neben Andernacht, fassten ihn jeweils unter einen Arm und hoben ihn mit Leichtigkeit an.

„Schon gut", spuckte der Große Bruder Verachtung.

„Sie sind für uns nur ein Leichtgewicht", sagte Hauptkommissar Krüger, eine Drohung in seiner Stimme, die nach Gewalt verlangte, „nichts als ein erbärmliches Leichtgewicht!"

Die beiden trugen Andernacht aus dem Zelt, ließen auch nicht von ihm ab, als sie sich dem drängelnden Publikum näherten, hoben ihn an den Menschenmassen vorbei, als wäre er ein überflüssiges Möbelstück. Die Leute starrten entgeistert, wie ihr Held, ihr Idol, ihr machtvoller Verführer von eben fortgeräumt wurde. Am Zaun ließen die Beamten ihn einfach fallen.

Andernacht landete bar jeder Würde auf seinem Gesäß. Er schäumte vor Wut. Er schrie Sinnlosigkeiten hinter den Polizisten her. Dann blickte er auf die enttäuschten Gesichter derer, die vor Minuten noch seiner Magie verfallen gewesen waren, und schämte sich, stand hastig auf und floh ins Dunkel.

„Da gehört er hin“, sagte Bastian Knaack.

Die übrigen Beamten hatten sich in einem Halbkreis um den alten Zeltmissionar gestellt.

„Andernacht hat Ihnen alles weggenommen“, flüsterte Mommsen.

„Sie haben nichts mehr“, sagte Carola Bunge.

„Was hat er gegen Sie in der Hand?“, verlangte Peter Gadamer zu wissen.

„Nichts“, sabberte Struve.

„Doch“, widersprach Kriminalkommissar Bernd Steuben: „Sie haben die Menschen belogen und betrogen. Sie haben sich an Frauen aus Ihrem Team vergriffen und Gelder veruntreut. Das haben wir gegen Sie in der Hand. Und Andernacht hat es auch.“

„Ja“, beugte sich der Zeltmissionar. „Nur ist er gefährlicher, als ich es jemals war. Er mag die Gewalt. Er kostet sie aus wie ich meinen Wodka. Er besäuft sich an ihr und an der Macht.“

„Könnte er dafür auch töten“, summte Mommsen.

„Er täte alles für seine Sucht“, krächzte Struve. „Ich bin ein Trinker. Er aber ist ein Terrorist. Nein, nicht wie die aus der Zeitung. Er ist es ganz anders. Er bombt nicht. Ja, er schlägt ganz gerne. Doch er legt sozusagen Zeitbomben in die Seelen der Menschen, wenn Sie verstehen, was ich meine. Und wenn er glaubt, die richtige Zeit sei gekommen, dann lässt er sie hochgehen. Er hat es bei mir getan. Er wird es bei seinen so genannten Geschwistern tun. Und vermutlich auch noch bei anderen Leuten. Er ist ein Fanatiker, ein Fundamentalist. Doch, er ist fromm dabei. Aber seine Frömmigkeit duldet nicht. Sie beseitigt denjenigen, der nicht zu ihr passt, der seinen Fundamentalismus gefährdet. Ich habe Gott nie sonderlich ernst genommen. Das gebe ich unumwunden zu. Andernacht tut das. Doch dieser Gott muss so sein, wie er ihn will, wie er ihn sich aus der Bibel zusammensetzt. Das ist kein freundlicher Gott. Nein, das ist er wirklich nicht.“

Der alte Mann schwieg. Man hörte seinen Atem wie das Pumpen eines medizinischen Gerätes auf einer Intensivstation. Es klang nicht mehr nach echtem Leben.

„Ich werde gehen, wenn mich Andernacht endlich gehen lässt", ließ sich der Zeltmissionar noch einmal hören. „Noch braucht er mich, sozusagen als das blasse, schwache Gegengewicht für seine Brillanz. Dann werde ich gehen", verklang Struve. „Es ist einfach genug. Vielleicht lerne ich auf meine alten Tage noch das richtige Beten. Meine Angst vor Andernacht könnte das schaffen. Nehmen Sie mich jetzt fest?"

„Nein", sprach Mommsen. „Betrug ist nicht unser Ressort. Das ist Andernacht, denke ich einmal, und seinesgleichen."

Sie verließen den alten Mann und sahen gerade noch, wie er unter dem Tisch nach der Wodkaflasche griff.

„Vielleicht sollten wir auf ihn aufpassen", sagte Carola Bunge, „solange der Große Bruder sich hier noch austobt."

Mommsen lud die Kommissarin im *Marin*-Hotel noch zu einem Schlummertrunk auf sein Zimmer ein. „Ich habe gegenüber bei *Spar* einen recht guten Rotwein aufgetan und zwei Flaschen davon gekauft. Na, wie wär´s?"

„Es wäre gut", sagte die Kollegin. „Wir haben einigen Dreck runterzuspülen."

In Mommsens Zimmer entdeckte sie das kleine Keyboard, das auf dem Bett lag. „Spielen Sie?", fragte sie.

„Nur Gospels", erwiderte er. „Meine verstorbene Frau und ich mochten diese Musik sehr. Ich gehe mal eben zur netten Dame am Empfang und bitte sie um einen Korkenzieher."

Sie tranken den Wein aus stilechten Gläsern, die sie in einem Glasschrank neben dem Schreibtisch entdeckt hatten.

„Auf was wollen wir anstoßen?", fragte Carola Bunge.

Mommsen überlegte lange. Dann sagte er: „Dass wir dem Tod gewachsen bleiben."

„Wir als Polizeibeamte oder wir als Menschen?"

„Als beides", flüsterte der Ermittler. „Ich mag die beiden so ungern voneinander trennen."

Sie gingen erst spät auseinander. Es war schon weit nach Mitternacht. Sie hatten auch über den Fall gesprochen. Aber nicht nur. Den Menschen hatten sie auch eine Sprache erlaubt. Beim Abschied gab Carola Bunge ihrem Chef einen leichten Kuss auf die Wange, flüchtig dahingehaucht, dennoch voller Bedeutung. „Ich möchte diesen Tag und am liebsten alle Tage, an denen ich hinter Mördern her sein muss, so beenden, versöhnlich und voller Frieden."

„Ich auch", wisperte Mommsen. Aber die Kommissarin war schon gegangen. Sie würden morgen sehr früh gemeinsam frühstücken, hatten sie verabredet, bevor Carola Bunge nach Hamburg fuhr, um dort in Griet Suhrs Leben herumzustöbern.

10

Mommsen kam sehr zeitig in das Polizeihaus am Kirchenweg. Er plauderte noch ein wenig mit dem diensthabenden Oberkommissar. Der Sachbearbeiter war sehr froh darüber, dass die Zusammenarbeit zwischen Kripo und den uniformierten Kollegen auf Westerland so reibungslos klappte. Er wusste von den Vorbehalten, die mancher Schutzpolizist gegenüber den zivilen Beamten hatte, kannte auch die Bezeichnung, mit der die Uniformträger die Kripoleute zuweilen belegten: „Bewaffnete Verwaltung". Im Gegenzug nannten die Zivilen die Schutzpolizisten gelegentlich „Trachtengruppe". Doch hier würden solche abwertenden Begriffe wohl kaum fallen, weil ein jeder vor dem anderen Respekt zeigte und anerkannte, wie schwer die jeweiligen Aufgaben zu bewältigen waren.

Die Westerländer Beamten hatten in der Hauptsaison alle Hände voll zu tun. Dennoch kümmerten sie sich um die Flensburger und wiesen sie in die Sylter Grundbefindlichkeiten ein. Mommsen war wirklich dankbar dafür und zeigte darum gerne Freundlichkeit und Wertschätzung vor.

Er begab sich in den großen Besprechungsraum, der mehr als 20 Beamte fasste, setzte sich an den langen Tisch, stand wieder auf, zog die braunen Gardinen zu, weil die Sonne blendete, und kehrte an seinen Platz zurück. Er breitete Papiere vor sich aus und überlegte, ob man bei der gegenwärtigen Fixierung auf Andernacht und seine Geschwister nicht andere Spuren außer acht gelassen hätte. Sie müssten unbedingt Griet Suhr noch näher kennen lernen. Das würde Carola Bunge in Hamburg versuchen. Er wollte es hier in Westerland auch tun, indem er erneut in ihre Wohnung ging, um sie diesmal ungestört auf sich wirken zu lassen. Auch den Pastor wollte er noch einmal befragen, ebenso Frau Mewes und den Ehemann, der mittlerweile in einem kleinen Hotel an der Friedrichstraße untergekommen war.

Als seine Beamten pünktlich eingetroffen waren, bat er sie, sich weiterhin nachdrücklich um Andernacht und die Geschwister zu kümmern, auffällig und aufdringlich wie schon zuvor. Er sagte auch, was er vorhatte. Krüger, immer noch seiner Stimmengewalt beraubt, flüsterte, dass er erneut mit dem Rentner aus der Nachbarwohnung der Geschwister reden wolle. Mommsen nickte das ab, gab aber zu bedenken, dass die Beamtenschar dadurch ziemlich klein würde, um die Gruppe um den Großen Bruder in Unruhe zu versetzen. „Aber machen Sie nur, wie Sie es für richtig halten."

In der Nicolaikirche, deren bunte Fenster Mommsen sehr gefielen, beantwortete ein hilfsbereiter Küster die Frage des Polizisten, wo er Pastor Brandt antreffen könne, mit „Alt-Westerland neben die St. Niels-Kirche", wo er hübsche Reetdachhäuser vorfinden werde, in denen auch das Pastorat untergebracht sei.

Es war in der Tat ein hübsches Ensemble von Friesenhäusern, die Mommsen gegenüber der geduckten, alten Kirche sich zusammendrängen sah, zu denen auch das Gemeindehaus und ein Beratungszentrum gehörten. Als er an der Pastorenwohnung klingelte, öffnete ihm überaus schnell ein sportlich aussehender Mann, kaum älter als 40, in Jeans und ein rostrotes Polohemd gehüllt, der sich munter als Pastor vorstellte. Er schenkte dem vorgezeigten Dienstausweis keine Beachtung. „Ich kenne Sie. Wir bleiben eine Kleinstadt, auch wenn die Touristen uns überfluten.“ Der Beamte wurde in ein gemütliches Zimmer geführt, in dem sich auf allen Möbeln Bücher häuften.

„Ich suche gerade nach einem Einstieg für eine Beerdigungsansprache“, entschuldigte sich der Geistliche ungebrochen fröhlich. „Man kann doch in eine Totenrede nicht immer gleich einsteigen.“

„Das kann man wohl nicht“, gab Mommsen zu und bat dann seinerseits um Pardon: „Ich weiß, meine Beamten haben Sie schon wegen Frau Suhr mit Fragen gelöchert. Nun komme auch ich noch daher und möchte das Gleiche tun.“

„Ich rede gerne über Griet Suhr“, sagte der Pastor. „Sie ist, sie war eine Frau, die alle guten Worte verdient. Nein, sie war nicht vollkommen. Das wäre ja auch schrecklich und für keinen Menschen auszuhalten. Aber sie gab sich ganz ihren Aufgaben für andere hin. Ich hätte es manchmal lieber gesehen, sie hätte es nicht ganz so vollständig getan. Sie ließ dabei ja kaum etwas von sich selbst übrig. Manchmal mache ich mir Vorwürfe, dass ich sie nicht mehr gebremst habe. Doch vielleicht brauchte sie das bei der häufigen Abwesenheit ihres Mannes. Wenn der zu Hause war, dann hat sie sich bei uns auch zurückgenommen. Wir hatten das gemeinsam abgesprochen. Aber kaum musste er wieder auf eine seiner Baustellen, veräußerte sie sich in unserer Kirchengemeinde bis an die Grenzen ihrer Kraft. Hin und wieder habe ich Angst, dadurch wären ihre Depressionen ausgelöst worden.“

Der Pastor fuhr sich plötzlich sehr müde über das Gesicht. „Frau Suhr brannte von innen. Das hielt ich für gefährlich. Ich sah beinahe, wie das innere Feuer sie aufzuzehren drohte. Es war auch etwas Zwanghaftes an ihr, so habe ich es jedenfalls empfunden, als wollte sie eine Last abtragen oder auch eine Schuld. Aber an Schuld, an Schuld kann man bei Frau Suhr nur schwer denken.“

„Warum?“, wisperte der Kommissar.

„Weil sie oft wie ein Kind war, naiv, spontan, ja, auch albern und ausgelassen. Und Kinder, die sind doch gemeinhin unschuldig."

„Ja", summte Mommsen. „Gemeinhin …"

„Nein, nein, Herr Kommissar", breitete der Geistliche beide Hände weit offen vor sich auf den Schreibtisch. „So war sie hauptsächlich, wie meine ausgebreiteten, offenen Hände. Viel mehr kann ich Ihnen eigentlich nicht sagen. Aber wissen Sie, Frau Suhr hat vor Monaten eng mit einem Zivi zusammengearbeitet, hauptsächlich bei unseren Senioren. Der hat sie von uns wohl am besten gekannt. Ich weiß nicht, wo er jetzt studiert. Aber ich habe die Telefonnummer seiner Eltern."

Der Pfarrer blätterte in einem abgewetzten, grünen Lederbüchlein, murmelte: „Ach, hier", fischte dann einen Kugelschreiber aus dem Bücherhaufen und schrieb die Nummer auf einen Zettel.

„Danke", sprach Mommsen. „Sie sind sehr hilfsbereit."

„Wir vermissen Griet sehr. Musste sie auch so sterben, durch einen Mord vor ihrem Suizid? Das ist ungerecht. Nein, makaber, unsinnig. Ich weiß nicht. Griet hätte als hochbetagte Dame sterben müssen, die gütigen Augen in Frieden geschlossen. Das hätte unser Gott ihr einfach zubilligen müssen. Ich mag meinen Gott zur Zeit nicht besonders. Aber ich muss mit ihm zurechtkommen. Ich will es auch. Ich hoffe, dass er tiefe Trauer um seine Tochter Griet Suhr trägt." Der Geistliche lächelte verzerrt. „Klingt das für Sie von einem Pastor seltsam?"

„Nein", sagte Mommsen. „Gut und traurig und sehr menschlich. Ich habe mir auch einmal sehr gewünscht, dass Gott Trauer trägt, und zwar eine tiefschwarze und tränenreiche. Danke noch einmal."

„Ja", sagte der Pastor und meinte alles andere als das.

Mommsen saß auf einer sonnenbeschienenen Bank an der Munkmarscher Chaussee und sprach über sein Handy mit einem ehemaligen Zivildienstleistenden, der jetzt Geschichte und

Englisch in Hamburg studierte, Boris Meinhardt hieß und lauthals weinte. Der Ermittler hatte nur den Namen Griet Suhr und deren Tod erwähnt, als sofort dieses Weinen ausbrach. Er wartete, sagte manchmal: „Ich verstehe Sie“, auch: „Lassen Sie sich nur Zeit. Der Schmerz muss raus“, und wartete weiter.

Boris Meinhardt fasste sich ein wenig, entschuldigte sich nicht für seine offen vorgezeigte Trauer, was dem Kommissar gefiel, und begann stockend zu erzählen: „Das Wichtigste zuerst. Ich hatte mich in Griet verliebt. Sie wusste das, hat mir dafür gedankt, gesagt, sie hätte so viel Liebe gar nicht verdient, die von ihrem Mann und nun auch noch meine. Für mich war sie der liebenswerteste Mensch, den ich jemals kennen gelernt habe. Sie gab von ihrer Liebe ab, was sie nur von ihr entbehren konnte, und dann noch mehr. Sie entleerte sich richtig. Nein, ich war nicht enttäuscht, dass sie mich nicht wiederliebte. Sie hat mir so froh gesagt, dass sie, wir alle mit der Liebe äußerst sparsam und vorsichtig und, ja, behutsam wie mit bunten Schmetterlingsflügeln umgehen müssten, die schon ein Regentropfen lähmen könnte. Wir haben wunderbar zusammengearbeitet. Wir mussten uns gar nicht mehr sagen, was dann und dann zu tun war. Das funktionierte ohne Worte. Und ich glaube, das ist sehr selten. Wir haben auch oft gefeiert, manchmal mit der ganzen Seniorengruppe, manchmal auch nur wir beiden alleine, wenn ein Tag einmal wieder besonders schwer war. Dann haben wir uns Sekt gekauft und sind an einen der vielen FKK-Strände gefahren. Nackt baden ist auf Sylt ja nun wirklich nichts Besonderes“, klang es nach einer inständigen Bitte um Verständnis.

„Nein“, murmelte Mommsen „das ist es wirklich nicht.“

„Sie war so schön“, weinte es wieder aus dem Hörer. „Nein, zwischen uns ist nie irgendetwas passiert. Das müssen Sie mir glauben.“

„Ich glaube es“, flüsterte der Hauptkommissar.

„Einmal hat sie mir gesagt, dass sie meinen Körper schön fände. Ich mache so ein wenig Bodybuilding. Und sie hat mich dabei angeguckt, als genösse sie mich. Ich habe ihr dann auch gesagt, dass sie wunderschön sei. Sie hat immer wieder *Wirklich?* gefragt, als könnte sie es nicht glauben. Sie wollte es andauernd von mir hören. Das habe ich dann schon etwas seltsam gefunden. Sie hatte richtigen Hunger danach, dass man ihren Leib huldigte. So, nur so kann ich das richtig ausdrücken. Ja, huldigen. Dabei wird ihr ihr Mann doch gewiss auch Komplimente gemacht haben. Sie stellte sich vor mich hin und fragte: *Boris, wie schön bin ich für dich? Wie die Sonne? Wie der blaue Himmel? Wie der weiße Sand? Wie die Sterne in der Nacht? Sag es mir!* Und ich habe dann jedes Mal geantwortet: *Schöner als alles zusammen, viel schöner.* Danach war sie für einige Zeit richtig glücklich. Doch beim nächsten Ausflug kam dann dieselbe Frage. Ich habe ihr ja gerne geantwortet. Es war schließlich die Wahrheit. Sie war unbeschreiblich schön. Aber warum hat sie so oft und, ja, so flehentlich eine Bestätigung dafür gebraucht? Ich weiß es nicht. Jetzt ist sie tot. Und ihr Leib ist nicht mehr schön." Das Weinen setzte wieder ein. „Kann man eine Tote genauso lieben, als wenn sie noch leben würde?", fragte Boris Meinhardt dann.

„Ja, ganz gewiss", antwortete Mommsen, und: „Sie haben mir viel gesagt, was mir Griet Suhr als Mensch vorstellbarer gemacht hat."

„Wann ist ihre Beerdigung?", fragte der Student.

„Am Mittwoch um 15.00 Uhr", antwortete Mommsen.

„Ich werde kommen", schluchzte Boris Meinhardt.

„Das wird Ihnen helfen", sagte der Hauptkommissar.

Dann überlegte er, warum die Ermordete unbedingt immer wieder wissen wollte, dass sie einen schönen Körper besaß.

Sie hatte Angst, antwortete er sich selbst, nicht richtig auf dieser Welt vorhanden zu sein. Und sie hat ihren Körper dafür eingesetzt, zu sich selbst Ja zu sagen. Die Seele genügte ihr dafür wohl nicht, auch nicht der Verstand. Wie gut, dass sie wirklich schön war, dachte es der Kommissar als Trost für die Frau, den Ehemann, für Boris und auch für sich selbst. Darum wollte sie wohl auch nicht alt werden. Oder hätte sie es geschafft, eines Tages die Seele und den Verstand über ihren Körper zu stellen?

Ich glaube es eigentlich nicht, dachte er. So haben die Depressionen und der geplante Suizid wenigstens so etwas wie einen Hauch von Sinn. Aber der Mord hat es nicht.

Doch eines Tages, hoffentlich bald, dachte Mommsen, werden wir auf einen Menschen stoßen, der in diesem Mord einen Sinn gesehen hat.

11

Im 6. Stock des Neuen Kurzentrums wetterte, wütete, tobte am späten Nachmittag Thomas Andernacht gegen seine Geschwister. „Ihr habt mich im Stich gelassen“, brüllte er, „als die Polizei mich abschleppte! Wo wart ihr, ihr Judasse? Ihr habt es zugelassen, dass man mich vor aller Welt entsetzlich demütigte, und das, wo meine Show gerade so gut gelaufen war.“ Er stand mitten im Zimmer, das Gesicht hochrot, der Mund verzerrt, die Haare ein wirres Gemenge.

„Was hätten wir denn gegen die Polizei tun können?“, fragte ruhig Knut Reiser, der auf dem Boden neben den anderen hockte. „Und du hast eben von deiner Show gesprochen. Genau das wollten wir doch als Geschwister nicht, eine Show abliefern. In unserem Programm steht, dass wir still und bescheiden als Vorbilder dienen wollen und so die Ursünden auf dieser Insel sozusagen ad absurdum führen. Das alles demütig. Wir wussten um unsere kleine Macht. Aber eine größere haben wir doch nie haben wollen. Du willst sie jetzt. Und ich denke, du willst sie nur, um es deinem Vater heimzuzahlen. Nein, es war sicherlich höchst verwerflich, was er mit dir und deiner Mutter getan hat. Aber …“

„Du hältst sofort deinen Mund!“, schrie Andernacht. „Ich bestimme, wie wir vorgehen. Ich allein.“

„Aber nicht mehr, wenn du von unserem gemeinsam verabredeten Programm abweichst", sagte Arndt Zietlow und wirkte dabei ebenfalls gelassen. „Du hast uns immer gesagt, das Verzeihen sei ein Schöpfungsakt. Und das ist auch richtig so. Hättest du uns damals nicht verziehen, die Geschwister wären nie geschaffen worden. Doch deinem Vater willst du nicht verzeihen. Stattdessen missbrauchst du uns für deinen persönlichen Rachefeldzug."

„Ihr seid alle ebenso verkommen wie die hier auf Sylt!", kreischte der Große Bruder nun. „Ihr wollt gar nicht mehr für unser großes Ziel arbeiten. Es ist euch zu ungemütlich geworden. Jetzt könnten wir unsere Mission ausweiten, sie auf eine Bühne stellen, auf der wir nicht mehr übersehen werden. Und ihr, ihr wollt kneifen." Er lachte schrill. „Wie konnte ich euch Feiglinge damals nur so verkennen. Ich hätte euch in eurer Schuld ertrinken lassen sollen. Ich hätte die Strafe, die ihr verdientet, zulassen sollen."

„Vielleicht wäre das aus heutiger Sicht wirklich besser gewesen", flüsterte Beate Kindler. „Was du zur Zeit tust, Thomas, das sind ebenfalls Todsünden: Hochmut, Neid auf deinen Vater, Zorn, auch Maßlosigkeit."

„Ausgerechnet ihr wollt mich mit Todsünden in Verbindung bringen, die ihr damals kaum eine von ihnen ausgelassen habt?" Andernacht sprang auf die Frau zu und versetzte ihr eine heftige Ohrfeige.

„Das machst du nicht noch einmal", drohte Arndt Zietlow. „Nein, wir werden nicht zurückschlagen. Dazu sind uns unsere christlichen Ideale immer noch zu wichtig. Aber du könntest plötzlich ganz allein sein."

„Ach ja", höhnte der Große Bruder, „was wäret ihr denn ohne mich? Ziellos, hoffnungslos, ohne eine große Aufgabe und zudem noch im Knast."

„Das mag alles stimmen", sagte Claudia Niemann. „Aber was wärest du denn ohne uns? Denk einmal darüber nach."

Die Sonne flutete durch die breiten Fenster in das Zimmer. Die Silbermöwen turtelten mit dem Westwind. Das Meer schien sich in der Ferne mit dem Himmel zu vereinigen. Auf der Promenade schwamm der Fluss fröhlicher Menschen, sprudelte, quirlte, tanzte. Manchmal schwang sich ein Lachen so hoch, dass es die Geschwister hörten.

Andernacht sah einen nach dem anderen an. „Wollt ihr wirklich, dass alles, was wir in den letzten Jahren geschaffen haben, umsonst war? Wollt ihr unsere Geschwisterlichkeit einfach zerbrechen?“

„Du tust es gerade, Thomas“, trauerte Knut Reiser.

An der Tür des Appartements, in dem die Geschwister gerade mit Worten kämpften, klebten vier ausgewachsene Kriminalkommissare tief gebeugt mit ihrem rechten oder linken Ohr, wirkten wie ungeschickte Spanner beim ersten Voyeursversuch und wollten so viel wie möglich von dem erhaschen, was drinnen gesprochen wurde. Und sie verstanden auch einiges, vor allem, dass die Gruppe ihrem Leiter nicht mehr so bedingungslos zu folgen gedachte. Das befanden sie als sehr bedenkenswert. Immer wenn jemand aus dem Fahrstuhl stieg, um in seine Wohnung heimzukehren, wurden ihm hastig vier türkisgrüne Dienstausweise entgegengestreckt, mit denen die Beamten dann den verschreckten Besitzer oder Mieter eines der vielen Appartements in den Fahrstuhl zurückwedelten.

Zudem hatte Hauptkommissar Krüger alle Hände voll damit zu tun, jenen Rentner von nebenan, mit dem er gesprochen hatte, zurück in dessen Räumlichkeiten zu befördern. Denn immer wieder schob der seinen mageren Körper – bekleidet mit einem ausgeleierten Trainingsanzug der siegreichen deutschen Fußballnationalmannschaft von 1990, darunter breitgetretene Badelatschen, darüber ein Gesicht, das nahezu lüstern wirkte, gekrönt von einer Waldkauzfrisur – durch die Tür. Er bestand auf Teilnahme oder Anteilnahme, die ihm beide von dem Westerländer Beamten energisch verweigert wurden, und das zum mindestens fünften Male.

„Ich komme nachher noch zu Ihnen“, zischte der Kriminalist.

Im Raum der Geschwister schien Ruhe eingekehrt zu sein. Man vernahm allenfalls noch ein leises Murmeln. Die Kripoleute streckten sich aus ihrer gebeugten Haltung, nickten sich gegenseitig bedeutungsschwer zu und begaben sich zum Fahrstuhl.

Krüger verschwand in der Wohnung des Nachbarn, erfuhr aber nichts sonderlich Neues. Die Orgien seien immer noch ausgeblieben, wurde bedauert. Schläge habe es auch keine gegeben. Allerdings habe er in den letzten Nächten öfter ein Weinen von nebenan gehört, so ein In-den-Schlaf-Weinen der beiden Frauen. Die Männer hätten sie dann wohl getröstet, aber im Rahmen der Schicklichkeit, tat es dem Waldkauzfrisurträger sichtlich Leid.

„Interessant", murmelte Krüger, dankte mit seiner heftig angerauten Stimme und folgte seinen Kollegen.

Mommsen saß im Wohnzimmer der Suhrs und versuchte, das Flair dieses Raumes in sich aufzunehmen. Er vermeinte, nahezu die Verzweiflung zu spüren, die Griet Suhr dazu gezwungen hatte, dieses Zimmer und auch die anderen zu vernachlässigen. Es roch ein wenig nach Jauche aus den Vasen mit den vertrockneten Blumen darin. Überall lag Staub. Die Möbel wirkten seltsam ungeordnet. Sie waren lange nicht mehr benutzt und darum in keine anheimelnde Ordnung gebracht worden.

Die Wohnzimmertür war geschlossen gewesen, erinnerte sich der Kommissar, als der Mord oben im Schlafzimmer geschah. Der Täter hatte also den Abschiedsbrief auf dem Sekretär gar nicht sehen können, die Tabletten ebenfalls nicht, die noch in der Schublade des Nachttisches gelegen hatten. Ganz gewiss hatte er vorher die Räume nicht untersucht. Er wollte nicht stehlen, sondern morden. Und er wusste, dass er mit seinem Opfer allein im Haus war, zudem auch, wo der Ersatzschlüssel versteckt lag. Er musste also vermutlich mehrfach die Suhr besucht haben. Andernacht hatte das unumwunden zugegeben.

Mommsen durchstreifte die anderen Räume, die Küche, das

Gästezimmer, das Bad, zuletzt das Schlafzimmer. Er war sich sicher, nichts zu finden, was ihm einen fassbaren Hinweis auf den Täter gab. Dazu arbeiteten die Spurensicherer einfach zu gründlich. Und dass sie das Tagebuch nicht entdeckt hatten, war ihnen wirklich nicht zum Vorwurf zu machen. Was nur stand darin, was einen anderen derart belastete, dass er es riskiert hatte, in das versiegelte Haus einzudringen und dabei sogar einen Kriminalbeamten niederzuschlagen? Der Ermittler erinnerte sich an den eigenwilligen Rasierwassergeruch, den er zu kennen glaubte, aber keinem Mann zuzuordnen vermochte. Hatte die Mewes wirklich mit niemandem über das Versteck gesprochen? Hatte es Griet Suhr getan?

Mommsen fühlte einen emotionsbeladenen Täter, auch willensstark, keinen, der lange geplant hatte und allzu sehr mit Absicherungen handelte. Die Gefühle überlappten den Verstand. Hast war mit im Spiel. Da konnte einer nicht länger abwarten. Ein innerer Zwang trieb ihn an. Der Ermittler vertraute seiner Intuition. Er hatte selten mit ihr falsch gelegen.

Nebenan öffnete ihm Frau Mewes sehr bereitwillig ihre Tür. Im Wohnzimmer saß Karl Severin auf dem Sofa und gab sich nicht länger als Besuch, mehr als vertrauter Freund, der diesem Ort als Heimstatt sehr zugeneigt schien. Der Kommissar wurde in einen gelben Sessel platziert, sonnengelb, in dem einem gleich noch wärmer wurde.

„Ich möchte Ihnen, Frau Mewes“, flüsterte er, „eine Frage hinsichtlich Griet Suhrs stellen, die Ihnen möglicherweise ein wenig merkwürdig vorkommen mag.“

„Soll ich Sie allein lassen?“, fragte der Literat zuvorkommend.

„Das ist nicht nötig“, gestand der Ermittler großzügig zu.

„Also“, wandte er sich wieder an Inken Mewes, „hatten Sie den Eindruck, dass Frau Suhr einen ungewöhnlich großen Wert auf ihren Körper gelegt hat? Ich meine nicht, was die Kleidung angeht, sondern dessen Erscheinungsform.“

Die Frau überlegte, keineswegs wegen der Frage überrascht. Dann nickte sie: „Ja, ich denke schon. Sie pflegte ihn sehr. Sie werden ja all die Schönheitscremes in ihrem Badezimmer gesehen haben. Und sie machte ständig eine neue Diät, obwohl sie die nun wirklich nicht nötig hatte. Das kann ich beurteilen. Wir sind nämlich öfter am Abend, wenn ihr Mann nicht da war, gemeinsam an den FKK-Strand gegangen. Das tun die meisten hier“, glaubte sie eine Erklärung liefern zu müssen, die mit einer Bitte um Pardon verwandt war.

Jeder hier, dachte der Kommissar, meint offenbar, sich für sein Nacktbaden bei mir entschuldigen zu müssen, und das auf Deutschlands Nudisteninsel Nr. 1. Wirke ich vielleicht prüde?

„Ja, ich weiß“, murmelte Mommsen.

„Und da habe ich sie also sozusagen im Naturzustand sehen können. Einfach perfekt, kann ich nur sagen. Dagegen wirkte ich wie eine Fleischrolle.“

Der Ermittler wartete einen Augenblick, schaute auf den Literaten, und sagte es dann höflich: „Ich muss Sie aber sehr bitten. Sie doch nicht, liebe Frau Mewes.“

Das hätte doch eigentlich von Severin kommen müssen, überlegte er dabei.

„Sie zeigte sich gerne“, fuhr die Frau fort, „nein, nicht irgendwie exhibitionistisch, sondern weil sie, glaube ich, die Schönheit ihres Körpers immer wieder neu überprüfen wollte. Und ich denke, sie wollte nicht nur für ihren Uwe schön sein, sondern mehr so grundsätzlich und allgemein, weil sie sich ohne ihre Schönheit irgendwie entblößt fühlte. Das klingt, wenn man von einer Nackten spricht, ein wenig blöde, ich weiß.“

„Nein, ich verstehe schon, was Sie meinen“, beeilte sich der Kommissar bei dieser Bemerkung, um den Gesprächsfaden nicht reißen zu lassen.

„Griet war aber nicht in sich selbst verliebt“, fuhr Inken Mewes fort. „Sie betrachtete, glaube ich, ihre Schönheit nicht als etwas, das liebenswert war, eher notwendig. Sogar lebensnotwendig für sie. Ich kann das einfach nicht besser ausdrücken.“

„Sie machen das sehr gut", wisperte Mommsen.

„Ja?", staunte die Frau. „Und jetzt muss ich immer alleine an den FKK-Strand", wirbelte sie ihre Worte plötzlich in Richtung des Literaten. „Der Karl, ich meine, der Herr Severin, der macht sich doch noch nicht einmal den dritten Kragenknopf auf. Mit dem ist an Freikörperkultur gar nicht zu denken." Sie lächelte den Romancier an.

„Ich bin nur bekleidet einigermaßen ansehnlich", tändelte der. Es grollte ein wenig im Hintergrund.

„Und wie geht es mit Ihrer Arbeit voran?", fragte Mommsen.

„Oh, sie fließt", erwiderte Severin. „Todsünden animieren doch schließlich."

Die Abendbesprechung wurde auf 20.00 Uhr verschoben, weil Carola Bunge noch nicht aus Hamburg zurückgekehrt war. Die Beamten benutzten die Wartezeit zu einem gemeinsamen Essen bei *Fisch Blum* in der Neuen Straße, unterhielten sich nicht über den Fall, sondern über Freunde, Ehepartner, Hobbys oder was sonst noch von einem Mord abzulenken vermochte. Als die Nummern ihrer bestellten Mahlzeiten aufgerufen wurden, holten sie sich die Gerichte ab und genossen weitgehend schweigend, sagten allenfalls einmal „Gut" oder „Wie ist dein Seelachs?". Es war so schön alltäglich.

Die Sonne glühte weit hinten über dem Meer und färbte es golden. Strandheimkehrer zeigten gerötete, glänzende Gesichter her, über die großzügig Sonnenschutzöl ausgebreitet worden war. Die Gespräche klangen nach Freiheit. Kinder hüpften den Erwachsenen voraus und machten vor, wie es mit der Freude richtig ging, nämlich so, dass die kleinen Körper in ihrer Gesamtheit lachten und nicht nur Mund und Augen. Der Wind strich flach und sanft vom Meer her durch die Straßen. Alte Menschen hatten endlich keine Not mehr beim Atmen. Die Fahnen der Friesen und Schleswig-Holsteins schlappten an weißen Masten. Ein dunkelbraun gebrannter Rettungsschwimmer kehrte mit nacktem Oberkörper von seiner Wache zurück und wurde von jungen Mädchen beklatscht. Die Welt wirkte heil. Sie war es nur nicht.

Um 20.00 Uhr versammelte sich das Team im Besprechungsraum der Westerländer Zentralstation. Sie saßen am oberen Ende des langen Tisches. Aus dem Wachraum hörten sie das ständige Signal der Telefone. Beamte trampelten hastig durch die Gänge. Im Funkraum liefen die Meldungen ein. Streifenwagen starteten lautstark und mit eingeschaltetem Blaulicht. Polizeianwärter, die aus Eutin zur Verstärkung in der Hauptsaison geschickt worden waren, trugen Papiere hin und her und zeigten gewichtige Mienen, während sie in ihre Uniformen noch nicht so recht hineingewachsen zu sein schienen.

Der Westerländer Erste Hauptkommissar, ein großgewachsener, schlanker Mann, dunkles, gepflegtes Haar, etwa Mitte 40, setzte sich zu den Ermittlern und bat darum, zuhören zu dürfen. Die männlichen Kollegen hatten Carola Bunge ein Krabben- und ein Lachsbrötchen mitgebracht, dazu eine Flasche Mineralwasser. Sie biss herzhaft zu. Alle übten sich in Geduld. Nachdem die Hauptkommissarin einen ersten Sättigungsgrad erreicht hatte, begann sie, noch kauend, ihren Bericht:

„Unsere Griet Suhr trägt in Wirklichkeit den Vornamen Margarethe, den sie aber schon mit 16 geändert hat. Ihr Geburtsname lautet Königstein. Vater und Mutter sind Ende 1999 gestorben. Beide. Ein Flugzeugabsturz. Seit ihrer Mittleren Reife arbeitete sie in dem Hoch- und Tiefbauunternehmen Wilhelmi in Wandsbek. Die Wilhelmis leben auch schon seit längerem nicht mehr. Der Name wurde aber von den neuen Besitzern beibehalten, weil er gut eingeführt war.

Margarethe war zunächst im Lager tätig, stieg aber bald um einige Etagen in das Chefsekretariat auf, wo sie den Titel Assistentin trug. Meine Informationen berufen sich übrigens auf die Auskünfte eines Lagerverwalters, der heute noch in der Firma arbeitet, und auf die der damaligen Chefsekretärin, als der Wilhelmi noch das Sagen hatte. Andere Mitarbeiter, die Griet kannten, habe ich in der Kürze der Zeit nicht ausfindig machen können. Das neue Management hat zudem auch den Personalbestand von damals nahezu völlig ausgetauscht.

Der Lagerverwalter beschrieb unser Opfer als kesse Göre, die ganz genau wusste, wo es langging. Sie war wohl schon damals ausgesprochen hübsch. Sie ließ die Männer gerne zappeln, aber wohl nicht allzu lange. Die Chefsekretärin nannte das: *Die Margarethe ließ nichts anbrennen, nirgends, wenn Sie verstehen, was ich meine, auch ganz oben nicht.* Soweit das Zitat. Die Frau wirkte auf mich übrigens ziemlich angefressen. Sie charakterisierte Griet aber auch als fleißig mit schneller Auffassungsgabe, unterstellte ihr jedoch ebenfalls, wie der Lagerverwalter, ein genaues Wissen darüber, wo ihre weiblichen Vorzüge am einträglichsten einzusetzen waren. Die gute Frau war nicht weit davon entfernt, der Margarethe einen Prostituiertenstatus zu unterstellen, wobei die Bezahlung in allerlei innerbetrieblichen Vergünstigungen bestand, wie freie Tage, Lohnerhöhungen, attraktive Dienstfahrten und Ähnliches.

In der Firma soll sie keine Freundinnen gehabt haben, hat wohl auch keinen Wert darauf gelegt. Die Männer waren ihre *Klientel,* so wörtlich die Chefsekretärin. Sie hat wirklich *Klientel* gesagt. Klingt so ein bisschen nach Kunden. Nicht wahr?"

Carola Bunge trank ein halbes Glas Mineralwasser, biss in das zweite Brötchen, das mit den Krabben, kaute, schluckte, wischte sich einen Krümel von den Lippen und fuhr fort:

„Heftig ins Gerede kam Margarethe, als sie mit dem verheirateten Prokuristen ein Techtelmechtel gehabt haben soll. Ich betone das *Soll.* Genaues wusste niemand. Jedenfalls hat die Prokuristengattin in der Firma so ein Theater aufgeführt, dass niemand mehr nach der Schuld oder Unschuld des Mädchens fragte, sondern sie kurzerhand wieder ins Lager verbannt wurde, nun allerdings mit eigenem Büro und in höherer Position. Sie musste sich jedenfalls die Hände dort nicht schmutzig machen und hatte es vor allem mit den Lastwagenfahrern zu tun. *Und wie!* Das war wieder Originalton unserer Chefsekretärin.

Margarethe war wohl wirklich kein Kind von Traurigkeit. Aber in ihrer Arbeit immer Spitze. Es soll dann einige verdächtige Dienstfahrten zusammen mit Herrschaften von ganz oben gegeben haben. Es soll. Bewiesen ist da auch nichts. Margarethe allerdings kehrte aus ihrem Lagerbüro heim in die oberen Gefilde. Dort muss ihr dann der Chefingenieur Uwe Suhr, geboren auf Sylt, schwärmerischer Anhänger des hiesigen Freiheitshelden Uwe Jens Lornsen, begegnet und in die Fänge geraten sein. Aber das hatten wir, glaube ich, schon, ich meine diesen Lornsen und Uwes Affinität zu dem.

Margarethe wandelte sich nach dieser ersten Begegnung von einem Tag auf den anderen zur Tugendsamen, las Bücher über Sylt und diesen Freiheitskämpfer und wickelte den, was Frauensachen anging, ziemlich unbedarften Uwe schnell ein. Mit der Hochzeit in der Wandsbeker Christuskirche lief es dann noch schneller. Die beiden hatten nur eine Verlobungszeit, wenn man die so nennen will, von rund zwei Monaten. Die Hochzeit wurde ganz groß gefeiert. Mutter Suhr räumte ihr Haus in Westerland. Und das glückliche Brautpaar zog ein. Bei Uwes Arbeit war das kein Problem. Seine ständige Anwesenheit in der Firmenzentrale war nicht vonnöten, da er ohnehin zumeist auswärts tätig war als ein Spezialist von hohen Graden, was den Brückenbau anging. Ein Spezialist von hohen Graden als Ehemann und Liebhaber war er wohl nicht, wie mir ein so genannter Freund berichtet hat. Aber wie wir alle wissen, Margarethe, alias Griet, mauserte sich zu einer treuen und treu sorgenden Gattin. Oder ist inzwischen etwas Gegenteiliges bekannt geworden?“

„Nichts Greifbares. Nur eine gewisse Lockerheit. Eine Blume im Wind“, alberte Knaack, „der dann und wann Blüten und Blätter abgerissen wurden.“

Mommsen schaute finster. „Danke, Frau Bunge“, sagte er und blickte dann in die Runde: „Noch Fragen an die Kollegin?“

„Nicht direkt“, sagte Gadamer. „Aber wie geht das, von einem Tag auf den anderen von einer Beinaheprostituierten zu einer höchstanständigen Ehefrau zu werden? Macht das die Liebe?“ Er wurde rot, was Carola Bunge einfach entzückend fand.

„Ich weiß nicht, wie groß die Liebe Griets zu ihrem Mann war. Ich denke, die hielt sich in Maßen, wobei ich nicht sagen will, dass sie ihrem Mann etwas vormachte. Sie war vernünftig und klug und besaß den sicheren Instinkt dafür, wo und bei wem es ihr am besten ging. Und sie war durchaus bereit dazu, ihr Bestes dafür uneingeschränkt herzugeben. Damit meine ich nicht nur die Sexualität, sondern alles: Fürsorge, Pflege, Treue, Aufmerksamkeit, die Anerkennung, eben alles. Darin war sie gerecht. Und sie wird zumindest geglaubt oder sich vorgemacht haben, ihren Uwe zu lieben. Aber mit 34 Jahren hatte sie noch kein Kind. Der angebliche Freund unseres Ehemannes hat mir erzählt, dass sich Uwe ein Kind gewünscht hat. Ich bin mir sicher, der hat seine Griet aus vollem Herzen und mit ganzer Seele geliebt, vielleicht unbeholfen, aber aufrichtig.“

„Noch weitere Fragen?“, wollte Mommsen wissen, leise, heiser und ein wenig enttäuscht von Griet Suhr. Er war eben auch nur ein Mann.

Die Runde schüttelte einträchtig den Kopf. Dann berichteten die Ermittler davon, dass die Geschwister drauf und dran wären, ihren Leiter zu entmachten und sich eventuell aufzulösen.

„Aber das glaube ich eigentlich nicht“, sagte Kriminaloberkommissar Gadamer. „Die werden eher ohne ihren Leitwolf weitermachen. Dazu sind sie irgendwie viel zu fest miteinander verbandelt. In der Vergangenheit muss etwas passiert sein, so habe ich es jedenfalls durch die Tür verstanden …“

„Durch die Tür?“, staunte Mommsen nicht unerheblich.

„Ja, wir mussten sie durch die Tür belauschen. Anders ging das nicht.“ Gadamer guckte ziemlich verlegen. Die anderen drei taten es ihm gleich. „Jedenfalls habe ich verstanden, dass der Andernacht ihnen eine Schuld verziehen hat, die sich die Geschwister gemeinsam aufgeladen haben.“

„Aber das muss doch rauszukriegen sein“, meldete sich der Sylter Erste Hauptkommissar zu Wort.

Mommsen bat Knaack und den Westerländer Beamten Bernd Steuben, an diesem Abend die Zeltmission zu beobachten. „Nehmen Sie den Struve besonders ins Visier“, mahnte er. „Es wäre fatal, sollte ihm etwas passieren. Zwei uniformierte Kollegen achten ohnehin auf das Zelt. In seinem Hotel, dem *Stadt Hamburg,* wird er ja wohl sicher sein. Das Personal dort ist äußerst aufmerksam.“

Den Abend verbrachte Mommsen allein im *Marin*-Hotel. Carola Bunge war zu müde von ihrer Fahrt nach Hamburg, um mit ihm die zweite im Spar-Markt gegenüber erstandene Flasche Rotwein zu leeren. So stellte er sie in die Hausbar, setzte sich dann vor sein Keyboard, zog sich die Kopfhörer über und spielte erst *Saved,* dann *The Message Is Love* und dachte dabei nicht nur an seine Frau, sondern auch an Griet Suhr. Hatte sie jemals die Botschaft der Liebe wirklich richtig verstanden, so dass man sich grenzenlos und ewig fühlte und alle nur denkbaren Himmel zu besitzen schien? War sie auf die Liebe zu Gott ausgewichen, weil sie auf Erden nicht zu lieben vermochte? Das wäre immerhin schön und heilsam. Mommsen wünschte sich, es tun zu können. Aber dann hätte seine Frau so nicht sterben dürfen. Und Griet Suhr auch nicht, fiel ihm ein. So blieb ihm die Achtung vor Gott.

Ist mein Wort nicht wie Feuer, spricht der Herr, und wie ein Hammer, der Felsen zerschmeißt. Mommsen hatte sich dieses Wort aus dem Buch des Propheten Jeremia vor nun rund dreißig Jahren als Konfirmationsspruch ausgesucht. So wollte er Gott damals. Und heute? Nein!

Er rauchte noch einen Zigarillo bei geöffnetem Fenster und hörte der Elisabethstraße zu. Sie berichtete ihm eine Menge von Leben, auch von trunkenem Leben.

Margarethe Königstein, dachte er, wer hat dich so gehasst oder wem warst du derart im Wege oder für wen hast du eine solche Gefahr bedeutet, dass er nicht anders konnte, als dich zu töten? Du warst dir deiner doch nie so richtig sicher. Du wolltest bezahlen bis an den Rand der eigenen Kräfte. Für was eigentlich? Wohl nicht für deine jugendlichen Sexualeskapaden? Dafür bezahlt man nicht. Oder doch? Mommsen konnte es sich nicht vorstellen, es sei denn, eine der Eskapaden wäre mehr als ein Seitensprung gewesen, der Sprung in ein Feuer.

12

Der Dienstagmorgen begann für Mommsen so, dass ihm buchstäblich eine Spur, der er eine gewisse Wichtigkeit beigemessen hatte, unter den Händen zersprang. Ihm entglitt nämlich seine Rasierwasserflasche und zerbarst im Waschbecken. Ein penetranter Geruch stieg ihm in die Nase. Es war jener Duft, den er, wenn auch nicht so durchdringend, in Griet Suhrs Haus wahrgenommen hatte, als er dort niedergeschlagen wurde. Er hatte nicht den Täter gerochen, sondern sich selbst, vielleicht weil er vor Aufregung und Angst – denn er hatte Angst gespürt, das gestand er sich unumwunden ein – mehr Eigengeruch ausgedünstet hatte oder seine Sinne stärker geschärft waren. Er wusste es nicht, lächelte ein scharfes Strichlächeln, kam sich von sich selbst verschaukelt vor und sammelte vorsichtig Scherben ein.

Er frühstückte mit Carola Bunge zusammen, die sich mehrfach an dem üppigen Frühstücksbüfett bediente, während er sich mit einem Mohnbrötchen begnügte und ihr von seiner zerschellten Rasierwasserspur erzählte – möglicherweise, um sich ihr näher zu bringen, oder einfach darum, weil er sich so blöde vorkam und sich wünschte, seine Kollegin würde ihn trösten. Was dann auch geschah. Sie sagte: „Wir sind einfach zu angespannt. Wir sind übertrieben begierig auf jede Spur. Vielleicht gelingt uns etwas mehr Gelassenheit. Die könnte hilfreich sein und uns mehr Übersicht schenken." Dann schaufelte sie Rührei in ihren Mund und sah dabei derartig lebenszugewandt aus, dass Mommsen sie beneidete.

Durch die Frühsonne hindurch, sanft geschoben von einem gutmütigen Wind, schlenderten Frau und Mann die Strandstraße hinauf. Beide fühlten sich zur eigenen, dem anderen verheimlichten Freude als Frau und Mann, die gerne nebeneinander gingen und sich noch nicht als beamtete Todesermittler verstanden. Sie genossen kurz die Noblesse des Hotels *Stadt Hamburg,* vergaßen, dass ein gewisser Struve darin wohnte, der ihnen Sorgen bereitete, bogen dann in die Maybachstraße ein, erreichten den Kirchweg und den respekteinflößenden, aus roten Ziegeln wuchtig gemauerten Bau der polizeilichen Zentralstation Westerland. Die weißen großflächigen Muster, die das Haus zierten, nahmen ihm nichts von seiner Ausstrahlung als Ort der Wacht über alle Ordnungen und die Rechtmäßigkeit menschlichen Handelns in der Stadt und auf der Insel.

Im Gebäude herrschte rege Betriebsamkeit. Beamte fanden kaum Zeit, die freundlichen Grüße zu erwidern, die beide Kripoleute ihnen entboten.

Im Besprechungsraum saßen bereits die meisten Beamten des Teams am Tisch, tranken Kaffee, lasen eigene Notizen durch und versuchten, sich die bisherige Erfolglosigkeit bei der Suche nach einem Mörder nicht allzu deutlich anmerken zu lassen. Denn sie steckten fest. Das wussten sie alle.

Bastian Knaack kam als Letzter in den Raum gestürzt, keuchte eine Entschuldigung, die überhaupt nicht vonnöten war, weil die *Morgenlage* erst in acht Minuten beginnen sollte, und haspelte dann: „Es hat mir keine Ruhe gelassen. Ich bin schon ganz früh bei der Zeltmission vorbeigeradelt. Und siehe da, alle Geschwister befanden sich dort, auch Andernacht und Struve, und das kurz vor 7 Uhr. Der alte Mann sah aus, als wäre der eigene Tod nicht mehr fern und er wüsste das. Einfach ein Bild des Jammers. Andernacht protzte. Seine Schau gestern Abend war ja auch wieder grandios, aber das auf Kosten aller anderen Beteiligten."

Knaack schnappte nach Luft, weil seine Worte ständig seine Atemzüge überholten.

„Ich habe auch mit dem Schlagzeuger gesprochen, der wohl diese Nacht zur Zeltwache eingeteilt gewesen war. Der hat mir erzählt, dass es nach der gestrigen Veranstaltung noch hoch her gegangen sein soll. Andernacht gegen den Rest der Missionswelt, auch gegen seine eigenen Geschwister. Der Große Bruder scheint von einem Tobsuchtsanfall in den nächsten gehetzt zu sein. Drohungen seinerseits massenhaft. Er würde den ganzen Laden auffliegen lassen. So in der Richtung. Er bräuchte niemanden, und vor allem nicht solche völlig unfähigen Idioten wie den Struve oder seine Brüder und Schwestern. Der ganze Laden wird bald explodieren, befürchte ich, und das, obwohl die Missionszeit bereits in vier Tagen ausläuft."

Der junge Beamte schnaufte aus und wollte seine eigene Angst nicht zur Kenntnis nehmen.

Mommsen schwieg.

Gadamer fragte: „Verstärkter Personenschutz für Struve?"

Carola Bunge sah auf den Chef: „Wir sind zu wenig Leute. Die Westerländer Kollegen können wir nicht noch mehr beanspruchen. Die Geschwister müssen stärker aus der Reserve gelockt werden. Die gestrige Revolution gegen ihren Chef reicht nicht. Wie eng war deren Verbindung zu der Suhr? Oder hatte nur Andernacht etwas mit ihr zu tun? Bleibt er unser Hauptverdächtiger mit diesen Motiven: eine angeblich wollüstige Frau und eine Todsünderin nach mittelalterlichem Verständnis, eine depressiv Kranke auszumerzen, um die Welt ein wenig reiner zu machen? Tragen diese Motive?"

„Ich finde, ja", räusperte Krüger seine Heiserkeit hinaus. „An einen Fundamentalisten wie ihn kann man nicht den Maßstab der Logik ansetzten."

Mommsen schwieg noch immer. Über seine eisblauen Augen schien sich ein Nebel gelegt zu haben. Sie sahen matt aus. Seine gesamte Körperhaltung signalisierte Müdigkeit. Vielleicht war es auch Überdruss. Die Beamten vermochten das nicht genau auszumachen und sorgten sich.

Die Hauptkommissarin fragte. Und es klang dumpf, als

spräche ihre Stimme aus einer Tiefe, die sie überhaupt nicht mochte: „Heizen wir die ganze Sache mit Andernacht, den Geschwistern und Struve noch weiter an und laufen dabei Gefahr, dass uns die ganze Angelegenheit jäh völlig unkontrolliert um die Ohren fliegt? Oder konzentrieren wir uns einzig auf Andernacht, isolieren ihn, stellen ihn bloß? Aber auch dann ist eine Explosion nicht ausgeschlossen."

„Haben wir denn einen anderen Verdächtigen?", tropfte es plötzlich aus Mommsens Mund. Er straffte sich und richtete sich in seinem Stuhl auf. Keine Müdigkeit mehr, auch kein Überdruss, wenn es die jemals gegeben hatte. Die Kollegen glaubten, bei ihm geballte Fäuste zu sehen, obwohl seine Hände völlig ruhig und ausgebreitet auf dem Tisch lagen. „Wir riskieren den Knall", sagte er unerwartet laut. „Andernacht und die Geschwister bleiben unser vorrangiges Ziel. Tauchen wir doch einmal in deren Vergangenheiten ein. Und die liegen in Kiel. Da werde ich um Amtshilfe bitten. Aber einer von uns muss hin, um die Kollegen dort mit allem zu versorgen, was wir bereits haben, und der Verbindungsmann zu uns hier auf der Insel zu sein. Herr Gadamer, könnten Sie das bitte übernehmen, nachdem ich mit Kiel telefoniert habe?"

Der angesprochene Beamte nickte.

Dann kam es wirklich zum Knall.

Ein Westerländer uniformierter Oberkommissar schoss in den Raum und rief: „Der Andernacht ist gerade ermordet aufgefunden worden! Die Kollegen sind schon vor Ort."

„Wo?", bemühte sich Mommsen um die eigene Ruhe.

„In seinem Appartement im Neuen Kurzentrum", kämpfte auch der Westerländer Beamte um seine Ruhe. „Mein Gott, wir hatten seit Jahren keinen Mord mehr auf der Insel. Der letzte war der in der Gaststätte *Riverboat,* ich glaube Ende der Siebziger Jahre. Oder war es der mit der Leiche, die kopfüber in einem Gully steckte? Und nun gleich zwei!" Der Oberkommissar ließ alle Ruhe fahren.

Das Team sah äußerst erschrocken aus und focht mit allen möglichen Worten, Gesten und Körperhaltungen um die eigene Professionalität. Die Vormittagssonne schien sich hinter Rauchschleiern zu verkriechen. Sie tat es natürlich nicht. Sie strahlte weiterhin klar. Aber alle im Raum hätten es gerne anders gehabt.

Vor dem Neuen Kurzentrum standen drei Streifenwagen und ein Notarztwagen. Im 6. Stock sicherten uniformierte Beamte den Tatort. Der Arzt hatte bereits den Tod Andernachts nach den üblichen Maßgaben – fehlender Pulsschlag, keine Atmung, die Augen unempfindlich gegenüber Lichteinstrahlungen – festgestellt und enthielt sich aller weiteren Kommentare. Der Ermordete saß mit dem Gesicht zur Tür auf einem Stuhl hinter dem Tisch in der Mitte des Raumes, das Antlitz verzerrt, die Augen, der Mund weit aufgerissen. Die Strangulationsmerkmale am Hals waren deutlich zu erkennen.

Mommsen hatte sofort mit der Spurensicherung in Flensburg telefoniert und sie in Marsch gesetzt. Sie würde voraussichtlich in etwa zwei Stunden eintreffen, wenn es mit dem Fahrplan der Deutschen Bahn AG nach Wunsch verlief. Zudem war der Erste Hauptkommissar in der Fördestadt, Lothar Bleichen, verständigt worden, der auch sein Kommen angekündigt hatte.

Ein weiteres Telefonat führte Mommsen dann, an die Flurwand gelehnt, mit seinem Mentor und Freund, dem Ersten Hauptkommissar in Kiel, Carsten Harprecht. Er informierte ihn über die mörderische Lage in Westerland und bat um Hilfe: „Könnten Sie und Ihre Leute sich um den Lebenshintergrund eines Thomas Andernacht kümmern? Ja, er ist unser zweites Opfer. Er wohnte in Kiel, am Jungerfernstieg 16. Und nun werde ich noch unverschämter und bitte Sie, das Leben von weiteren sechs Personen zu durchleuchten, das aber erst zweitrangig.“ Er nannte die Namen der Geschwister, dazu deren Anschriften. „Aber der Andernacht besitzt absolute Priorität!“

Dann besann sich Mommsen auf seine Höflichkeit, auch auf

die Freundschaft, die ihn mit dem Kieler Beamten verband, und stahl sich einfach die Zeit, um zu fragen: „Wie geht es Ihnen und Ihrer Frau. Ist sie über den grässlichen Dreifachmord in ihrer Kirchengemeinde im letzten Sommer inzwischen hinweg?"*

Harprecht summte Gelassenheit: „Sie kennen doch meine Eleonore. Die ist eine Kämpferin. Und bei uns hier herrscht zur Zeit in Sachen Tötungsdelikte Ruhe, was auch an der gerade stattfindenden *Kieler Woche* liegen mag. Ich werde mich also um Ihr Anliegen sofort und gründlich kümmern können. Versprochen! Aber bitte schicken Sie meinem Kriminalrat ein Fax. Nur der Ordnung wegen. Sie hören bald von mir."

„Danke", seufzte Mommsen erleichtert, erblickte dann durch die offene Tür den Toten und wurde sogleich wieder mit der Wucht seiner Verantwortung beschwert.

Hauptkommissar Krüger sprach mit dem waldkauzhaarigen Rentner aus der Nebenwohnung, der immer noch oder schon wieder sein ausgebeultes 1990-Weltmeister-Outfit trug und heftig mit beiden Händen gestikulierte. Der Westerländer Beamte winkte den Teamleiter herbei. „Der Herr Korbmacher hier scheint etwas bemerkt zu haben."

„Korbmacher", stellte sich der Rentner artig vor, „Manfred Korbmacher, Gartenbauamtsleiter a.D. aus Uelzen." Er hielt dem Chefermittler seine Hand hin, die der auch gehorsam schüttelte, sogar ein „Mommsen" herausbrachte, „Hauptkommissar Stefan Mommsen".

„Angenehm", sagte Korbmacher und fuhr mit der rechten Hand einmal über den Bundesadler auf der Trainingsjacke – vielleicht um sich davon zu überzeugen, dass der nicht aus lauter Angst davongeflogen war, alberte es völlig untypisch in Mommsen. „Ich denke", so der ehemalige Gartenbauamtsleiter aus der Heide, „ich könnte Ihnen wirklich helfen. Ich hoffe es jedenfalls. Ich habe ja sehr viel Zeit und achte auf meine Mitbewohner hier auf dem Flur, nicht aus Neugier, nein, das bestimmt nicht, sondern aus echtem Interesse an Menschen und auch aus einem gewissen Sicherheitsbedürfnis heraus. Man

* *Vgl. Lauras Vermächtnis von Wolfgang Seehaber*

liest ja so viel. Und am Strandleben habe ich ohnehin keine Freude. Überall diese Nackerten. Die sollten sich was schämen. Na, wenn sie schön gewachsen sind, dann mag das ja noch in Ordnung gehen. Aber die anderen! Da sind Sie doch sicherlich einer Meinung mit mir, Herr Hauptkommissar."

Krüger sah aus, als wollte er den Rentner jeden Augenblick an dessen weltmeisterlichen Klamotten schütteln. Mommsen sandte ihm einen warnenden Blick zu und schaute dann den möglichen Zeugen aufmunternd an.

„Ja", fuhr der fort, „ich bin also meistens in meiner Wohnung, schaue aber auch öfter auf den Flur, der eben genannten Gründe wegen. Es ist hier ja ein ewiges Kommen und Gehen. Trotzdem weiß ich, wer hierher gehört und wer nicht. Man entwickelt mit der Zeit einen Blick dafür", gab der alte Herr selbstbewusst bekannt. „Und der von vorhin, der gehörte eindeutig nicht hierher. Der war auch gar nicht richtig angezogen, also salopp. Wir Sylter Gäste, wir lieben es doch bunt und leicht. Der hatte noch nicht einmal kurze Hosen an, wie die meisten Männer hier. Richtig proper schaute der aus."

„Wie genau?", atmete Krüger sehr schwer.

„Na, nicht wie ein Urlauber eben", lehnte sich der Rentner gegen seine Tür, um seine gegenwärtige Gewichtigkeit, die er deutlich spürte, überhaupt ertragen zu können. „Er hatte eine Trainingsjacke an, irgendwie hell, grau möglicherweise. Und die dazu passenden Hosen, ich meine zu der Trainingsjacke passend, waren gebügelt. Das kann ich beschwören. Da leg ich jeden Eid drauf ab. Entweder waren die Sachen ganz neu. Oder der Mann war ein Spinner. Denn wer bügelt schon einen Jogginganzug? Ich trage immer Sachen, die man nicht bügeln muss. Schließlich befinde ich mich im Ruhestand", kicherte er, aber äußerst verhalten, weil jeder Tod Respekt verdient. Und der Tod befand sich gerade nebenan. „Meine Vera, die leider schon lange verblichen ist, die konnte wie eine Weltmeisterin bügeln. Sie hat sich ja leider nicht lange an unserer Westerländer Wohnung erfreuen können. Dabei war sie so gerne hier."

Hauptkommissar Krüger stöhnte hörbar auf.

„Ja, ja“, tröstete der Rentner den Beamten, „der Tod, der setzt einem immer stark zu. Den kann man nicht so einfach wegstecken. Davon kann ich ein Lied singen.“

„Heller, möglicherweise hellgrauer Jogginganzug, gebügelt“, summte Mommsen.

„Wie belieben?“, fragte Manfred Korbmacher.

„War der Mann wirklich so angezogen?“, brüllte Krüger, urplötzlich, wie durch ein Wunder oder durch einen Schock von seiner Heiserkeit befreit.

„Sie sprechen angenehm deutlich“, lobte der Gartenbauer den Westerländer Kommissar und warf gleichzeitig Mommsen einen leicht missbilligenden Blick zu. „Ja. Das habe ich doch gesagt. Und die Haare irgendwie hell und voll, aber so richtig voll. Nicht wie meine.“ Er fuhr sich einmal mit der rechten Hand durch den Waldkauzschopf, der in der Tat schon etwas zerrupft wirkte. „Der hatte eine tolle Frisur. Die war sicher nicht von Muttern geschnitten.“ Er rasselte ein Lachen, um sich sofort wieder auf den Ernst der Lage und des Todes zu besinnen. „Und das Gesicht, das war rund, aber nicht dick, nur rund und sah nicht so besonders aus. Ich meine, nicht wie das von George Clooney. Sie kennen doch George Clooney?“

„Ja“, donnerte Krüger. „Wir kennen den.“

„Gut“, freute sich der Rentner. „Wenn ich wie der aussehen würde, dann würde ich unten auch bei den Nackerten baden gehen.“ Das darauf folgende zweideutige Schmunzeln zog er sofort wieder zurück. „Das Gesicht? Das Gesicht?“

„Hatte er eine Narbe? Oder eine auffällige Nase? Vielleicht einen Bart?“, brüllte der Westerländer Beamte.

„Nein, ganz bestimmt nicht.“

„Was bestimmt nicht, Narbe oder Nase oder Bart?“, randalierte Krüger schon beinahe.

„Alles nicht“, gab Korbmacher wenig selbstbewusst bekannt. „Oder vielleicht doch? Kann ich Ihnen übrigens einen Kaffee anbieten? Frisch gebrüht.“

„Danke, nein", bemühte sich Mommsen sehr heftig um eine alle seine Maße sprengende Lautstärke. „Wie groß war denn der Mann?"

„Größer als Sie", maß der Rentner den Teamleiter mit den Augen sorgfältig aus, „aber kleiner als Ihr Kollege." Zuvor auch ein genaues Abmessen der wuchtigen Gestalt Krügers.

„Und wie alt?", donnerte der Westerländer.

„Ich habe ihn ja nur kurz gesehen, meistens auch von hinten. Er wirkte jedenfalls ziemlich gut beieinander." Korbmacher legte den Kopf ein wenig schief und schaute wie einer, dem man eine zu große Verantwortung aufgeladen hatte. Er wurde einem Waldkauz äußerst ähnlich, nicht nur der Kopfschieflage und der Frisur wegen, sondern weil er jetzt irgendwie mit großen Augen nach Beute zu blicken schien. „Ist eigentlich schon eine Belohnung ausgesetzt?", krächzte er. „Ach nein", wandelte er das Krächzen in ein verlegenes Kichern ab. „Dazu ist es wohl noch zu früh."

„Genau!", ließ es Krüger aus seinem Mund krachen. „Würden Sie den Mann wiedererkennen?"

„Das ist ja immer so eine Sache", zagte der frühere Chef einer Gärtnerschar. „Hier vielleicht. Aber woanders. Da sieht ein Mensch doch oft irgendwie verwandelt aus." In sein ganzes Gesicht gruben sich tiefe Falten ein. Er bedauerte sichtlich.

„Könnten Sie mit uns zusammen ein Phantombild vom Gesicht dieses Mannes anfertigen?", strapazierte Mommsen erneut laut rufend seine Stimmbänder. Es gab nahezu ein mehrfaches Königsee-Echo im Flur, nur ohne Gejodel.

„Das glaube ich schon", erholte sich Korbmacher schnell von seinem Bedauern und wölbte die magere Brust vor.

„Na, dann machen wir das doch", schnaufte Mommsen.

Krüger fasste den Rentner an der Schulter, trachtete dabei nach einer gewissen Sanftheit und schob ihn zum Fahrstuhl.

Andere Beamte kamen zu Mommsen und meldeten, dass sie keine weiteren Zeugen aufgetrieben hätten. „Die meisten sind bereits am Strand."

In einer Ecke des Flures standen dicht zusammengedrängt die Geschwister und versuchten, einander Wärme, auch Sicherheit zu geben. Sie ähneln, dachte Mommsen – durch den Mann aus Uelzen auf die Lüneburger Heide gebracht –, einer kleinen Heidschnuckenherde, in die gerade der Blitz gefahren ist. Und kein Hirte mehr weit und breit, wenn man den toten Andernacht überhaupt noch als ihren einstigen Hirten bezeichnen konnte, wie der sich in den letzten Tagen aufgeführt hatte.

„Wer von Ihnen hat den Toten entdeckt?“, flüsterte Mommsen Ruhe. Kein Königsee-Echo mehr. Überhaupt kein Echo. Nur das madensatte Schweigen des Todes. Eine Prim darüber die Stimme des Beamten.

„Ich“, meldete sich verängstigt eine der jungen Frauen.

„Und Sie heißen?“

„Beate Kindler“, kroch die Angst zum Hauptkommissar. „Wir hatten unsere Regenbogenfahne vergessen. Und da bin ich noch einmal alleine zurückgegangen. Sigrid hier hat am Südstrand auf mich gewartet.“

Die als Sigrid Bezeichnete hob ein kurzes Stück ihren Arm und schniefte dabei.

„Wie spät war es, als Sie den Toten fanden? Wissen Sie wenigstens noch die ungefähre Uhrzeit?“, schwieg es Mommsen beinahe, um dem Frieden wenigstens eine kleine Chance bei den aufgeschreckten Geschwistern zu geben. Er wunderte sich, dass einer der jungen Männer ganz offen weinte.

„Ungefähr halb zehn“, schluchzte nun ebenfalls Beate Kindler auf. Auch der Rest der Gruppe brach jetzt in Tränen aus. Der Tod hat sie erreicht, dachte der Hauptkommissar. Vielleicht trauern sie auch gar nicht um ihren Großen Bruder, sondern weinen wegen des Sterbens an sich oder aus Schrecken oder weil ihre Welt plötzlich ein völlig anderes Gesicht bekommen hat, dem sie nicht gewachsen sind. Alle Wege scheinen verbarrikadiert zu sein. Mauern. Bunkermauern. Kellerwände. Jeder mit dem Rücken dazu. Und vorne ein Moor. Nebel. Der letzte Moorsoldat war gerade versunken.

„Und wo waren Sie?“, wandte sich Mommsen an die anderen beiden Frauen.

„Am Nordstrand“, wimmerten zwei kleine Kinder.

„Seit wann?“

„Seit etwa neun Uhr.“

„Natürlich sind Sie von vielen gesehen worden, bei Ihrer, nun, für Sylter Verhältnisse etwas ungewöhnlichen Kleidung?“

„Natürlich“, jammerte es.

„Und die Männer?“

„Seit halb neun auf der Friedrichstraße“, bröckelte es wie dunkler, feuchter Torf aus dem Mund des einen.

„Und Zeugen dafür haben wir eine Menge oder gar keinen“, wagte der andere einen winzigen Trotz, der lange nicht erwachsen werden würde. „Es kommt ganz darauf an, wie sehr uns die Menschen dort wahrgenommen haben. Viele wollen uns überhaupt nicht wahrnehmen“, wandelte sich der unerwachsene Trotz in eine ebenso unerwachsene Klage. „Sie wollen Alibis von uns“, staunte er plötzlich und ließ genauso plötzlich eine Wut groß werden. „Sie denken, einer von uns hätte Thomas getötet?“ Tränen schwammen auf dem folgenden Schweigen.

„Ich muss das alles fragen“, entschuldigte Mommsen sich keineswegs. „Und hätten Sie denn einen Grund gehabt, Ihren Großen Bruder umzubringen?“

„Selbstverständlich nicht“, versuchte sich die Wut höher als das Weinen zu strecken, gelangte zu hoch, verlor allen Halt und brach kläglich zusammen.

„Zwischen Ihnen und Herrn Andernacht war also alles in Ordnung?“, zündelte der Hauptkommissar. „Sie waren sozusagen ein Herz und eine Seele?“

„Wenn Sie das so nennen wollen, ja“, zuckte es im Gesicht des einen Mannes.

„Ihr Name?“

„Reiser. Knut Reiser.“ Die Augen flackerten. Zähne bissen auf Lippen. Die Hände betasteten ziellos den Körper. Es roch nach Schweiß.

„Alles lief also bestens zwischen Ihnen? Sie haben den Frieden, die Demut, das Vertrauen, die Dankbarkeit miteinander gelebt, wie es Ihre Broschüre beschreibt?"

„Wir haben es zumindest ehrlichen Herzens versucht. Aber wir sind auch nur Menschen." Der Trotz versuchte wenigstens, in die Pubertät zu gelangen. „Wir sind alle nur Menschen, also fehlbar."

„Wie sehr haben Sie denn in letzter Zeit gefehlt? Sie Herrn Andernacht gegenüber? Und Herr Andernacht Ihnen gegenüber?" Mommsen wollte den Brand.

„Was sind das für Fragen?", züngelte endlich das erste Flämmchen. „Wir waren uns natürlich nicht in allem einig. Aber das haben wir vernünftig, wie es sich bei Geschwistern gehört, ausdiskutiert. Unsere Gebete galten immer zuerst unserem Frieden untereinander, weil wir sonst keinen Frieden in die Welt tragen können."

„Das klingt aber sehr schön, was Sie mir da sagen", fachte der Hauptkommissar an. „Nur wissen wir mittlerweile ganz genau, ich wiederhole, ganz genau, dass in der letzten Zeit nichts mehr bei Ihnen gestimmt hat. Auch das wiederhole ich: nichts."

„Nein, nein!", schrie eine junge Frau aus der Gruppe auf. „Das wünschen Sie sich vielleicht so, weil Sie wahre Gläubigkeit, echte Demut und reine Hingabe nicht ertragen können."

„Ich wünschte, ich dürfte sie viel öfter ertragen. Denn das vermag ich sogar vorzüglich zu tun. Das andere fällt mir viel schwerer, nämlich Sie auszuhalten, wie Sie sich selbst und mich belügen. Kollegen werden Sie jetzt in das Polizeihaus fahren. Dort werden wir Sie weiter befragen. Und es wird sehr gründlich geschehen. Darauf sollten Sie sich gefasst machen. Wir werden Ihre Trauer respektieren. Aber bei Verlogenheit tun wir es ganz bestimmt nicht."

Mommsen winkte zwei Beamte zu sich. Die nickten und trieben die Schar behutsam vor sich her in Richtung einer Polizeimaschinerie, die nicht immer gut geölt lief, aber letztlich doch so etwas wie Wahrheit, unverfälschte Wirklichkeit und sogar Gerechtigkeit produzierte.

Als der Hauptkommissar die Geschwister davonziehen sah, erinnerten sie ihn nicht länger an eine Heidschnuckenherde, sondern eher an eine ungeordnete Kolonne von Rekruten, die nicht wussten, wie es in einem Krieg zugehen konnte.

13

Gegen 11.30 Uhr übernahm endlich die Spurensicherung das Kommando. Mommsen tröstete sich einen Moment am Anblick der Choreographie, die ihm die in ihre weißen Overalls gehüllten Frauen und Männer, oft geprobt, vorführten. Jeder Schritt, jede Handbewegung war zweckgebunden, sinnvoll und auf das eine Ziel aus, zu finden, was diesen Mord mit einem Täter in Verbindung bringen könnte. Niemand der Beamten sah die Sonne, spürte Freiheit oder die Insel als Vergnügungsdampfer. Sie verrichteten ihre Arbeit weder verbissen noch verkrampft, dafür angespannt, begaben sich vollständig in den Tatort hinein und verweigerten sich einer allzu großen Routine, weil die eine Flüchtigkeit zur Folge haben könnte.

Der Hauptkommissar sah es mit Erleichterung, als die Leiche in die Nordseeklinik zur Obduktion abtransportiert wurde. Carola Bunge würde ihr am späten Nachmittag beiwohnen und anschließend möglicherweise wieder eine Kirche brauchen.

Lothar Bleichen, der Flensburger Erste Hauptkommissar und letztlich verantwortlich für die gesamte Ermittlung, nahm Mommsen beiseite und ließ sich ausführlich Bericht erstatten.

„Diese so genannten Geschwister? Haben die ein Motiv?“

„Ja“, erwiderte Mommsen. „Der Andernacht war drauf und dran, sie seinen Machtgelüsten zu opfern.“

„Und das reicht, meinen Sie?“

„Nein“, flüsterte Mommsen. „Nur für einen Strohhalm. Sie wären auch alleine zurechtgekommen. Und der Hass auf ihren Leiter war für eine Tötung gewiss nicht groß genug. Im Grunde genommen halte ich sie nach wie vor für Idealisten, für gläubige Menschen, die einem Traum zuarbeiteten. Aber wenn wir das Innenleben der Gruppe genau erkunden, auch deren Vergangenheit, wie und wann diese Gruppe entstand, kommen wir einem Motiv und einem Täter vielleicht näher. Auch wenn wir viel mehr von dem Getöteten wissen. Ich habe mir übrigens erlaubt, für diese Recherchen um Amtshilfe bei einem Kieler Kollegen zu bitten. Ja, bei Carsten Harprecht."

„In Ordnung", stimmte der Erste Hauptkommissar zu. „Das segne ich ab. Der Staatsanwalt wird es auch tun. Aber bitte, verlieren wir jetzt, und zwar für keinen Augenblick, den Mord an Griet Suhr aus den Augen. Und die möglichen Verbindungen zum neuen Fall. Die gibt es ja wohl, wenn ich an die Tötungsart denke. Oder vermuten Sie einen Nachfolgetäter."

„Ich würde gerne zunächst einmal die ersten Ergebnisse der Spurensicherung abwarten", murmelte Mommsen, um dann jäh aufzufahren: „Diese Tötungen im Zusammenhang mit etwas Religiösem, die sind so schwer zu greifen. Da herrschen Unlogik, Gefühle, unwägbare Glaubensbekenntnisse. Das Mittelalter vermengt sich mit unserer Zeit. Mein Gott, wer von uns hätte geglaubt, dass wir uns heutzutage noch mit Todsünden bei einer polizeilichen Ermittlung herumschlagen müssen?"

„Ja, wer hätte das gedacht?", echote der Flensburger Chef. „Das Wetter ist schön, die Insel bunt, die Freude blüht allenthalben. Und wir, wir stochern in dunklen Verliesen der menschlichen Religiosität herum. Die Inquisition lässt grüßen. Möglicherweise riecht es sogar nach Schwefel."

Er lachte, wenig entschlossen zu diesem Lachen.

„Wenn Sie keine Fragen mehr an mich haben", zuckte Mommsen nahezu hilflos mit seinen Schultern, „würde ich mich jetzt gerne in das Polizeihaus begeben, um diese Geschwister näher, viel näher als bisher zu befragen."

„Machen Sie nur", versuchte Lothar Bleichen zu ermuntern, sich selbst, den Hauptkommissar, die gute Welt und überhaupt. Die Sonne kann aber wirklich unpassend sein, dachte er und wunderte sich danach, wie unlogisch er zu sein vermochte.

Mommsen trottete, zerstritten mit Gott und der Welt, auch mit sich, die Strandstraße hinauf. Als er das *Café Wien* passierte, machte er kurzerhand einen Schwenk und kehrte dort ein, trachtete danach, die ihm sich entgegenplusternde Gemütlichkeit als einen kleinen Friedensschluss zu deuten. Er nahm es gerne zur Kenntnis, dass die angenehm gerundete Kellnerin ihn wieder bediente, weil die Macht der Gewohnheit beruhigen konnte, und bestellte sich diesmal eine Friesentorte, da er Pflaumenmus mochte, dazu eine Kaffeespezialität namens Schümli. Er bestaunte sich selber für eine kurze Zeit, dass er diesen Ausbruch aus einer dringenden und höchst aktuellen Mordermittlung gewagt hatte, bestaunte sich dann aber nicht länger, weil ihn das vom Genuss der Torte abhielt. Er rauchte sogar noch einen Zigarillo, was er als kindische Trotzhandlung gegen eine Inselwelt verstand, die gefälligst in Ordnung zu sein hatte, weil sie schön war. Aber alle Schönheit reicht eben nicht aus, einen Mord zu verhindern. Die Menschen genossen zu wenig, philosophierte er hausbacken. Dann fiel ihm Griet Suhr ein, die auch schön gewesen war, und er machte den Zigarillo aus, weil er plötzlich faulig schmeckte.

Etwa eine halbe Stunde später traf er auf der polizeilichen Zentralstation ein, deren gesamte Fugen zu ächzen schienen, kam es ihm vor, weil sie zwei Morde einfach nicht zu tragen vermochte. Der Letzte lag doch schon mehr als 30 Jahre zurück – keiner wusste es ganz genau. Die Beamten hasteten. Der Westwind blies durch offene Fenster und blähte Gardinen zu Segeln, ließ sie manchmal auch knattern und gegen Wände schlagen. Die Wärme erfrischte sich an dem Wind.

Mommsen suchte nach den Geschwistern, die er irgendwie und ziemlich unerfindlich für unschuldig hielt, die aber dennoch nicht unschuldig waren, weil sie etwas an sich hatten, das sie verklagte. Sie leben nicht wie Kinder Gottes, dachte Mommsen, sondern wie Kinder einer Ideologie, die unfrei macht. Und wer unfrei ist, will die Fesseln los werden. Das geschieht meistens auf Kosten anderer Menschen. Was genau hat sie ganz am Anfang aneinander gefesselt? Das wollte der Hauptkommissar wissen. Ein Kieler Freund und seine Beamten würden ihm dabei helfen. Aber erst einmal gedachte er, mit Westerländer Polizeimitteln die Wahrheit zu ergründen.

Er rief mit dem Handy seine Leute aus dem Neuen Kurzentrum in das Polizeihaus. Gadamer war bereits in die Landeshauptstadt abgereist. Dann begann das Team, die Geschwister auszuforschen, alle Brüder und Schwestern.

Was sie herausfanden, erschreckte sie.

Es war schon weit nach 20.00 Uhr, als Mommsen und Carola Bunge Inga Hartmann in einem kleinen Büro gegenübersaßen. Die junge Frau hatte mehr als neun Stunden auf ihr Verhör warten müssen. Der Hauptkommissar hatte immer wieder Informationen von den anderen Vernehmungen bekommen.

Die Geschwister waren, eine und einer nach dem und der anderen, eingebrochen. Sie waren viel zu gutgläubig, um einer geschickt, manchmal auch hinterhältig geführten Befragung standzuhalten, stets eine oder einer gegen zwei Beamte. Das Tonband lief mit und schien in seiner Sachlichkeit gegen alle Betrügereien gewappnet zu sein. Und irgendwann schämten sich die Brüder und Schwestern auch, wollten diese Scham loswerden, sie abladen, und wurden ehrlich, weil nur Ehrlichkeit, glaubten sie, gegen die Scham half. Sie kannten die Bibel und die Geschichte von Adam und Eva, in der die Unehrlichkeit schamhaft machte und das Paradies zuschloss.

Und das war ihre Geschichte, zusammengefügt aus Gestammel, Trotz, Angst, Weinen, vergeblichen Fluchten, entlarvten Lügen und dem Wunsch, es endlich hinter sich zu haben, das Schämen:

17 waren sie damals gewesen, allesamt Schüler des Kieler Johann-Gottlieb-Fichte-Gymnasiums. Ein junger Vikar, also ein Pastor in der Ausbildung, namens Thomas Andernacht hatte zu jener Zeit ein Praktikum bei ihnen absolviert, unterrichtete Religion und vermochte dabei zu begeistern.

Kurz vor den Sommerferien veranstaltete der Biologielehrer mit einer Schülergruppe eine Exkursion nach Sylt, um die besondere Flora dort zu erkunden. Sie lebten während dieser Zeit auf dem Jugendzeltplatz *Dikjen Deel* nahe Westerland.

Ein Mädchen war unter ihnen, das Ingrid Köster hieß und besonders war, nicht nur seiner ausgezeichneten Schulleistungen wegen, sondern weil es sich überhaupt nicht an gängige Modetrends hielt, sich aus allen geheimnisvollen Gesprächen, bei denen es sich um Jungs drehte, heraushielt. Mit Liebschaften schien es nichts im Sinn zu haben, war ernsthaft, dachte viel nach und las gerne. Dazu war es auch noch hübsch, tat aber nichts dazu, diese Schönheit durch Kleidung oder Kosmetik zu betonen. Das Aussehen kümmerte es nicht. Es war ihm schlicht zu äußerlich.

Ingrid ging es um Innerlichkeit. Sie suchte weder nach Freundschaften noch stieß sie jemanden bewusst zurück. Doch die Klasse vermochte das alles nicht zu tolerieren. Ingrid war nicht einzuordnen, darum am besten auszusortieren. Das Mädchen geriet an den Rand der Klasse, dann in eine einsame Außenwelt. Doch es hielt sie aus. Es lebte entschlossen sein Leben, wie es von ihm für richtig befunden wurde.

Aber dann stieß ihm die Liebe zu.

Ingrid verliebte sich in Thomas Andernacht. Und der Vikar liebte zurück. Es war eine große, vorbehaltlose Liebe, voller Zartheit, voller Rücksichtnahme, voll des Verstehens, ohne zu sprechen. Der Altersunterschied von elf Jahren störte sie nicht. Sie wollten ohnehin aufeinander warten, bis sie das Abitur hatte und er Pastor war. Vorher sollte nichts geschehen. Man wollte rein füreinander bleiben, die Liebe keineswegs ausleben, sondern, jeder für sich, sie genießen. Um keinen Preis wollten sie ihr Wunder öffentlich machen, um dieses Wunder nicht zu verletzten oder es gar von anderen zerstören zu lassen.

Auf Sylt wurde abends auch Alkohol getrunken, oft zu viel. Ingrid sah es, verweigerte aber jeden Schluck, verweigerte sich überhaupt jedem albernen Streich wie auch dem heimlichen

Nacktbaden. Während die anderen im Meer herumtollten und die Sexualität ausprobierten, sehr verhalten zunächst, aber dann schon ungehemmter, weil der Alkohol die Hemmungen fortriss, saß sie im Zelt und machte sich Notizen über die Pflanzen, die auf salzigem Boden zu gedeihen vermochten.

Anführer der verbotenen Unternehmen waren zwei Schüler namens Knut Reiser und Arndt Zietlow, die von vier Mädchen angehimmelt wurden, von Beate Kindler, Sigrid Boysen, Inga Hartmann und Claudia Niemann. Man geriet oft in Streit wegen der Jungen. Und die Jungen und der Kräuterschnaps, das Bier, der Wein heizten diese Streitigkeiten noch an. Sie erreichten allmählich einen Grad, der die ganze Sechsergemeinschaft zu sprengen drohte. Das sollte nicht geschehen. Die sich anstauende Gewalt musste abgeleitet werden.

Man trank, trank immer mehr. Und eines Nachts, als die Trunkenheit bis zum Platzen angeschwollen war, verfiel man auf die unselige Möglichkeit, bei wem man die sich aufhäufende Gewalt entladen konnte – gemeinsam, dass die Schuld des Einzelnen kleiner wurde, weil man sie teilen wollte. Als Opfer wurde Ingrid Köster ausgesucht, diese verdammte, tugendhafte Heilige, die allen und allem überlegen schien. Man zerrte sie aus ihrem Zelt, sinnlos betrunken, schleppte die sich heftig Wehrende in die Dünen, nachdem man ihr Klebeband über den Mund gekleistert hatte. In den Dünen wurde dem Mädchen die Kleidung vom Leib gerissen. Beate und Inga knieten sich auf ihre Arme, Sigrid und Claudia hielten ihre Beine fest, Knut und Arndt vergewaltigten das Mädchen. Sie taten es nach vielen Schlucken Wein, Bier und Schnaps noch einmal, während die Mädchen wieder ihre Rollen als Festhalterinnen übernahmen. Danach ließen sie Ingrid einfach liegen.

Am Morgen kam die Angst. Bei allen sechs kam sie schrecklich und unbarmherzig. Und Ingrid kam nicht zurück. Sie hatte sich nach dem entsetzlichen Geschehen wie betäubt in ihre Kleidung gehüllt, war zu ihrem Zelt geschlichen, hatte sich von dort ihre Jacke geholt, um sich damit besser bedecken zu können, und war nach Westerland geschlichen. Dort hatte sie noch die Kraft besessen zu warten, bis die Post öffnete, hatte noch die Kraft besessen, einen Brief an Thomas Andernacht zu schreiben. Darin schilderte sie das ganze schreckliche Geschehen, nannte alle Namen der Beteiligten, bat flehentlich um Verzeihung. Sie hatte noch die Kraft, Briefmarken zu kaufen, den Brief richtig zu frankieren, einzuwerfen und sich in die Dünen zu schleppen.

Dann hatte sie keine Kraft mehr.

Touristen fanden sie.

Ingrid wusste ihren Namen nicht, noch wo sie war oder was überhaupt mit ihr geschehen war. Die *Sylter Rundschau* veröffentlichte ein Foto von ihr, die sie sich in der Nordseeklinik befand.

Der Lehrer, die Schüler erkannten sie.

Die Täter waren ohnmächtig vor Angst.

Ingrids Eltern holten sie von Sylt ab. Das Mädchen wusste immer noch nicht, wer es war, um wen es sich bei den beiden Erwachsenen handelte, die es zu einem Auto führten. Ingrids Augen und ihre Seele waren leer, gänzlich leer. Und die leere Seele entleerte ihren Verstand.

Das Mädchen wurde in die Kieler Psychiatrie eingeliefert. Es dämmerte noch heute dort vor sich hin, erloschen, erstickt von menschlicher Bosheit, von Suff, Dummheit und keinem Verständnis dafür, dass jeder das sein durfte, wonach es ihn verlangte, wenn er andere dabei nicht verletzte. Ingrid hatte niemanden verletzt. Lebend war sie tot und blieb es. Sie sprach nicht, bewegte sich wie eine Aufziehpuppe und war für die Liebe Thomas Andernachts endgültig verloren.

Alle polizeilichen Ermittlungen, was die Vergewaltigung des Mädchens anging, verliefen im Sylter Sand.

Andernacht wirkte auf seine Umwelt zunächst wie narkotisiert. Nach Tagen schien er in eine Art Raserei zu verfallen. Seine theologischen Auffassungen wurden extrem und orientierten sich vor allem an Sünde, Strafe, Buße und Gericht. Wenn er sprach, dann geschah das beinahe endzeitlich. Stunde über Stunde sann er mit seinen Schülern zusammen darüber nach, wie weit sich Menschen von Gott zu entfernen vermochten, nahm auch das Wort „Verdammnis“ in den Mund. Dabei stürmte er durch den Klassenraum, von Ruhe und Frieden völlig verlassen, vereinsamt wirkend, weil die große und einzige Liebe in einem Psychiatriezimmer dahindämmerte und nicht mehr aufwachen wollte.

Dann bestellte er einen Täter nach dem anderen einzeln zu sich nach Hause, las jedem Ingrids Brief mehrfach vor, schrie ihn den Vergewaltigern und ihren Helferhelferinnen entgegen. Er drohte mit den irdischen Strafen, die sie erwarten würden, wenn er den Brief öffentlich machte. Dann offenbarte er ihnen, einem Apokalyptiker nicht unähnlich, dass die Strafen, die Menschen verhängten, ihm nicht genügten. Er wollte die beiden Jungen und die vier Mädchen einer höheren Gerechtigkeit unterstellen, sie zu einer lang anhaltenden Buße und Sühne verurteilen, die Schuld bei ihnen wach halten, indem er sie dazu verdammte, sie Tag für Tag abzuarbeiten. Sie sollten künftig in göttlichem Gehorsam, in Demut und Keuschheit leben, ihrer grässlichen Tat ein gutes Gegenteil entgegensetzen und in einem neuen Leben Gottes Wünsche als Vorbilder missionieren. Eine Gruppe sollten sie werden, die er anzuleiten gedachte. Keine alltäglichen Banalitäten mehr, nur noch Ernst, Sühne, Strenge und Aufopferung. Sollten sie dem nicht zustimmen, würde er sie sofort der irdischen Gerechtigkeit ausliefern.

Alle sechs fürchteten nichts mehr als das und stimmten zu. Sie waren nicht überzeugt, wurden dafür aber verschont von Polizei, Gerichten und Schulverweisen. Ein Leben unter Andernachts Anleitung würde wenigstens annähernd etwas von einem Versprechen haben, und sollte es auch noch so dumpf und zerrissen klingen.

Der Vikar machte mit ihnen einen schriftlichen Vertrag, den sie alle zu unterschreiben hatten. Dann unterwies er sie an drei Abenden in der Woche und das gesamte Wochenende lang für den Rest ihrer Schulzeit – Andernacht wurde in der Zwischenzeit von seiner Kirche nicht in den Dienst übernommen – in dem, was er als den richtigen Weg des Glaubens verstand. Er machte sie mit den Todsünden und ihren Verwüstungen bekannt, hielt oft in heftigen Worten Gericht über sie, legte ihnen Schweigetage auf, verlangte den Verzicht auf Fleisch, auf alle Genussmittel überhaupt, formte sie zu den Geschwistern und gab sich die Rolle des Großen Bruders.

Mit der Zeit begannen die sechs Schüler, das zu glauben, was ihnen in vielen Stunden übergestülpt wurde. Sie nahmen sich tatsächlich als Missionare wahr, die durch ein vorbildliches Leben wenigstens ein kleines Stück dieser Welt zu verbessern vermochten. Dieses kleine Weltstück sollte Sylt sein, einmal, weil sie dort ihre abscheuliche Tat begangen hatten, zum anderen, weil Andernacht auf dieser Insel alle Todsünden auf engem Raum wüten sah.

Niemand der sechs Schüler begann ein Studium. Sie lernten Berufe. Von dem, was sie verdienten, gaben sie jeweils den zehnten Teil, wie es biblische Sitte war, ihrem Großen Bruder. Der hielt sich notdürftig mit Vorträgen, Artikeln in Zeitungen, sogar mit Lagerarbeiten in einem Supermarkt über Wasser.

Jedes Jahr verbrachten sie künftig vier Sommerwochen auf Sylt. Immer begann ihr Missionsaufenthalt dort mit einem ganztätigen Besuch der Stätte, an der sie Ingrid Köster vergewaltigt hatten. Dort mussten sie bekennen, knien, beten, die Tat immer und immer wieder schildern, bis alle in Tränen ausgebrochen waren.

Sie hatten sich ihrem alten Leben völlig entfremdet. Ihre Familien, andere Menschen galten ihnen nichts mehr. Sie waren die Geschwister. Das war ihr Leben, dem sie glaubten. Niemand vergaß seine Schuld. Sie tat weh, besonders in den Nächten. Aber sie verdienten diese Qual, waren sie überzeugt. Nichts würden sie jemals gutmachen können, aber vielleicht, vielleicht wenigstens einige Menschen besser. Das war ihre Hoffnung. Eine andere hatten sie nicht mehr.

Gegen 23.00 traf sich das gesamte Team noch einmal zu einer Besprechung. Man ließ die Geschichte der Geschwister Revue passieren, klopfte sie genau ab und kam schließlich zu dem Ergebnis, dass aus ihr vermutlich keine Mordtat resultieren würde. Aber festlegen wollte sich niemand.

„Wie steht es um Struves Alibi?“, fragte Mommsen.

„Schlecht“, erwiderte Bernd Steuben. „Er will erst im Hotel und dann im Zelt gewesen sein. Doch Zeugen gibt es für beide Aufenthaltsorte nicht.“

Die Erkennungsdienstler legten die ersten vorläufigen Ergebnisse vor, betonten deren Vorläufigkeit. Ein endgültiges Resultat, werde wie der Runde wohl bekannt sei, erst das Dezernat 400 im Kieler LKA liefern. Doch könne man schon vorsichtig sagen, dass die Strangulation durch ein ähnliches, wenn nicht sogar identisches, festes und längliches Tuch aus Leinen und Wolle geschehen sei – erneut rot, winzige, goldene Garnpartikel seien auch wieder, wie bei der Suhr, entdeckt worden, zudem hellgraue Fusseln unter einigen Fingernägeln. Andernacht müsse sich also gewehrt und sich dabei in die Jacke des Täters gekrallt haben.

„Todsünden“, grollte Krüger. „Beim ersten Opfer Wollust, wie wir es eventuell aus dessen Vergangenheit lesen können, dann diese Acedia. Beim zweiten Opfer Hochmut, Neid, Zorn, Maßlosigkeit. Es läppert sich beim Andernacht, wenn diese verdammten Todsünden wirklich das Motiv für die beiden Taten waren. Wo sind wir denn hier?“, schnaufte er Wut. „Und wie spinnert ist dieser Mörder wirklich?“

Gadamer rief aus Kiel an und berichtete, dass man in der Wohnung Andernachts einen Brief gefunden habe, der von einer Vergewaltigung von Seiten der sechs Geschwister berichte, dazu Verträge, die alle sechs zu einem mönchischen Leben verpflichte. Sonst gleiche die Wohnung einer Klosterzelle, karg, nur mit dem Nötigsten ausstaffiert und wohl mehr zu einer Durchreise bestimmt als zu längerem Verweilen.

Mommsen dankte dem Beamten, erwähnte aber nicht, dass

ihnen in Westerland der Brief und die Verträge bereits bekannt seien, um den Erfolg der in Kiel tätigen Beamten wenigstens heute nicht in irgendeiner Weise zu schmälern. Sie alle brauchten dringend Erfolgserlebnisse, sonst würden sie erschlaffen, mit der Sinnlosigkeit ihres Tuns herumtändeln und nicht mehr genau sehen, hören, fühlen und werten.

„Wir haben zwar einen zweiten Toten. Das ist schrecklich. Dennoch sind wir weiter“, stellte Mommsen leise, aber sehr eindringlich fest. „Der Raum für unsere Suche ist erheblich kleiner geworden. An einen uns Unbekannten als Täter glaube ich nicht. Dazu sind wir zu tief und zu genau in die Leben beider Opfer eingetaucht. Da treibt sich kein uns bislang Fremder herum.“

Er blickte auf das Phantombild, das mit Hilfe des Rentners Manfred Korbmacher angefertigt worden war. Das Gesicht sagte ihm nichts. Aber bei den Haaren rückte etwas in seinem Gehirn weiter nach vorne. Korbmacher hatte sich wohl bei deren Beschreibung besondere Mühe gegeben, möglicherweise, weil ihm die eigene Haarpracht als recht eingeschränkt vorkam.

„Die Haare“, flüsterte Mommsen. „Sehen Sie sich bitte einmal nur die Haare an. Fällt Ihnen bei deren Anblick irgendeine Person ein, die uns über den Weg gelaufen ist?“

Die Beamten kniffen die Augen zusammen und starrten minutenlang auf die Frisur über dem Gesicht, bis das ganze Bild verschwamm.

„Nein“, klang es von allen Seiten.

Doch, dachte Mommsen.

„Die Verbindung zwischen Andernacht und Griet Suhr ist uns bekannt“, murmelte er dann. „Diese unseligen Todsünden als mögliches Motiv, auch wenn es uns noch so weit hergeholt scheint. Für jemanden scheint es sehr nahe zu sein, sehr bedrängend und in keiner Weise fremd. Er lebt in dieser uns mittelalterlich anmutenden Welt. Damit müssen wir uns abfinden, es sei denn, uns überrascht doch noch ein gänzlich anderer Grund für diese Taten. Aber daran sollten wir, glaube ich, erst in zweiter Linie denken, wenn es überhaupt notwendig sein sollte. Andernacht hat Griet Suhr mehrmals besucht. Welcher der uns bekannten Menschen ist noch mit beiden Opfern in Berührung gekommen? Lassen Sie uns darüber nachdenken. Aber für heute, meine ich, sollten wir Schluss machen."

Mommsen und Carola Bunge waren noch zu aufgewühlt, um schlafen zu können. So saßen sie gemeinsam im Zimmer des Chefermittlers und tranken die zweite Rotweinflasche leer.

Einmal fragte die Beamtin, als sie auf das Keyboard blickte: „Warum spielen Sie mir zu unserer beider Entspannung nicht einen Gospel vor?"

„Ich spiele nie zur Entspannung", antwortete Mommsen. „Einzig der Erinnerung wegen. Und ich sollte Ihnen wirklich nicht meine traurigen Erinnerungen vorspielen. Der Gospel mag noch so fröhlich sein. Ich kriege ihn immer nur traurig hin."

Beide schwiegen. Draußen lachten Menschen laut und unbeschwert. Eine helle Sommernacht schaute durch die Fenster. Sie glaubten, das Meer rauschen zu hören. Aber vielleicht wollten sie das auch nur hören, weil ein Meer groß und stark ist und sie Größe und Stärke benötigten.

Kurz nach halb zwei verabschiedete sich die Hauptkommissarin. Sie tat es wiederum mit einem auf Mommsens Wange gehauchten Kuss. Vielleicht war das für mich das einzig Heile an diesem ganzen langen Tag, dachte der Ermittler. Ich möchte so gerne wieder nur Mann sein.

Carola Bunge winkte kurz von der Tür her. Draußen lachten immer noch Menschen. Lachen ist so wichtig, überlegte Mommsen. Und ich kann es nicht mehr. Er blickte auf das Bild seiner Frau. „Bin ich auch schon ein bisschen tot?", fragte er ganz leise.

BUBI

Bubi studierte im dritten Semester Theologie. Er tat es mit großem Ernst, ehrgeizig, voller Eifer, ja, nahezu mit Andacht. Er studierte nicht, um seinen Glauben befragen zu lassen oder ihn sogar in eine neue Form zu gießen. Ihm ging es einzig darum, den von der Mutter gelernten Glauben, den er ohne Abstriche zu dem seinen gemacht hatte, zu befestigen. Entsprachen Professoren, Bücher, Diskussionen nicht seiner Glaubensauffassung, mied er sie oder, wenn das nicht ging, blendete sich einfach aus. Er suchte nach Bestätigung, um noch lauter „Ja" zu Mama sagen zu können. Aber eigentlich war sein „Ja" schon laut genug. Er trauerte immer noch entsetzlich um sie. Und sein Zorn auf den Prediger, der die Mutter so schmählich im Stich gelassen hatte und den Bubi letztlich für ihren Tod verantwortlich machte, loderte mächtig in ihm.

Obwohl er mehr als ausreichend Geld besaß, wohnte er sehr bescheiden zur Untermiete bei einer alten, sehr frommen Dame. Er liebte die Askese, verzichtete auf so viel Komfort, wie es nur möglich war, kleidete sich schlicht, spendete viel für die Missionare in Südindien und Neuguinea.

Bubi besuchte gern die Gottesdienste einiger Freikirchen oder Sekten, die viel offener und ungestümer mit den menschlichen Sünden umgingen, als es seine Großkirche tat. Dort wagte man noch von Schlechtigkeit, Gericht und Strafe zu sprechen und verniedlichte Gott nicht ständig mit der Liebe. Sodom und Gomorrha waren in diesen Kreisen noch gegenwärtige Orte, die Sintflut ein Ereignis, das man als gerecht einstufte. Der Regenbogen wurde gerne übersehen und lieber nach neuen Gewitterwolken Ausschau gehalten.

Auch die offen vorgetragenen Sündenbekenntnisse sagten ihm sehr zu. Und es überlief ihn manchmal heiß, wenn er die anderen Missetaten vorgetragen hörte, zu denen er gar nicht fähig war, weil Marga ihm vor sieben Jahren die Sexualität wegamputiert hatte. Auch ihr galten viele seiner Flüche, die er im alten Teil der Bibel fand. Er las sie und sie rochen gut für ihn, nach Brand und Asche. Er bedauerte manchmal, dass er keine Sündenbekenntnisse offen vorzutragen vermochte, weil bei ihm, so sehr er auch in sich grub, keine sonderlich bekennenswerten Missetaten aufzufinden waren.

Ihn hungerte es danach, von den Ursünden, der Erbsünde, den Todsünden zu hören. Er glaubte es nur zu gerne einem alten Lehrer, der kurz vor seine Emeritierung stand, wenn der sagte: „Wer von Gott spricht, muss auch vom Teufel reden." Die jüngeren Professoren belächelten ihn nur, hätten es aber sicher nicht getan, wenn sie erfahren hätten, wie viele treue Anhänger diese alte Gelehrte besaß, der mit brüchiger Stimme die Gefahren der Anfechtungen aufzählte. Er ließ Scheiterhaufen mit Hexen darauf wenigstens noch glühen, wenn auch nicht mehr lodern, und machte die Eitelkeit, den Hochmut, den Neid, die Völlerei, die Geschlechtlichkeit, den Geiz und die Trägheit der Gläubigen als Ursache für den üblen Zustand der gegenwärtigen Zeit unumwunden verantwortlich. Der Alte erhob sich keineswegs über den katholischen Zölibat, pries die Beichte und machte die göttliche Gnade so teuer wie möglich.

In der Gefolgschaft dieses Lehrers lernte Bubi jenen Studenten kennen, etwas älter als er, den die anderen den „Heiligen" nannten, wohl darum, weil er sich allen Verlockungen der Welt scheinbar entzog. Er wollte nur lernen, wie man noch reiner werden konnte, fastete oft, sah die Demut als sein Ziel an, wirkte aber nicht demütig, wenn er Andersdenkende scharfzüngig abkanzelte.

Bubi bewunderte diesen Studenten maßlos, suchte gerne seine Nähe und wurde dort auch geduldet. Doch ein letzter Abstand blieb.

„Sei noch strenger zu dir, verzichte, sei klein und lass dir die Todsünden ständig gegenwärtig sein. Achte sie als gefährliche Gegnerinnen, die dir den Tod bringen können, von dem aus du in den Schlund der Hölle fällst. Lies die Schrift, faste, bete, züchtige dich selbst, wenn der Leib dich versucht, werde Herr über ihn. Du bist weich. Werde hart! Bringe wahre Opfer. Mein Freund, du bist noch zu stolz auf deine Klugheit und Gelehrsamkeit“, predigte der Heilige und sah dabei befremdet aus, was die natürliche Menschlichkeit anging.

Einmal, als Bubi ein Referat über die Obrigkeitslehre des Apostels Paulus halten sollte und dieses bereits ausgearbeitet hatte, ließ er es zufrieden in seiner Mappe im theologischen Seminar liegen, um draußen seinen Mittagsapfel zu essen. Als er zurückkehrte, klemmte er sich die Mappe, ohne sie noch einmal zu öffnen, unter den Arm und ging in die Seminarsitzung, in der er das Referat als Dritter halten sollte. Doch zunächst stand nach Aufruf durch den Professor der Heilige auf und las genau das vor, was Bubi sich so mühsam und zeitaufwendig erarbeitet hatte. Der Heilige erntete viel Lob vom Professor und den Mitstudenten. Als Bubi an der Reihe war, konnte er nur eine leere Mappe vorweisen, stammelte Entschuldigungen, empfing Gelächter und die schlechteste Benotung.

Als er nach der Sitzung den Heiligen verzagt zur Rede stellte, ohne die Kraft zu haben, ihm echte Vorwürde zu machen, antwortete der: „Ich sagte doch, du sollst wahre Opfer bringen. Das hier war zwar keins, weil es nicht freiwillig geschah. Aber du hast zumindest gespürt, wie es ist, wenn man verzichtet und opfert. Kein Stolz mehr auf Klugheit und Gelehrsamkeit. Nur Demut und Kleinsein. Das wollte ich dich lehren.“

Bubi verstand den Heiligen zwar nicht so ganz, erahnte aber, dass der vielleicht Recht haben könnte. Von nun an wurde er darum gebeten, für sein Vorbild dann und wann ein Protokoll zu schreiben, auch andere akademische Hilfsdienste zu leisten, weil der Heilige einfach keine Zeit hatte, sich um diesen „zu stark an der Erde haftenden Kram“ zu kümmern.

Bubi tat es, hörte keinen Dank, aber dann und wann ein wohlwollendes Wort: „Du bist auf dem richtigen Weg, Junge. Nur bald, bald solltest du in die Höhe schauen, den echten Himmel entdecken, alle Verlockungen der Welt zurückstoßen und darüber reden, ja predigen, wie nahe wir uns das Himmelreich holen können, wenn wir den Todsünden einen endgültigen Kampf liefern."

Bubi entwickelte sich zu einem noch kompromissloseren Gefolgsmann. Weil er stets für den Heiligen arbeitete, sackten seine Zensuren in den Keller. Seine gläubige Zimmervermieterin zeigte manchmal einen leisen Schrecken, wenn sie ihn reden hörte. Sie versuchte nachzufragen. Doch Bubi verweigerte alle Antworten.

Dann brach eine Zeit des Entsetzens für ihn an.

An einem Donnerstag-Nachmittag – er wusste es später noch ganz genau – musste er mit anhören, wie der Heilige über ihn sprach. Er stand hinter einem Bücherregal. Und von der anderen Seite peitschte es zu ihm hinüber. „Er wird immer nur Fußvolk sein. Diesem Bubi fehlt einfach alles, um an die Größe zu gelangen, unsere Erde zum Guten zu wandeln. Er plappert nach. Er denkt nicht wie ein Kämpfer, weil er feige ist, wenn es um harte Entscheidungen und die letzte Konsequenz geht. Lassen wir ihn also in der Sündenwelt zurück."

Bubi glaubte, alles in ihm, auch seine Seele würde sich nach außen kehren und er würde sie und seinen Mageninhalt, seine Organe gleich auf den Boden erbrechen. Er schlich davon als einer, der um die Öffnung irgendeiner Hölle herumtaumelt. Man hatte ihm gerade den Himmel gestohlen, glaubte er. Später, viel später war er so weit gekommen, dass er alleine, sehr alleine war und als Einsamer seinen Kampf gegen die Sünden führen musste. Der Heilige erschien ihm von nun an als ein Richter ohne Recht und als ein Henker, dem es zu gerne danach war, diese Tätigkeit auszuüben.

Bubi hängte sich an eine ältere Mitstudentin, an Ilse Brabant, die kurz vor dem Examen stand. Er sah in ihr keine Frau, nur jemanden, der ihm ein Vorbild sein konnte und ihm oft sagte, was er zu lesen oder zu lernen hatte. Sie fragte ihn griechische Vokabeln ab, dozierte, lenkte, richtete ihn ab, wie es Mama einst getan hatte. Sie trug die dunklen Haare offen wie Mama, war leise wie Mama, vermittelte ihm auch eine ähnliche Wärme und einen Halt.

Bubi fühlte sich zum ersten Mal seit Mama wieder in einer Art Zuhause aufgenommen. Er studierte wieder mit großer Strenge, diente nicht länger dem Heiligen, verteilte keine Ablässe an jene Lehrer, die zu kritisch mit der Bibel umgingen. Er fastete zusammen mit Ilse. Das war dann immer besonders schön, beinahe so intim wie ein fleischlicher Akt, wenn sie sich ihre Gefühle dabei mitteilten, von der Reinheit sprachen, Gewichtabnahmen priesen und sich gemeinsam frei fühlten.

Der Heilige wollte Bubis Abkehr nicht dulden. Er wandte sich darum gezielt der nicht übermäßig schönen Ilse zu, lobte sie wegen ihres untadeligen Lebens, mahnte aber gleichzeitig, sich von Bubi fernzuhalten, weil der sie nur herabziehen würde. Als Ilse es nicht glauben wollte, zeigte ihr der Heilige ein Protokoll, das Bubi für ihn geschrieben hatte und in dem wörtlich stand, dass der Glaube nicht zu verdienen sei und gute Werke nicht aus dem freien Willen der Menschen vollbracht würden, sondern allein, weil die Menschen sich von Gott geliebt fühlten. In diesem Protokoll stand nur, was der Professor und andere Studenten gesagt hatten, es spiegelte also keineswegs Bubis Auffassung wider. Aber das missachtete der Heilige einfach und sprach: „Dieser Junge will nicht gegen die Todsünden zu Felde ziehen. Er will sie gewähren lassen und wartet einfach darauf, dass ein schwacher Gott sie sozusagen wegliebt, während unser Student faul herumgammelt.“

Ilse war maßlos erschrocken, wollte Bubi aber eine Gelegenheit zur Rechtfertigung geben. Da spielte der Heilige seinen letzten Trumpf aus: „Weißt du eigentlich, dass Bubi mit einer Frau nichts anfangen kann, überhaupt nichts? Du verstehst, was ich meine? Er hat es mir selber erzählt. Komplett impotent, ein kraftloses Bündel Fleisch ohne einen besonders starken Verstand darin. Er nutzt dich nur aus als Ersatzmutter. Sonst bedeutest du ihm nichts.“

Ilse nickte eingeschüchtert, voller Angst.

Bubi hatte tatsächlich dem Heiligen geschildert, wie er von einer jungen Frau einst durch Hohn und Spott, durch ekelhafte Aufdringlichkeit und schamlose Geilheit vollends um seine Manneskraft gebracht worden war. Er wollte vor dem anderen reiner dastehen und feststellen, dass zumindest eine Todsünde, die Wollust, bei ihm schon völlig überwunden war.

Ilse kehrte sich ohne eine Aussprache von Bubi ab. Sie fühlte sich belogen und hintergangen.

Als sie Bubi einmal zufällig auf der Straße traf und der sie bedrängte, um eine Erklärung flehte, sagte sie zu ihm: „Du bist nichts als ein Heuchler, schwächlich, ja, ein Schwächling, der sich davor scheut, wahr mit sich, Gott und auch mit mir umzugehen. Ich hätte mich zwar ohnehin von dir getrennt, weil ein Impotenter den göttlichen Auftrag der Schöpfungsgeschichte – *Seid fruchtbar und mehret euch* – nicht zu erfüllen vermag. Aber die Trennung hätte mit Respekt geschehen können. Jetzt gibt es von meiner Seite her nur Verachtung."

Ilse ergab sich von nun an ganz dem Heiligen. Die beiden teilten die gestrengen Glaubensbekenntnisse miteinander, erregten sich gemeinsam in Seminarsitzungen darüber, wie sehr hier ein Gott der Schlaffheit gelehrt wurde, gingen oft lange spazieren und wirkten, als wären sie sich in allem einig.

Der Heilige ist gar kein Heiliger, dachte Bubi mutig. Danach tobten Gefühle in ihm, die er selbst zwar nicht als solche des Hasses zu deuten vermochte, die jedoch solche waren. Schließlich begriff er, dass sie jenen ähnelten, die er Marga und dem Prediger gegenüber empfand. Er entdeckte keine Sündhaftigkeit in seinen Gefühlen. Denn Gott war ein eifernder Gott. Und den Menschen oblag es, diesen Eifer auf der Erde zu leben.

Bubi verlor seinen Glauben an die Menschen. Er verstärkte seinen Glauben an den Gott Gomorrhas. Und da ihm sein Studium der Theologie viel zu wenig über diesen Gott lehrte und nach der Zuwendung zu Menschen verlangte, verließ Bubi die Fakultät und studierte stattdessen Geschichte.

Einmal verliebte sich eine Frau in ihn, wollte etwas von ihm, griff intim nach ihm. Da schlug Bubi diese Frau. Dabei sah er das Gesicht Margas. Und er lernte deutlich die Gewalt kennen, die in ihm wartete und sich jäh aufzurichten vermochte, wenn ein gerechter Zorn danach verlangte.

14

Konrad Struve saß höchst zufrieden in seinem nach vornehmer Landhausart eingerichteten Hotelzimmer. Er freute sich an der Ruhe, die in diesem Gebäude herrschte, obwohl es voll belegt war, und kippte mit einem Schluck einen teuren roten Bordeaux-Wein hinunter. Erneut schüttete er sich das Glas voll und goss dessen Inhalt, wiederum ohne jede Ehrfurcht vor diesem kostbaren Getränk, in seinen stets trockenen Schlund.

Der Abend gestern war vorzüglich gelaufen. Das Zelt war voll gewesen, vielleicht auch des zweiten Mordes wegen, die Kollekte üppig ausgefallen. Er hatte zu seiner alten Sprachwucht zurückgefunden, getobt, gedonnert, schreiend geflucht und einschmeichelnd gesegnet, wie es nur ein guter Schauspieler, wie er einer war, zu tun vermochte. Er hatte mit seiner Stimme geschmiert und eingeölt, um dann sofort wieder unbändigen Zorn in die gerade aufkeimende Wohligkeit seiner Zuhörer zu schleudern. Die Band war hervorragend – ebenso der Chor – und Corinnas Hintern herrlich weich gewesen.

Struve legte sich in den komfortablen Sessel zurück und hörte immer noch den Beifall prasseln und das Rascheln der Geldscheine. Wozu ein Mord zur rechten Zeit gut war! Endlich war er wieder alleiniger Herr der Zeltmission. Und wenn sie in wenigen Tagen endete, würde er ausreichend Geld haben, um für längere Zeit Ruhe zu pflegen.

Vielleicht sollte er sich am Freitag einfach still und heimlich absetzen, ohne seine Leute auszuzahlen, allenfalls Corinna, die ihn seinetwegen ein paar Wochen begleiten könnte. Dann würde er sicherlich ihres weichen Hinterns überdrüssig sein. Aber er nahm von diesem Gedanken doch lieber Abstand. Mit dem männlichen Teil seiner Belegschaft war nicht zu spaßen. Sie kommt aus dem Dreck und kennt sich darum mit Dreck aus, also auch mit mir, dachte er durchaus selbstkritisch. Wozu sich etwas vormachen? Das Geheimnis seines Erfolges lag darin, dass er immer wusste, wer er war, und sich darum schnell auf sich, seine Gelüste und Versuchungen einstellen und richtig reagieren konnte, natürlich auch auf die der anderen. Er schätzte keinen Menschen für sonderlich gut ein, sich selbstverständlich auch nicht. Das Böse unterschätzte er nicht. Und seine Männer, das wusste er, konnten richtig böse werden. Also würde er zahlen. Viel war es ohnehin nicht.

Das Haustelefon gab eine dezente Melodie von sich. Der Portier meldete die Ankunft von zwei Polizeibeamten, die ihn dringend sprechen wollten. Struve sagte, er werde die beiden Herren selbstverständlich gerne empfangen, legte hastig den Hörer auf und stürzte auf die Toilette. Der Rotwein strömte aus ihm heraus, schmeckte allerdings lange nicht mehr so köstlich wie vorher auf dem umgekehrten Weg. Er spülte sich den Mund aus, zupfte seine Seidenkrawatte zurecht, ordnete sein volles weißes Haar und kehrte in das Zimmer zurück. Dort überzeugte er sich noch kurz davon, dass er die Geldkassette wirklich in den Safe getan hatte, und antwortete dann auf das Klopfen, das mittlerweile, so schien es ihm, schon recht ungeduldig und herrisch klang.

Mommsen und Knaack betraten den Raum. Sie grüßten nicht, setzten sich unaufgefordert auf die beiden bequemen Sessel, verlangten von Struve, sich auf den Stuhl gegenüber dem Fenster zu setzen, und ließen keinen Widerspruch zu, als der Zeltmissionar fragte: „Kann es auch das Sofa sein?"

Die Beamten studierten das Gesicht des 72-jährigen, das von dem gleißenden Licht der Sonne rücksichtslos ausgeleuchtet wurde. Sie ließen sich mehr und mehr Zeit, schauten einfach dem Aufsteigen der Nervosität beim Zeltmissionar zu, warteten und nahmen die fahrigen Bewegungen der Hände wahr, die immer wieder über beide Knie rieben. Sie bemerkten auch, wie die Zunge wiederholt über die Lippen leckte, die Augen sich am liebsten schließen wollten, es aber dann doch nicht taten, weil das keine echte Flucht gewesen wäre.

Struve räusperte sich, versuchte Autorität, auch einen sonoren Unterton in seine Stimme zu legen und fragte: „Womit kann ich Ihnen helfen?"

Der jüngere Beamte legte ein kleines Tonbandgerät auf den Tisch und bemerkte beiläufig: „Wir dürfen doch?"

„Wo haben Sie sich eigentlich gestern den ganzen Vormittag aufgehalten?", fragte Knaack. „Mann, wir haben nach Ihnen gesucht. Wenn einer einen Grund hatte, den Andernacht umzubringen, dann doch wohl Sie."

Struve schaute entgeistert und wollte gerade zu einer angemessen wütenden Antwort ansetzen, als der ganz in Schwarz gekleidete Polizist flüsterte: „War es eine Spontanhandlung oder hatten Sie die länger geplant?"

Der jüngere Beamte bemerkte sachlich: „Selbstverständlich dürfen Sie einen Anwalt hinzuziehen. Und wenn ich so frei sein darf, Ihnen einen Rat zu geben, dann würde ich es an Ihrer Stelle tun."

Der Zeltmissionar schüttelte den Kopf. Einerseits wollte er tatsächlich keinen Anwalt, weil er noch keinem von denen getraut hatte. Andererseits begriff er nicht, wie diese beiden Kriminalbeamten so vehement wie die letzte Springflut, an die er sich noch sehr gut zu erinnern vermochte, über ihn kommen konnten.

„Kein Anwalt", stellte Knaack fest.

„Gestern Vormittag war ich erst hier und dann im Zelt", krächzte der Missionar, weil seine Kehle wieder einmal viel zu trocken war.

„Das haben Sie schon unseren Kollegen erzählt", freute sich der jüngere Beamte nahezu. „Nur gibt es dafür keinen einzigen Zeugen. Keinen einzigen. Verfügen Sie über die wundersame Kraft des Unsichtbarwerdens?"

„Verfügt er nicht“, summte Mommsen zufrieden. „Also hat er sich vermutlich wenig wunderbar in das Neue Kurzentrum geschlichen und das Glück gehabt, dass ihn keiner dabei gesehen hat. Die Leutchen gehen einfach zu gerne an den Strand. Das Wetter ist ja auch prächtig.“

„Das finde ich auch“, pflichtete Knaack bei. „Natürlich hat Herr Andernacht Ihnen aufgemacht, weil er Sie kannte. Der Täter ist nämlich nicht gewaltsam in das Appartement eingedrungen. Ihm wurde, wie bereits erwähnt, freiwillig die Tür geöffnet, bei Ihnen allerdings gewiss nicht gerne. Denn Sie standen ja wirklich nicht auf gutem Fuß mit Herrn Andernacht, um es einmal zurückhaltend auszudrücken. Weniger zurückhaltend würde ich sagen: Sie haben ihn gehasst wie die Pest.“

„Ich war wirklich hier und im Zelt“, rutschte Struves Stimme in ein Jammern ab. „Was kann ich denn dafür, wenn mich keiner sieht?“

„Dafür können Sie schon was“, triumphierte Knaack, „weil Sie gar nicht da waren, sondern eben ganz woanders. Und bei diesem Aufenthalt woanders wollen Sie sich doch wohl nicht allen Ernstes darüber beklagen, dass Sie keiner bemerkt hat. Nicht wahr, Herr Struve? Da liege ich doch richtig?“

Der Zeltmissionar wusste nicht, ob diese Frage zu beantworten war, ob es überhaupt eine Frage war. Er wusste nur, dass ihm ein Mord zugetraut wurde, nein, dass die Beamten davon überzeugt waren, er hätte die Tat begangen. Er hatte Andernacht gehasst. Niemand hatte ihn an diesem Vormittag gesehen. War er vielleicht so besoffen gewesen, dass er tatsächlich in das Kurzentrum gegangen war, um diesem Großkotz die Luft abzustellen? Denn besoffen war er gestern Vormittag gewesen. Daran konnte er sich deutlich erinnern, allerdings nur an den Zustand, nicht an den Hergang des Besäufnisses. Es hatte jedenfalls hier im Hotel begonnen. Aber dann? Er war doch im Zelt gewesen. Oder nicht? Doch. Wo sonst hätte er, ohne aufzufallen, so viel Wodka herbekommen?

„Ich war hier und im Zelt. Dabei bleibe ich. Und Sie können

mir nicht das Gegenteil beweisen", besann er sich auf seine Predigerqualitäten.

„Motiv und auch Gelegenheit", murmelte Mommsen. „Kein Alibi."

„Mein Gott, Herr Struve", fuhr Knaack fort, „da sind Sie aber dringend auf himmlische Hilfe angewiesen. Denn eine andere sehe ich nicht für Sie. Und wir haben einen Zeugen, der Sie beschrieben hat."

„Kennen Sie eigentlich das Opfer des ersten Mordes, eine Griet Suhr?", fragte der Chefermittler nun ganz sanft.

„Nein, ganz bestimmt nicht. Da bin ich mir ganz sicher. Mehr als sicher. Da schwöre ich alle Eide", haspelte Struve.

„Ja, das wäre es dann schon", lächelte Mommsen. „Vielen Dank für Ihre Zeit, die Sie uns geschenkt haben. Und, ja, viel Erfolg weiterhin bei Ihrer Zeltmission. Ach, das hätte ich beinahe vergessen: Der Herr Andernacht war übrigens Ihr Sohn."

Die beiden Beamten standen auf und verließen einen Konrad Struve, der sich von allen guten Geistern verlassen fühlte, auf das Sofa stürzte, den Kopf in ein Kissen vergrub und diese Welt einfach nicht mehr wollte. Andernacht sein Sohn ... Mein Gott, die Hölle könnte doch wenigstens ein bisschen gnädiger zu ihm sein! Er ein Vater, ein Vater ... Wer denn war die Mutter? Es waren einige Frauen als Mütter möglich.

„Thomas, Thomas", murmelte er an der Peripherie des Weinens. „Diesen Namen hätte ich dir auch gegeben. Der ungläubige Thomas aus der Bibel, der erst fühlen wollte, bevor er glaubte. Ich habe nicht gefühlt und glaube nicht."

Tränen tropften auf das Kissen, nahezu ein ganzes Leben lang zurückgehaltene Tränen. „Mein Sohn, mein Sohn."

Struve brach in seine Seele ein, fand dort noch ein winziges Reststück eines nie benutzten Vertrauens. Er trauerte um sich, um 72 Lebensjahre, um Vertanes, um nichts Gewonnenes außer Geld, um Lieben, die nur aus Fleisch bestanden hatten und darum keine echten Lieben waren, und ganz zuletzt um sein totes Kind.

„O Gott, o Gott“, jammerte ein Menschlein, das nie zu richtigem Menschsein hatte finden können. „O Gott!“

Draußen fragte Knaack: „Musste dieser letzte Tiefschlag sein?“

„Ich glaube schon“, erwiderte Mommsen nicht allzu überzeugt. „Vielleicht haben wir ihn dadurch völlig aus dem Gleichgewicht gebracht.“

„Und was nützt uns das?“, fragte der junge Beamte zornig. „Der Mann hat zwar kein Alibi und ein Motiv. Aber mit der Beschreibung unseres Herrn Korbmacher stimmt er nun wirklich nicht überein. Wenn irgendein uns bekannter Mensch überhaupt mit dessen Beschreibung übereinstimmen kann“, schränkte er ein. „Und ich glaube ihm, dass er Griet Suhr nicht kannte.“

„Das glaube ich ihm wirklich nicht“, wurde Mommsen seinerseits ärgerlich. „Frau Suhr hatte ein großes Interesse an allen religiösen Dingen, auch wenn sie zuletzt sehr krank war. Und sie pflegte nachzufragen. Bei dem Pastor hat sie es getan. Warum nicht auch bei dem Zeltmissionar? Zudem glaubt Frau Mewes, sich zu erinnern, dass ihre Freundin sich nach der Mission erkundigt hat. Ihr war, was die schwere Krankheit anging, wohl jeder Strohhalm recht.“

„Und welches Motiv sollte der Struve gehabt haben, die Frau zu töten?“, fragte Knaack, nicht weniger verärgert als sein Chef.

„Ganz einfach. Sie hat etwas gesehen, was sie nicht sehen sollte. Bei dem Struve ging doch nichts ordentlich und gesittet zu. Aber er musste unbedingt nach außen hin ordentlich und sittsam erscheinen, damit die Leute zu ihm kamen. Sein guter Ruf bedeutet pures Kapital für ihn. Was also, wenn Griet Suhr beobachtet hat, wie unser Struve mit einer der Sängerinnen rummachte oder zur Flasche griff? Oder sie hat gehört, wie der Missionar sich hinterher über seine Zuhörer gnadenlos lustig gemacht hat, was er regelmäßig tat, wie wir wissen. Und in Ihrer maßlosen Enttäuschung, dazu wegen Ihrer Erkrankung völlig unkontrolliert, ist sie lauthals über den Missionar hergefallen und hat ihm mit der Öffentlichkeit gedroht. Nein, Herr Knaack, so einfach ist das nicht, wie Sie es gerne hätten." Mommsen seufzte. „Und wie zuverlässig ist unser einziger Zeuge, der Gartenbauamtsleiter a.D. aus Uelzen, der mir doch mehr wie ein Wichtigtuer vorkommt?"

„Aber das mit dem Sohn am Schluss hätten Sie trotzdem nicht machen dürfen", trotzte der Kriminalkommissar. „Was ist, wenn der Struve nun irgendwie durchdreht und etwas völlig Unberechenbares tut?"

„Der steckt das irgendwann weg, glauben Sie mir, Herr Knaack", flüsterte der Hauptkommissar und mochte sich dabei nicht. „Er wird Alkohol trinken. Heute Abend ist er wieder voll da und verdient sich die nächste goldene Nase."

Mommsen fröstelte, zog den Kopf ein, wollte sich glauben. Er mochte Sonne, Wind und Meer zur Zeit nicht sonderlich, alles zu hell, zu aufdringlich, zu ausgelassen, wünschte sich einen Sturm, einen wegfegenden Sturm, die dahinjagenden Wolken dabei als schwarze Kriegsschiffe, und kroch noch tiefer in sich. Dort konnte er endlich mit sich allein sein, um sich zur Rede zu stellen und ehrlich zu antworten. Die Antworten würde er nicht mögen, fürchtete er.

„Ich würde gerne in seiner Nähe bleiben", bat der junge Beamte. „Es würde mich beruhigen. Vielleicht finde ich dabei noch etwas heraus, was uns weiterhilft."

„In Ordnung", nickte Mommsen und machte sich sehr verdrossen auf den Weg in Richtung Süderstraße, um Inken Mewes zu fragen, ob die Freundin Griet wirklich bei der Zeltmission gewesen sei und sich dann eventuell über den Struve in irgendeiner Weise geäußert habe.

Jäh, von irgendeinem Ungefähr kommend, überfiel ihn eine Unruhe. Gefahrvolle Ahnungen tosten durch sein Gehirn, woher sie auch immer stammten. Über sein Rückgrat lief ein Zittern. Er wusste nichts. Und wusste doch alles. Schmerz besetzte seinen Magen. Die eisblauen Augen verloren das Eis und jede hoffnungsvolle Bläue. Nur Dunkel, Dunkel. Er änderte seine Gehgeschwindigkeit, setzte die Schritte eiliger, überstürzt. Da war etwas. Da war etwas. Intuition.

Mommsen dachte Angst, dann fühlte er sie, dann beherrschte sie ihn. Es riss ihn nahezu nach vorne. Er hastete durch die Wärme. Der Sommer schien ihm nichts als Brand zu stiften. Das Licht leuchtete für ihn schwefelgelb, obwohl es die kostbare Farbe von Sonnenblumen trug. Aber ihm war nach keiner Kostbarkeit, nach keiner Freundlichkeit, nicht nach Sommer, Sylt und Freiheit zumute. Gefangen werden. Gefangenschaft.

Er rammte sich ungeduldig durch eine auf etwas wartende Menschentraube. Er wollte und konnte nicht warten, das wusste er genau. Seine Schritte schlugen, hämmerten auf das Pflaster, schneller und schneller. Er fingerte nach seinem Handy. Er wollte um Hilfe rufen. Aber aus welchem Grund? Er kannte ihn nicht und wusste zugleich, dass es diesen Grund gab und er Hilfe benötigen würde.

Er schenkte den reetgedeckten Friesenhäusern keinen Blick. Er hatte es nur auf ein Haus abgesehen, auf das rote, auf das erste, auf das neben dem Mordort, blutrot. Die Luft schoss aus seinem Mund. Er nahm sich kaum Zeit, neue aufzunehmen. Er musste es tun, atmen, nach der Luft schnappen, sonst würde er das rote Bluthaus nicht erreichen.

Er hörte den Schrei. Er war kaum ausgestoßen, da hörte er ihn schon.

Er rannte. Er stürmte. Er riss die Sig-Sauer aus ihrem Holster.

Die Tür stand offen. Er sprang die Stufen empor, stolperte, verlor die Waffe, die irgendwo vor ihm auf den Dielenboden schlug. Er stürzte ihr nach, prallte auf seine Handflächen, konnte sich nicht halten, krachte in den Raum.

Er sah Uwe Suhr. Er sah Inken Mewes. Uwe Suhr hielt ein Messer in der Hand. Es sah von unten sehr groß aus. Es war sehr groß. Wo war seine Waffe? Er erblickte sie etwa einen Meter vor sich. Er wollte sich aufstützen, nach ihr hechten. Uwe Suhr lachte, bückte sich und hielt die Sig-Sauer in der linken Hand.

Inken Mewes schrie wieder. Uwe Suhr schnitt ihr in den Hals.

„Nein!“, brüllte Mommsen. Er konnte doch gar nicht brüllen, fiel ihm ein. „Nein!“

Uwe Suhr lachte ganz neu. Der Ermittler hatte noch nie so ein Lachen gehört. Es klang nach der Vergeblichkeit von allem, nach Gestern, das jetzt gerade war und gleich Morgen sein würde, weil die Zeit sinnlos war. Sinnlos. Sinnlos.

„Hure!“, schrie Uwe Suhr.

„Nein“, brüllten Mommsen und Inken Mewes gemeinsam.

„Nur betrogen. Nur betrogen“, japste der Mann mit den beiden Waffen. Dann noch einmal: „Nur betrogen!“

Mommsen versuchte, sich aufzurichten. Suhr hatte keinen Blick für ihn, nur für die Frau, die für ihn eine Hure war, nur für die Hure, nicht für den Polizisten. Dann doch. „Liegen bleiben!“, brüllte der Mann und richtete die Waffe auf ihn. Inken Mewes schrie und schrie. Die Sig-Sauer war gesichert, erkannte Mommsen.

Suhr bekam nicht genug von dem Wort „Hure“. Er schleuderte es nach draußen in den Sommer und verdreckte ihn.

Inken Mewes kreischte ein entsetzliches, entsetztes „Nein“!, als der Mann wieder zu schneiden anfing. Das Blut sah wie ein roter Halbmond aus, der auf dem Rücken lag. Suhr spuckte es wieder aus, dieses „Hure“. Dann erneut: „Nur betrogen. Nur betrogen.“

Mommsen sah vom Boden aus einen Mann hinten im Zimmer vor der Terrassentür liegen, bewegungslos.

Der Kommissar fing jäh an, mit beiden Füßen auf den Boden zu schlagen, als krampfe er. Er trommelte auf die Dielen, jaulte auf, schlug zusätzlich mit den Händen, robbte sich dabei unmerklich nach vorne, immer weiter, immer weiter. Dann riss er mit aller Kraft, die er sich aus der Verzweiflung holte, an dem schmalen, kurzen Kelimteppich, auf dem Suhr mit der Frau stand. Sie stürzten nicht. Aber sie schwankten. Der Mann verlor etwas von seiner Sicherheit. Er hangelte nach seinem Gleichgewicht.

Mommsen sprang auf, schrie, schrie sinnlose Sachen wie „Polizei! Geben Sie auf!“, als wäre er ein ganzes Sondereinsatzkommando. Er prallte mit voller Wucht gegen den Mann. Der torkelte nach hinten. Das Messer fiel. Die Frau stürzte zu Boden. Mommsen stieß nach. Suhr polterte gegen den Tisch. Er richtete die Pistole auf den Beamten. Der griff danach. Sie zerrten von beiden Seiten an der Waffe. Sie war so gebaut, dass man sie, den Hahn gespannt, hinwerfen konnte. Sie würde nicht losgehen. Mommsen wusste das. Es gab ihm eine winzige Oberhoheit. Er riss jetzt mit beiden Händen. Suhr schwankte, kippte gegen ihn. Doch Mommsen hielt die Sig-Sauer in der Hand. Er entsicherte sie und entließ brüllend die Wut aus sich: „Schluss!“ Er keuchte. „Drehen Sie sich um! Sofort! Sofort!“ Er hatte keine Handschellen bei sich. „Auf den Boden“, schrie er darum. „Suhr, haben Sie gehört? Auf den Boden!“

Der Mann ließ sich langsam hinuntergleiten, als wäre ihm nun alle Zeit abhanden gekommen, die er jemals gelebt hatte und die er noch leben sollte. Resignation. Aufgabe. Zerstörung. Ruin. Er lag auf dem Rücken. Seine Augen waren geschlossen. Alles schien er gesehen zu haben, was es zu sehen gab, und auch das, was er nie hatte sehen wollen.

„Frau Mewes“, sorgte sich Mommsen, „sind Sie verletzt?“

„Nein“, wimmerte es, „Nein, nur ein bisschen.“

„Rufen Sie 110 an!“, befahl Mommsen. „Jetzt gleich bitte!“ Er reichte der Frau sein Handy.

Suhr stöhnte das Stöhnen derer, die gerade aus der Kriegsgefangenschaft entlassen worden sind und begreifen, dass sie gleich in die nächste sollen. Die Minuten krochen madenähnlich. Sie waren hässlich und schienen aus einem Tod geflüchtet zu sein. Ein Martinshorn gellte. Dann noch eins. Wagen schleuderten. Reifen radierten über den Asphalt. Türenschlagen. Männerfragen: „Herr Mommsen! Alles klar?“

Der Hauptkommissar nickte. „Der“, sagte er dann und wies auf den am Boden ausgestreckten Suhr. „Da hinten liegt noch einer.“

„Jens, einen Notarztwagen", rief der Uniformierte, während er dem Ingenieur, der gerade den ersten Vorboten seines eigenen Todes zu spüren schien, so schlaff wirkte er, Handschellen anlegte.

Mommsen war schlecht. Er lehnte sich an die Wand.

„Nicht schlappmachen!", kommandierte der Uniformierte.

Ein anderer Beamte beugte sich über den Mann an der Terrassentür. „Er lebt noch." Dann: „Er lebt noch ganz ordentlich." Beinahe gemütlich.

Mommsen wollte die Sig-Sauer ins Holster schieben. Er schaffte es nicht. Der Uniformierte tat es für ihn. „Nichts zum Schämen", sagte er dabei.

Der Sommer verlor allmählich den Brandgeruch. Die Schwefelfarbe füllte sich warm auf.

Der Notarztwagen traf ein. Der Mann an der Terrassentür wurde versorgt. Es war Karl Severin, der Autor, erkannte der Hauptkommissar jetzt. „Nur eine dicke Beule am Kopf und einige Rippen geprellt", langweilte sich der Arzt und verpflasterte dann Inken Mewes. „Wollen Sie was zur Beruhigung?", fragte er. Sie nickte. „Den Mann nehmen wir mit", bestimmte der Mediziner. „Sicher ist sicher."

„Und diesen nehmen wir mit, wenn es recht ist, Herr Hauptkommissar", sagte einer der uniformierten Beamten und deutete betont lässig auf den gefesselten Suhr.

„Danke", flüsterte Mommsen und: „Was war hier eigentlich los?"

Etwa 15 Minuten später saß der Hauptkommissar Inken Mewes gegenüber, die sich ungeordnet und kraftlos auf dem Sofa abgelegt hatte. Das Beruhigungsmittel wirkte offenbar.

„Ihr Kleid ist schief zugeknöpft", bemerkte Mommsen rücksichtslos.

Die Frau senkte ihren Kopf und blickte auf die Knopfleiste. „Ja", nuschelte sie. „Das ist von vorhin. Von der ganzen Aufregung." Beiläufig schob sie einen weißen Slip in die Sofaritze.

„Und was war vorhin?“, fragte der Ermittler.

„Der Karl, der Severin, der wollte mich nicht“, richtete sich Inken Mewes plötzlich auf und schaute tief verletzt. „Er hat mich einfach zurückgewiesen. Dabei hat er mir Blumen mitgebracht.“ Sie zeigte mit einer lang währenden Handbewegung auf den Boden, wo neben den Scherben einer Vase ein bunter Sommerstrauß wild durcheinander lag. „Er hat gesagt, von mir hätte er das nicht gedacht. Er sei nur an einer Seelenfreundschaft interessiert. Seeelenfreundschaft!“, zeterte sie. „So ein Quatsch! Er war übrigens richtig wütend auf mich und hat angefangen, mir das Kleid wieder zuzuknöpfen. Es war nämlich offen“, schob sie erklärend nach. „Weit offen“, grinste sie, nahm das Grinsen aber wieder zurück und ergab sich erneut der Kraftlosigkeit.

„Und dann kam der Uwe?“, fuhr Mommsen fort.

„Ja, dann kam der Uwe. Der flippte völlig aus, als er den Severin an mir herumknöpfen sah. Er hat den Karl einfach umgehauen. Das ging so schnell. Das habe ich gar nicht richtig mitgekriegt. Plötzlich hatte ich das Messer am Hals und Sie krachten in das Zimmer. Der war völlig durchgedreht, der Uwe.“ Inken schniefte, während sie vorgab, ihre Welt nicht mehr zu verstehen.

„Warum denn das?“, gab sich der Hauptkommissar staunend.

„Na, ich hatte doch mal was mit dem Uwe“, bekannte Inken Mewes unumwunden und nuschelte wieder: „Die Griet war ja andauernd in der Kirche. Die war ja mit der mehr verheiratet als mit Uwe. Und im letzten Sommer ist der Uwe einmal völlig überraschend für ein Wochenende nach Hause gekommen. Er wollte Griet eine Freude machen. Aber die war nicht da. Die war mit ihrem Chor unterwegs. Mir tat der Uwe richtig Leid. Ein Mann, der braucht doch eine Frau.“ Sie legte ihren Kopf auf der Sofalehne ab.

Wenn sie jetzt sagt, ein Mann kann es sich schließlich nicht durch die Rippen schwitzen, dann schreie ich, drohte Mommsen bei sich selbst.

„Ein Mann kann es sich schließlich nicht durch die Rippen schwitzen“, sagte die Frau.

Der Hauptkommissar schrie natürlich nicht.

„Dann ist es eben passiert. Der Uwe ist ja auch ein netter Kerl.“ Sie redete die Sätze nun beinahe als Brei. „Und es ist noch öfter passiert, immer wenn die Griet mal wieder auf heilig machte.“

„Ah ja“, summte Mommsen.

„Das war nicht nur so was fürs Bett“, verrührte Inken Mewes die Worte. „Das war richtig was.“

„Ah ja“, wiederholte sich der Ermittler.

„Doch ich dachte, es wäre vorbei. War es aber wohl nicht. Sonst wäre ja der Uwe nicht so ausgeflippt, als er mich mit dem Karl erwischt hat. Aber wohl nicht nur deswegen allein“, klebte sie die Silben aneinander. „Die Griet, die war nicht so heilig, wie sie immer getan hat“, wurde Inken Mewes plötzlich sehr wach. Ihre Sprache klang jetzt sehr scharf. „Die hatte nämlich was mit dem Thomas Andernacht laufen. Das hat sie mir selber erzählt.“

„Ah ja! Ach nein!“, kam Mommsen ziemlich durcheinander.

„Doch. Das ging schon seit drei Jahren, immer wenn dieser komische Bruder mit seinen putzigen Geschwistern auf der Insel war. Aber auch zwischendurch in Kiel.“

Die Frau zischte die Worte nun.

„Und wer wusste davon?“

„Alle in der Nachbarschaft. Auch diese so genannten Brüder und Schwestern von dem Andernacht. Von denen streunte nämlich immer einer um das Haus von Griet, wenn der Boss bei ihr zu Besuch war. Man erkennt die ja leicht an ihren komischen Klamotten.“

Inken Mewes sah, zum Erstaunen von Mommsen, höchst zufrieden aus. Das missfiel ihm. Er fragte: „Und Sie haben darum bereitwillig den Uwe getröstet?“

„Ja. Der war doch arm dran. Wenn der mal was von der Griet wollte, lief es nur, wenn sie keinen Termin bei der Kirche hatte. Diese Termine gingen immer vor." Sie rieb sich mit dem rechten Arm über die Augen. Als sie den Arm wieder fortnahm, sah der Kommissar Tränen. „Dann hat der Uwe mich mit dem Messer gestochen. Und der Karl, der wollte mich nicht. Der wollte mich nie. Ich bin schon vier Jahre geschieden. Und der Uwe war seitdem der Einzige. Ich bin nicht so eine, wie der Karl von mir gedacht hat. Nein, das bin ich nicht."

Es floss aus ihr heraus.

Vielleicht würde sie lieber spucken, dachte Mommsen.

„Gestern habe ich Uwe diesen Pappumschlag gegeben", strömte es weiter. „Griet hat ihn mir vor einem Jahr oder so zur Aufbewahrung anvertraut. Was drin war? Keine Ahnung. Bis mir heute Uwe erzählte, dass da Fotos von der Griet und dem Andernacht drin gewesen seien. Die beiden zusammen. In irgendeinem Studio aufgenommen. So Porträts. Nichts Unanständiges. Deswegen ist er auch ausgeflippt. Und mich hat es getroffen. Warum mich?"

Inken Mewes setzte zum Jammern an, sehr entschlossen und sehr laut: „Ich habe keinem was zu Leide getan. Der Uwe, der brauchte mich. Die Griet hat ihm ja kaum was gegeben. Und bei dem Karl, da hatte ich so große Hoffnungen. Aber nichts. Der Kerl, der spinnt. Aber nicht zu knapp. Würden Sie mich zurückweisen, Herr ... ? Ich habe Ihren Namen vergessen."

„Mommsen", flüsterte der und gab dann etwas mühsam den großen Diplomaten: „Sie sind eine sehr schöne Frau und für jeden Mann, würde ich einmal sagen, eine Versuchung."

„Na, sehen Sie", erschlaffte die Frau, legte sich gänzlich auf das Sofa und murmelte: „Mann, die Pillen hauen aber hin."

„Noch eine Frage, Frau Mewes. Dann lasse ich Sie auch in Ruhe", versprach der Kommissar. „War Griet Suhr einmal bei der Zeltmission?"

„Ja, mit mir zusammen. Sie war da schon ziemlich krank. Alleine hätte sie das nie geschafft. Aber sie wollte unbedingt hin, um dem Missionar sozusagen zu beichten. Bei ihrem Pastor Brandt würde sie sich schämen, hat sie gesagt. Und sie hat dann auch eine ganze Zeit mit dem Prediger alleine geredet. Ich glaube, die Beichte hat sie schon als Vorbereitung auf ihren Selbstmord abgelegt."

Ausgerechnet bei diesem Scharlatan, dachte Mommsen und sagte dann: „Und nun ruhen sie sich mal schön aus!"

Doch Inken Mewes schnarchte bereits, sehr weiblich, dezent, sogar anmutig, befand der Mann.

Der Hauptkommissar schlich sich von dannen.

In der Süderstraße dachte er: Was für ein Kuddelmuddel!

In der Maybachstraße dachte er an die Keuschheit von Karl Severin und befand sie als wunderlich.

Als er die Stephanstraße kreuzte, dachte er, dass die Geschwister ganz schön sauer auf ihren Großen Bruder gewesen sein mussten. Von ihnen verlangte er sexuelle Enthaltsamkeit. Und er selbst? Aber war da wirklich Sexualität im Spiel?

Auf dem Kircheweg dachte er, der Struve und die Suhr kannten sich also. Und nun?

In der Zentralstation setzte er sich ganz allein an den großen Tisch im Besprechungszimmer und versuchte, zur eigenen Ordnung zurückzukehren. Er war kein Kämpfer, wenn es um den Einsatz seines Körpers oder der Dienstwaffe ging, wusste er schon länger und hatte es heute bestätigt bekommen. Reines Glück und schlechte Schauspielerei, als er den Krampfanfall mimte. Und kein ebenbürtiger Gegner. Suhr war von Anfang an der Verlierer gewesen.

Mommsen spürte immer noch ein leichtes Zittern ganz tief in sich drinnen. Ihm war kalt, obwohl sich Hitze von draußen durch die geöffneten Fenster auf ihn warf.

Knaack gesellte sich zu seinem Chef. „Um den Struve müssen wir uns keine Sorgen machen. Der hat das mit seinem Sohn wohl ohne weiteres weggesteckt, denke ich. Er kannte sein Kind ja überhaupt nicht richtig und hat den Andernacht dann nur als Gegner, sogar Feind kennen gelernt. Zur Zeit probt er im Zelt, nicht ganz nüchtern, aber bestens drauf. Er wird heute

Abend vermutlich ein kleines Vermögen machen. Durcheinander gebracht haben wir den jedenfalls nicht allzu sehr."

Mommsen erzählte seinem jungen Kollegen von den Liebschaften, die ihm gerade anvertraut worden waren.

„Das kann nur das Reizklima hier sein", gab der Kriminalist einen kriminalistisch höchst unzulänglichen Kommentar.

„Das eröffnet neue Perspektiven", ärgerte sich Mommsen sehr leise. „Die Brüder geraten in Verdacht. Der Struve noch mehr. Der hat Griet Suhr nämlich gut gekannt. Er war sozusagen ihr Beichtvater. Als Motiv könnten wir uns einen heiligen Zorn vorstellen, aber auch, dass Frau Suhr den alten Scharlatan durchschaut hat. Warum die Brüder allerdings nicht früher zugeschlagen haben, zum Beispiel schon Jahre vorher, das bedarf noch einer Erklärung. Vielleicht war ihr Motiv die Anhäufung von Sünden bei der Suhr in diesem Jahr: die Depression als Todsünde zusätzlich zu der Wollust. Übrigens, Herr Knaack, hätten Sie bei Inken Mewes Nein gesagt, wenn die sich Ihnen angeboten hätte?"

„Nein", gestand der junge Beamte. „Hätte ich nicht."

„Der Severin, der hat."

„Idiot!", sagte Knaack.

15

Die Trauerfeier für Griet Suhr fand in der St. Nicolai-Kirche statt. Der große Raum, der 600 Gläubige zu fassen vermochte, war zu etwa einem Drittel gefüllt. Die Tote hatte es sich gewünscht – so stand es in ihrem Abschiedsbrief –, dass man in jenem Gotteshaus ihrer gedachte, in dem sie so oft gewirkt hatte. Pastor Brandt war dieser Bitte selbstverständlich nachgekommen.

Mommsen, der sehr weit hinten saß, entdeckte viele alte Menschen, die offen um die Tote weinten. Sie hielten sich noch nicht einmal die Hände oder Taschentücher vor die Gesichter. Sie ließen ihre Tränen für alle sichtbar fließen. Das ist wohl eine sehr große Ehrung, dachte der Ermittler. Die Sonne, die durch die Buntglasfenster fiel, malte farbige, abstrakt wirkende Bilder auf den Boden und das Gestühl, auch auf die Menschen. Man müsste diese Bilder deuten können, sinnierte der Hauptkommissar, und käme vielleicht den Absichten Gottes ein ganz klein wenig auf die Spur. Er wusste, dass das weder theologisch korrekt noch überhaupt logisch war. Aber er war fasziniert von diesem Gedanken und sah oft auf die Bilder.

Vorne in der ersten Bank hockte völlig allein, gebeugt und gebrochen der Ehemann der Toten, Uwe Suhr, und verstand vermutlich weder die Welt noch Gott oder die Menschen, auch seine Griet nicht. Seine Trauer musste einer Schutthalde gleichen, überlegte Mommsen, vielleicht noch eher der Ruine seiner Heimat, die er für immer verloren sah durch Betrug, Untreue und Tod. Und Schuld würde sich unter alles mischen, immer Schuld. Wenn er weinen sollte, dann würde er vor allem darüber Tränen vergießen, dass auch auf die größte Liebe offenbar kein Verlass war, weil auch die größte Liebe der Schuld unterliegen konnte.

Hinter ihm saßen zwei Kriminalbeamte, die sich pietätvoll in Schwarz gekleidet hatten und sich mühsam an Gesichtern versuchten, die diesem Anlass angemessen waren, vermutete Mommsen. Auf der anderen Seite des Ganges entdeckte er schräg vor sich einen jungen Mann, der ständig in sein Taschentuch schnäuzte, vermutlich der Zivildienstleistende. Er war noch zu jung, um durch offenes Weinen eine Verstorbene zu ehren. Der Tod war ihm viel zu fremd und das Sterben auf einem fernen Kontinent angesiedelt, der auf der Landkarte seines Lebens noch nicht eingezeichnet war.

Inken Mewes hatte einen Platz recht weit vorne. Sie trug ein teuer wirkendes schwarzes Kostüm und vermochte nicht, ruhig zu sitzen. Sie drehte sich andauern in den Schultern, rutschte hin und her, zupfte an sich herum. Von der Seite sah der Kommissar für einen Augenblick, dass ihr Gesicht völlig trocken war.

Pastor Brandt sprach sanft und leise. Die Stille, die von ihm ausging, wusste von jenem Frieden, den Gott mit seinen Menschen stets einhält. Der Geistliche versuchte, das Leben von Griet Suhr – er nannte sie Margarethe Suhr – in Worte zu fassen, die sie noch einmal im bei ihren Menschen auferstehen lassen sollten, bevor die letzte und endgültige Auferstehung auf Gottes Seite geschah. Er zollte der Frau Achtung für ihren sinnerfüllten Dienst an den Menschen. Er gestand ihr ein großes Herz zu. Er bekannte sich zu ihrem Glauben, einem Glauben, der sich bewegt hatte, der niemals nur um seinetwillen allein geglaubt wurde. Er nannte Liebe und Treue.

Uwe Suhr heulte jäh auf. Es klang nur so laut, weil der Pfarrer so still sprach. Der Ehemann reckte sich hoch und machte den Eindruck, als wollte er gleich von seiner Bank aufspringen. Die Sonnenbilder sahen plötzlich blutig aus, kam es Mommsen vor. Die beiden Beamten hinter Suhr hatten schon die Hände gehoben, um den Mann gegebenenfalls auf die Bank zurückzudrücken. Doch er stürzte nur Sekunden später in seine Lethargie zurück.

Der Hauptkommissar sah sich um. In der letzten Reihe erblickte er Karl Severin, offenbar schon wieder aus der Nordseeklinik entlassen. Noch nicht einmal ein Verband wand sich um sein blondes Haar. Er kannte Griet Suhr doch kaum, dachte der Kommissar. Aber vielleicht war er Inken Mewes wegen anwesend, um einiges wieder in Ordnung zu bringen. Der Mann trug einen perfekt geschnittenen schwarzen Anzug, darunter ein gleichfarbiges hochgeknöpftes Hemd und sah exotisch in dieser Trauergemeinde aus. Pastor Brandt sprach über die vielen Wohnungen Gottes, von denen eine jetzt für Margarethe Suhr bereitstand als unzestörbares Heim, eingerichtet von der Kraft der Ewigkeit.

Iris, wohnst du auch da?, fragte Mommsen in seinem Innern seine Frau. Lebst du in einem Raum, den Gott zusammen mit den unerschöpflichen Mitteln der Ewigkeit festlich eingerichtet hat? Er wollte es glauben. Er konnte es nicht. Er sah Iris, wo seine Liebe es wollte, an den schönen Orten dieser Erde, die sie gemeinsam besucht hatten, in der Musik, in den Worten der Bibel, von denen sie so viele unterstrichen hatte, in seinen Gesprächen mit ihr. Ja, Gott war auch dabei. Und der Himmel, wo auch immer, war der Ort, von dem aus er zusammen mit Iris weitermachen konnte, bis sie sich wiedersehen würden. Gott richtet im Sterben Rendezvous aus, dachte Mommsen plötzlich und wollte diesen Gedanken nicht vergessen.

Severin saß statuenhaft. Die Kirche passte sich ihm nicht an. Die Sonnenbilder verloschen eines nach dem anderen. Jetzt war wohl für das Gotteshaus und die Trauernden darin der Schatten angesagt. Inken Mewes kratzte sich andauernd am Hals. Sie sang nicht mit, Severin auch nicht. Mommsen tat es: *Gott ist gegenwärtig.*

Die Orgel versuchte mit ihren Tönen, die entschwundene Sonne zu ersetzten. Sie klang warm und nach einem einsamen Strand, auf dem der Sand gleißt, über den sich ein Himmel breitet als ein durchsichtiger Gazevorhang, der nicht trennt, und wo es dem Meer nie gelingen wird, den Sand zu sich zu ziehen und zu ertränken.

Die Menschen strömten an Mommsen vorbei dem Ausgang zu. Der Zivildienstleistende blickte blind. Severin war nicht zu entdecken. Als Suhr an dem Kommissar mehr vorbeitorkelte als ging, erblickte der in dessen Gesicht und der ganzen Gestalt nur Ende und Aufgabe. Die Kriminalbeamten hinter ihm griffen manchmal stützend zu, wenn der Ehemann die Standhaftigkeit nicht mehr vortäuschen konnte, die er nicht besaß.

In etwa einer Woche würde die Urne Griet Suhrs im Meer versenkt werden, so wie sie es sich gewünscht hatte.

Draußen sah Mommsen, wie Severin sich verächtlich von Inken Mewes wegdrehte, dabei auch einen großen Widerwillen ausdrückte. Wegen einer Versöhnung mit der Inseldichterin war er nicht in die Kirche gekommen, stellte der Hauptkommissar fest. Der Romancier schritt auf Suhr zu, streckte seine Hand aus und sagte: „Ich trage Ihnen nichts nach."

Der Ehemann schob sich einfach an ihm vorbei. Eine Glocke schlug dumpf von weit oben.

Silbermöwen taumelten am dunkelroten Backstein des Kirchenschiffes entlang und sahen hell aus. Mommsen stellte sie sich als aus weißem Papier von Kindern gefaltete große Friedenstauben vor. Diese Vorstellung versöhnte ihn etwas, auch wenn es Selbstbetrug war. Gute Wachträume waren es eigentlich fast immer.

Severin sah wie abgestellt aus. Der Kommissar ging zu ihm.

„Ich wollte dem Herrn Suhr doch nur mitteilen, dass er von meiner Seite aus rechtlich nichts zu befürchten hat“, beklagte sich der Schriftsteller und zog das Gesicht eines enttäuschten Engels, dem man die Flügel nicht glaubt.

„Das ist zwar gut gemeint“, murmelte Mommsen, „ändert am rechtlichen Tatbestand aber überhaupt nichts. Nicht Sie klagen, sondern der Staat. Sie können es allenfalls nebenbei tun, als so genannter Nebenkläger.“

„Nein“, wehrte sich Severin. „Auf keinen Fall.“ Er zupfte an seinen schwarzen Manschetten.

„Warum sind Sie eigentlich gekommen?“, wollte der Hauptkommissar wissen. „Nur um dem Suhr das zu sagen? Seine Frau haben Sie doch kaum gekannt.“

„Mehr oder weniger“, tändelte der Literat unentschlossen. „Es hat mich auch vom schriftstellerischen Standpunkt interessiert. Die *Frankfurter* möchte von mir einen Bericht über die Morde.“

„Da kann ich nur gratulieren“, ärgerte sich Mommsen und wusste nicht, über was oder wen.

Severin schaute nun äußerst zufrieden aus. Er fragte: „Wollen wir noch bei Groth Kaffee trinken?“

„Nein“, erwiderte der Kommissar schroffer, als er es beabsichtigt hatte. „Die Arbeit, Sie verstehen.“

„Ja, natürlich“, duckte sich der Dichter.

Carola Bunge stand, von den üblichen unguten Gefühlen gequält, im Autopsiesaal der Nordseeklinik. Der Tote war gewogen und gemessen worden. Nun lag Andernacht auf dem Edelstahltisch, das Leben, das Charisma aus ihm herausgewürgt. Die Kommissarin fror, obwohl im Raum eine Temperatur von 18 Grad herrschte. Sie fühlte sich einmal wieder unermesslich zerbrechlich, die eigene Haut dünn, Sehnen und Knochen leicht zu durchschneiden, jedes Organ im Leib nahezu als Opfer dargeboten.

Der Gerichtsmediziner war in einen grünen Kittel und eine gleichfarbige Hose gehüllt, auf dem Kopf eine Haube, eine Maske vor der unteren Gesichtshälfte. Er untersuchte millimetergenau den Körper des Ermordeten, von oben nach unten, forschte nach eventuellen Einstichstellen, nach vernarbten Wunden und Ähnlichem, was vielleicht das gelebte Leben des Großen Bruders ein wenig näher beschrieb.

Der Assistent und der obduzierende Arzt drehten den Leichnam auf den Bauch.

Der Gerichtsmediziner deutete auf eben noch zu erkennende Striemen auf dem Rücken des Toten.

„Sie sind nicht so alt, wie es vielleicht den Eindruck macht“, sagte der Arzt. „Und sie erinnern mich an die Wunden, die eine Peitsche hinterlässt, möglicherweise eine *Neunschwänzige Katze.* Sie wissen doch, so ein Folterinstrument mit einem Holzgriff und neun dünnen Lederriemen daran. Geissler bevorzugen dieses Instrument.“

„Aha“, wunderte sich Carola Bunge.

„Sehen Sie hier oben am Hals“, sagte der Obduzent. „Eine schwache Druckstelle über der Halsschlagader. Wenn man seinen Daumen fest auf sie presst, kommt es sehr schnell zu einer Bewusstlosigkeit.“

„Wissen das auch medizinische Laien?“, fragte die Beamtin.

„Ich denke schon“, erwiderte der Arzt. „Ein großes Geheimnis ist das nicht. Um das zu erfahren, müssen sie möglicherweise nur lange genug fernsehen oder das richtige Buch lesen.“

Die Untersuchung lief weiter. Keine Einstiche. Blut wurde entnommen, ebenfalls Urin.

„Ein sehr gesunder Mann, den ersten Eindrücken nach", stellte der Mediziner fest, zog sich Latexhandschuhe an, darüber etwas dickere aus Gummi, der eigenen Sicherheit wegen. Der Assistent schrieb. Andernacht lag wieder auf dem Rücken. Die Kommissarin rieb sich Menthol unter die Nase. Der Ypsilon-Schnitt wurde gemacht, von oben her bis zum Schambein. Der Geruch war furchtbar.

Carola Bunge zog sich so weit wie möglich zurück.

Der Mageninhalt wurde untersucht, Organe entnommen, gemessen und gewogen. Der Gestank kroch durch den Raum und drängte sich in die Lebenden. „Keine besonderen Befunde", stellte der Arzt nach einer sehr geraumen Zeit fest. „Ein prachtvoll erhaltener Mensch. Ich müsste Ihnen dankbar sein, dass Sie mir solche Musterexemplare liefern." Der Pathologe freute sich sichtlich.

„Und nun zum eigentlichen Tatort." Der Gerichtsmediziner zog die Kommissarin näher an den Hals des Toten heran. „Sehen Sie, der Kehlkopf ist zerstört, das Zungenbein gebrochen. Es gibt Blutungen in der Strangulationswunde, ebenfalls in den Augen. Alles typisch. Eine andere Todesart kommt nicht in Frage. Und alles ähnelt dem ersten Opfer, was die Strangulation angeht. Wieder diese roten Stoffteilchen in der Wunde. Die Tat ist von hinten begangen worden. Das Überraschungsmoment spielte dabei eine große Rolle. Die Frau hatte sich gar nicht gewehrt. Unser Mann hier nur recht schwach. Vermutlich bevor ihm die Halsschlagader zugedrückt wurde. Unter seinen Fingernägeln befanden sich, wie Sie bestimmt schon wissen, winzige Fäden. Über die wird Ihnen das LKA Näheres sagen können, auch über diese roten Fussel in der Wunde. Ach ja, die Todeszeit. Um 9.30 Uhr herum, aber nicht sehr weit herum."

„Und das ist jetzt alles?", bat die Kommissarin nahezu.

„Nur noch das Gehirn", lächelte der Arzt süffisant, empfand Carola Bunge. Der Mediziner griff zu dem Gerät, das einer kleinen Kreissäge ähnelte. Gleich würde dieses entsetzlich surrende, pfeifende, ein wenig schrille Geräusch kommen, fürchtete sich die Beamtin und drängte sich erneut in die entfernteste Ecke des Raumes. Das Gehirn würde freigelegt werden. Und diese gräulich-weiße Masse mit den vielen Windungen darin sah immer so aus, als wäre es das Nichtsnutzigste an einem Menschen. Dabei zehrten das Wesen, das Charisma, der Charakter, alles Tun, möglicherweise auch die Seele von dieser gräulich-weißen Masse. Sie bestimmt alles. Und jetzt glibbert sie nur noch, schauderte die Kommissarin. Sie verschränkte die Arme fest vor der Brust und wollte sich am liebsten zu einem Versteck herrichten, in das sie verschwinden konnte.

Der Arzt schaute, tastete, hob an, nahm Lupen zur Hilfe, hob mehr an und brummte schließlich: „Nichts."

„Was?", zitterte die Stimme der Kommissarin zum Obduzenten hin.

„Keine Befunde", sagte der.

„Aber nun sind wir fertig?", wünschte sich Carola Bunge.

„Doch, Sie können jetzt gehen", lächelte der Gerichtsmediziner. Er tat es so deutlich, dass die Ermittlerin das Lächeln sogar unter seiner Gesichtsmaske erkennen konnte. „An den Gestank gewöhnt man sich als Außenstehender nie. Und wir tun es eigentlich auch nicht, sind nur mittlerweile ziemlich abgehärtet. Sie haben sich tapfer geschlagen. Wirklich. Hier sind schon gestandene Männer umgefallen. Also, Respekt, meine Dame! Der Bericht kommt so schnell wie möglich."

„Danke", floh Carola Bunge einige Schritte in Richtung Tür. „Wenn ich auch einmal so auf einem Tisch liegen sollte, dann sterbe ich lieber nie."

„Gut so", antwortete ihr der Arzt fröhlich. „Aber es genügt schon, wenn Sie eines normalen Todes sterben. Dann guckt Sie keiner von innen an."

„Das werde ich ganz bestimmt tun", lächelte die Beamtin grimmig, „eines normalen Todes sterben."

Der Mediziner begleitete die Ermittlerin noch bis zum Ausgang. Dort fragte die Kommissarin: „Die Peitschenstriemen sind ihm doch von anderen beigebracht worden?“

„Da bin ich mir sicher“, erwiderte der Arzt. „Sonst wären die Striemen nicht so tief und lägen auch anders.“

Carola Bunge stürmte nach draußen in die Sonne, kam sich lebendig vor, atmete den Wind und lächelte. Sie warf ihre Haare zurück, schaute den großen Himmel und wollte erst tot sein, wenn sie nichts mehr zu belächeln hatte und der Himmel ihr klein vorkam, so klein, dass er als Himmel nicht mehr zu gebrauchen war. Die Insel ist ein Schiff, freute sie sich. Und ich fahre auf ihm nach Süden, wo meine Hoffnungen warten. Die Sehnsucht bestimmt den genauen Kurs. Sie dachte Dummheiten und fand es klug, das zu tun.

Sie lief den Strand entlang und genoss die Unversehrtheit der vielen Körper dort. Die Wellen leckten nach ihren nackten Zehen. Sie mochte diesen Kitzel. Der weite Horizont gab jedes lebendige Versprechen ab. Kinderlachen tanzte in das Gekreische der Möwen hinein. Sie passierte die Meteorologische Station, viel später die *Sylter Welle,* diese behauste, riesige Badelandschaft, querte schließlich den Strand beim *Miramar,* lief ein Stück die Dünenstraße entlang und fand Zuflucht in der etwas futuristisch anmutenden Architektur der katholischen Sankt Christophorus-Kirche, bei der sich der sandbraune Turm wie ein Mast über das Schiff erhob.

Es war hell in den Raum. Das Leuchten von draußen schien man in den Raum mitzunehmen. Und es war still. Die Sonnenstrahlen wirkten wie lange Kerzenflammen. Vor der Kirche lag die *Heimat der Heimatlosen,* ein Friedhof für anonym gebliebene Opfer der See. An diesen Ort dachte Carola Bunge nicht. Sie dachte an einen Ort, wo man Tode starb, die nicht lange galten. Diesen Ort muss es doch geben, betete sie.

In der Abendbesprechung berichtete die Beamtin von der Obduktion und erwähnte, dass Andernacht gegeißelt worden war, freiwillig oder auch nicht. „Ich denke, freiwillig. Er war nicht der Typ, dem man so etwas gegen seinen Willen antun kann. Vielleicht wollte er etwas sühnen. Und eines der Geschwister oder alle zusammen vollzogen diese Sühne. Zuzutrauen wäre es dieser Gesellschaft doch."

„Ja", flüsterte Mommsen. „Ich hätte nur nicht gedacht, dass in dem Andernacht ein so starkes Schuldbewusstsein steckte. Aber er war ein Fanatiker. Möglicherweise wollte er für sein Verhältnis mit der Suhr büßen, kam aber dennoch nicht von ihr los."

„Die Tatzeit lag um 9.30 Uhr herum. Es gibt eine leichte Druckstelle an seiner Halsschlagader, die zu einer schnellen Bewusstlosigkeit geführt hat, wahrscheinlich vom Täter beigebracht. Der Arzt sagt, nahezu jeder könne diese Methode kennen, jemanden schnell zu betäuben. Sonst war nichts Besonderes. Der Mann war kerngesund und wurde von unserem Gerichtsmediziner wegen seiner äußerlichen und innerlichen Pracht sehr bewundert."

Carola Bunge faltete ihre Notizzettel zusammen, roch immer noch den Gestank des Obduktionssaales und sehnte sich nach einer langen, bis in jede Pore drängenden Dusche.

Viel später im *Marin*-Hotel schrieb Mommsen auf seinem Laptop einen ausführlichen Bericht über die Ereignisse des vergangenen Tages. Er versuchte, dabei so logisch wie möglich zu denken. Aber die Gefühle ließen es oft nicht zu. Er war erschrocken. Er wunderte sich. Er hatte auch Angst. Emotionale Explosionen waren geschehen. Die Gewalt lauerte wie ein Urtier. Lust. Schuld. Strafe. Sehnsucht. Liebe. Hass. Tod. Die Reihenfolge schien ihm schrecklich beliebig. Auch ein Tod konnte am Anfang stehen. Oder die Schuld. Die Liebe mischte sich irgendwie dazwischen und fand kaum einen Platz.

Er schloss seinen Bericht ab und speicherte ihn auf einer Diskette. Morgen früh würde er sie im Polizeihaus ausdrucken. Von draußen schwamm herb-bittere Luft in sein Zimmer. Der Abend war noch sehr hell, als könnte er sich nicht dazu entschließen, den Tag endgültig an die Nacht zu übergeben.

Mommsen stellte sich an das offene Fenster. Der Wind zwirbelte seine Haare. Er beobachtete einen alten Mann drüben im Appartementhaus, wie er mit seinem Hund sprach. Er bewegte sogar die Hände dabei. Der Hauptkommissar wandte sich ab, weil ihm die Szene zu intim erschien. Sie entblößte einen anderen Menschen. Einsamkeit war noch intimer als Sex, fand er. Seine eigene war es jedenfalls. Er würde nie einen anderen Menschen auf sie schauen lassen.

Er zog sich die Schuhe an und machte sich zum Strand auf. Beim Kurzentrum angekommen, schaute er in den sechsten Stock hinauf. Dort oben hielten sich die vier weiblichen Mitglieder der Geschwister in der Wohnung auf, die neben derjenigen lag, in der Andernacht getötet worden war. Zwei Polizistinnen bewachten sie. Immerhin hatten die vier Beihilfe geleistet, als eine junge Frau brutal und mehrfach vergewaltigt wurde. Wie es mit ihnen weiterging, würde ein Richter in Kiel entscheiden, wohin sie morgen überstellt werden sollten.

Mommsen dachte an die Veränderung, die in den vier Frauen vorgegangen war, aus Angst zunächst, dann aus echter Überzeugung. Sie wollten etwas gutmachen mit ihrer Mission, aber das genauso engstirnig und fanatisiert, empfand der Hauptkommissar, wie sie damals den Vergewaltigern gedient hatten. Die Vorzeichen waren heute andere. Aber war aus dem reinen Minus wirklich ein ebenso reines Plus geworden? Gab es das überhaupt bei Menschen und ihren Handlungen, ein reines Plus oder ein reines Minus? Mommsen bezweifelte es.

Er drehte sich von dem Hochhaus weg und blickte auf das *Miramar.* Letztes Licht streichelte es. Am Himmel trieb der Wind die Wolken zu immer neuen Gebilden zusammen und lud die menschliche Phantasie ein, mit ihnen zu spielen.

Der Ermittler wollte das Spiel nicht. Er stellte sich nahe an das Wasser und nahm die Kühle, die Tiefe, die Weite des Meeres in sich auf. Dessen Kraft raubte der Insel immer nur etwas und gab nie etwas freiwillig zurück. Man musste es ihm abtrotzen.

Mommsen legte die Arme um sich. Er schauderte. In der Ferne sah er ein Paar, das sich küsste. Er konnte nicht erkennen, ob es jung oder alt war. Alte Menschen küssten sich anders als junge. Sie taten es ohne irgendeinen Anflug davon, sich den anderen sofort einverleiben zu wollen. Sie wussten, dass die Liebe Zeit braucht, um ihre letzte Schönheit zu entfalten. Jungen Menschen genügte oft eine Vorläufigkeit. Das Paar dort hinten war jung. Es verschwand in den Dünen.

Mommsen stapfte durch den Sand zur Promenade hin, überquerte sie, sah einen Moment den Menschen zu, die an der Balustrade lehnten und sich sehnten. Er wollte keiner von ihnen sein und kehrte ins Hotel zurück. Dort rauchte er noch einen Zigarillo, schaute dabei auf das Foto seiner verstorbenen Frau und hatte Angst, irgendetwas von ihr zu vergessen. Die Erinnerung an sie war sein einziger Reichtum, nicht der Beruf und seine Fähigkeit, ihn gut auszuüben, kein Erfolg, nicht die Musik, die Bücher, die er las, seine Intelligenz oder Intuition, allein das Gedenken an die Jahre, die er mit Iris hatte leben dürfen. Er wusste, dass er sich dadurch jeder neuen Liebe entzog. Er wollte es so. Er wollte nicht noch einmal verlassen werden.

16

In der Nacht weckte ihn sein Handy.

Er fand sich nicht gleich zurecht. Der Traum, den er gerade geträumt hatte, hielt ihn noch gefangen, dieser Traum, in einem Meer zu versinken, immer tiefer, ohne die Möglichkeit, wieder aufzutauchen, und dennoch nicht zu ertrinken. Er bekam keine Luft und lebte trotzdem.

Er hörte in seinem Mobiltelefon die Stimme des Flensburger Ersten Hauptkommissars, der auf der Insel geblieben war. Er teilte Mommsen mit, ohne dabei sonderlich aufgeregt zu wirken, dass die vier weiblichen Geschwister aus der Wohnung im Neuen Kurzentrum geflohen seien. Die beiden Polizistinnen, die zu ihrer Bewachung abgestellt worden waren, hätten sie nur aufhalten können, wenn sie von ihren Schusswaffen Gebrauch gemacht hätten. „Gott sei Dank haben sie es nicht getan", sagte der leitende Beamte. „Allerdings sind sie verletzt worden. Doch nicht ernsthaft. Die Fahndung läuft bereits auf vollen Touren. Der Chef hier meint, sie würden auf keinen Fall die Insel verlassen können. Ich würde es ihm gerne glauben. Sie, Herr Mommsen, müssen jetzt nicht in die Zentralstation kommen. Es gäbe für Sie hier ohnehin nichts zu tun. Aber informieren wollte ich Sie zumindest. Wir sehen uns morgen zur Frühbesprechung." Der Erste Hauptkommissar atmete einmal tief durch und fügte ein „Was für ein Irrsinn aber auch!" hinzu. Dann legte er auf.

Mommsen saß auf der Bettkante und überlegte, ob diese Flucht irgendeinen Einfluss auf die Mordermittlung hätte, und kam zu dem Schluss, nur in zweiter Linie. Die Frauen hatten ein Alibi. Aber warum dann diese Flucht? Sollte die Polizei abgelenkt und in Atem gehalten werden? Wollten sie Zeit schinden? Wofür? Für wen? Die Brüder saßen sicher verwahrt in zwei Zellen am Kirchenweg.

Er ging ans Fenster und schaute in die helle Nacht. Schlafen konnte er nicht mehr. Eine fiebrige Unruhe nahm von ihm Besitz. Er ahnte etwas, ohne genau zu wissen, was es war. Nur, dass es nicht gut war, sondern gefährlich, das diktierte ihm seine Intuition wieder einmal sehr genau.

Er lief im Zimmer auf und ab. Dann stieg er unter die Dusche, seifte sich ein, spülte sich ab, ohne etwas davon bewusst zu tun. Er zog sich an, schnallte sich das Holster für die Dienstwaffe um, nahm die Sig-Sauer aus dem Safe, schob sie in das lederne Behältnis unterhalb seiner linken Schulter, streifte sich ein Jackett über, verließ das Zimmer und klopfte nebenan bei seiner Kollegin Carola Bunge an.

Es dauerte eine Weile, bis er ein genuscheltes „Ist ja gut" hörte. Dann die Frage, immer noch genuschelt: „Wer ist da überhaupt?" Noch ehe Mommsen antworten konnte, öffnete sich die Tür einen Spalt. Ein vom Schlaf zerquollenes Gesicht zeigte sich, dann der ganze, in ein Bett-Tuch gehüllte Körper. „Sie?“, staunte die Beamtin. „Habe ich verschlafen?“

„Kann ich reinkommen?“, flüsterte Mommsen noch leiser als gewohnt.

„Nur zu“, gähnte die Kollegin. „Wenn Sie das mit Ihrer Schicklichkeit vereinbaren können.“

„Nicht so laut“, bat der Hauptkommissar. „Sie wecken ja das ganze Hotel.“

„Schläft das etwa noch?“, fragte die Kollegin in einer sehr verhaltenen Tonlage.

„Ja, das schläft noch. Aber wir haben zu tun“, wurde nun seinerseits Mommsen lauter.

„Psst“, hielt Carola Bunge einen Finger vor ihren Mund, der ihr daraufhin fehlte, um das Bett-Tuch sicher an ihrem Leib zu halten. Es glitt herab und enthüllte ein sonnengelbes T-Shirt mit der Aufschrift: *Postbank. Deutschlands beste Bank.* Weiter unten nahm der Mann einen dunkelblauen Slip wahr.

„Gefällt er Ihnen?“, fragte die Frau und drehte sich um, ließ aber die Tür offen. Mommsen nahm das als Einladung.

„Sind Sie schon aufnahmefähig?“, wollte er wissen.

„Sie sind es jedenfalls“, brummelte Carola Bunge, „so wie Sie mich angestarrt haben.“

„Nun werden Sie aber bitte nicht albern“, ärgerte sich der Hauptkommissar. „Ich habe, weiß Gott, andere Dinge im Kopf als Ihre Nachtwäsche.“

„Aha“, erwiderte die Beamtin und schlüpfte zurück ins Bett. „Jetzt sagen Sie mir bitte, was Sie denn so Wichtiges im Kopf haben, dass Sie mein T-Shirt und meinen Slip nicht gebührend zu würdigen wissen.“

„Die vier Schwestern sind aus ihrem Appartement im Kurzentrum geflohen.“

„Damit musste man wohl rechnen“, antwortete nur einen Atemzug später die Ermittlerin. „Die brauchen nämlich dringend noch ein bisschen Freizeit, um ihr Spielchen zu spielen.“

„Welches Spielchen bitte?“, staunte Mommsen.

„Ein sehr gefährliches“, richtete sich die Frau kerzengerade auf.

„Und wer befindet sich in Gefahr?“, tappte der Hauptkommissar im Dunkeln.

„Nun strengen Sie sich doch einmal an“, mahnte die Ermittlerin. Aber in der Mahnung wartete ein Alarmruf, spürte Mommsen „Wer hat denn den Geschwistern besonders geschadet, außer uns, der Polizei natürlich? Den Mörder von Andernacht möchte ich auch ausschließen. Wer hat die Schwestern und Brüder bei uns angeschwärzt, als er von Schlägen erzählte, von lautem Weinen und ihnen am liebsten noch Orgien unterstellt hätte? Wer ist unser einziger Zeuge im Andernacht-Mord? Bedenken Sie, wir verdächtigen die beiden Brüder. Da wäre es doch besser, dieser Zeuge könnte kein Zeugnis mehr ablegen. Und der Kollege Knaack hat uns nach der Vernehmung zweier Schwestern berichtet, dass die alles, ich wiederhole, alles tun würden, wenn die Geschwister in Gefahr gerieten.“ Die Kommissarin war sehr ernst geworden. Ihre Sprache raste.

Mommsen schnappte nach Luft: „Der Obergärtner aus Uelzen, Manfred Korbmacher. Dann befinden sich die flüchtigen Schwestern also nur eine Wohnung weiter.“

„Davon würde ich ausgehen“, sprach die Stimme der Ermittlerin scharf und entschlossen.

Sie sprang aus dem Bett, riss sich das T-Shirt vom Leib, missachtete die eigene Schamhaftigkeit und den Mann im Kommissar, rief „Duschen muss warten“, zerrte Kleidung aus dem Schrank, sprang nahezu in sie hinein, holte ihre Waffe, schob sie sich in das Holster am Gürtel der Jeans und schrie: „Was stehen Sie hier noch rum? Rufen Sie in der Zentralstation an!“

Im Kurzentrum standen zwölf uniformierte Polizeibeamte, zum Teil mit Heckler & Koch-Maschinenpistolen bewaffnet, zu beiden Seiten der Tür, die in das Appartement von Korbmacher führte. Weiter hinten hatten sich die Kripo-Beamten postiert, die aus Flensburg und die beiden aus Westerland, und berieten sich flüsternd. Der Erste Hauptkommissar telefonierte mit seinem Handy in Richtung Eutin, um nach einem Sondereinsatzkommando zu fragen, und bekam zur Antwort: „Wir können aber frühestens in zwei Stunden vor Ort sein. Vielleicht geht es schneller, wenn der BGS uns fliegt."

Aus der Wohnung des Gartenbauamtleiters a.D. schrie zum wiederholten Male eine weibliche Stimme: „Entweder Sie lassen unsere Brüder frei oder der Alte hier überlebt das nicht!"

„Die haben als Waffen nur Messer, aber die reichlich", flüsterte Carola Bunge.

„Wissen wir das genau?", fragte besorgt der Erste Hauptkommissar.

„Wie sollten die an eine Pistole oder etwas Ähnliches gekommen sein?", gab die Beamtin zurück.

„Messer reichen ja schließlich auch", krächzte Krüger, weil er sich stimmlich sehr zurückhalten musste.

„Was ist?", kreischte es durch die Tür.

„Wir prüfen das", rief der Chef zurück.

„Was gibt es da zu prüfen?", kreischte es erneut. „Wollen Sie erst ein Ohr von dem Alten haben? Wir schieben es Ihnen gerne unter der Tür durch."

„Wir tun, was wir können", versuchte der Erste Hauptkommissar Lothar Bleichen zu besänftigen.

„Dann tun Sie es schnell!" Dem Kreischen folgte ein Schrei, eindeutig aus dem Mund eines Mannes.

„Wir haben ihm nur ein bisschen die Wange aufgeritzt", schallte es von drinnen. „Wenn Sie unsere Brüder nach Hamburg ausfliegen und die uns von dort anrufen, dass sie in Sicherheit sind, kriegen Sie den Alten."

„Die sind unberechenbar", warnte Gadamer.

„Wir sollten die sehr, sehr ernst nehmen", bangte Knaack. „Die sind zu allem fähig, zu allem, durchgeknallt, wie die sind."

„Also warten wir auf das SEK", bestimmte Bleichen.

„Wenn die uns so viel Zeit lassen", sorgte sich Mommsen.

„Die sollen gefälligst den Hubschrauber nehmen“, knurrte der Erste Hauptkommissar. Er griff erneut zum Handy und gab seine Forderung nahezu als Knall durch.

„Sie kriegen Ihre Brüder ganz bestimmt. Das verspreche ich Ihnen“, rief er dann durch die Tür. „Es dauert eben eine Zeit, bis wir sie aus Flensburg wieder hier haben. Sie wissen doch, dass sie gestern Abend dorthin überstellt wurden. Und Flensburg hat keinen Flugplatz.“

„Sie lügen!“, brüllte es aus der Wohnung.

„Meinen Sie“, schrie Bleichen zurück, „ich bringe einen unschuldigen alten Mann in unnötige Gefahr?“

„Ich bin nicht alt“, kam es für alle hörbar zurück. Eine Männerstimme. „Und die Damen hier wissen mich durchaus zu schätzen.“

„Der Alte spinnt“, zeterte wieder eine Frauenstimme. „Und wie wir ihn zu schätzen wissen, das kann er gleich fühlen.“

„Nein, bitte lassen Sie Herrn Korbmacher in Ruhe“, rief der Erste Hauptkommissar. „Wir brauchen zwei Stunden. Dann sind Ihre Brüder hier. Um ein geeignetes Flugzeug kümmern wir uns sofort. Oder die werden mit einem Helikopter aus Flensburg ausgeflogen. Dann geht es vielleicht noch schneller. Und alles ist überstanden. Können wir für Sie in der Zwischenzeit etwas tun? Wollen Sie, dass wir Ihnen Essen oder Getränke zukommen lassen?“

„Warum habe ich bloß nie Verhandlungsführung gelernt“, stöhnte er leise. „Kann einer von Ihnen mit Geiselnehmern umgehen?“

Allgemeines Kopfschütteln.

„Wir brauchen nichts!“, klang es schrill aus der Wohnung. „Zwei Stunden. Dann sind unsere Jungs frei oder der Alte hier kann seine Rente nicht länger genießen. Wir wollen das mit dem Helikopter.“

„In Ordnung“, schrie Bleichen. „Was soll eigentlich mit Ihnen passieren? Sollen wir Sie nicht laufen lassen?“

„Nein!“, schallte es zurück. „Uns können Sie haben.“

Mommsen glaubte Trauer zu hören, auch sehr viel Abschied und Ergebung. „Hoffentlich tun die sich selbst nichts an“, flüsterte er. „Sie könnten zum Beispiel vom Balkon springen.“

Der Erste Hauptkommissar sah ihn wie einen an, der endlich auch einmal einen Witz auswendig lernen sollte. Nicht umsonst geht der Kerl nur in Schwarz, dachte er grimmig und sagte dann: „Nun malen Sie bitte nicht den Teufel an die Wand.“ Er telefonierte wieder mit dem SEK und unterrichtete die Spezialisten über die genaue Lage im Kurzentrum, erwähnte auch, dass ein Vierfachsuizid vermittels eines Sprunges in die Tiefe denkbar sei.

„Die berücksichtigen das“, schnaufte er. „Alles in Ordnung da drinnen bei Ihnen“, brüllte er dann, wollte es wohl sanft tun und wurde in einen wütenden Hustenanfall verstrickt. Er wischte sich die Tränen aus den Augen und keuchte: „Die Maschine ist unterwegs. Wollen wir nicht das Telefon für weitere Verhandlungen benutzen?“

„Wir wollen nicht verhandeln. Die Forderungen kennen Sie!“, schrillte es zurück.

„Wir tun, was wir können. Wir würden es auch gerne für Sie tun“, brüllte Bleichen.

„Für uns können Sie nichts tun“, tönte es von drinnen, immer noch Trauer in der Stimme, verstärkter als vorher. Mommsen hörte es deutlich, dazu ein erheblich höherer Grad des Gefühls von Vergeblichkeit.

„Die wollen nicht länger leben“, sagte er seine Angst an alle weiter. „Die vom SEK müssen mehr als vorsichtig sein und auf jeden Fall irgendwie den Balkon abschirmen.“

„Die können das“, spielte Lothar Bleichen mit der Überzeugungskraft herum. Er tat es nicht sehr sicher. „Doch, die machen das schon richtig. Ich habe ihnen ja alles erklärt.“

„Das sind Fanatikerinnen“, stöhnte Bastian Knaack.

„Mit dieser Tat, denken die, haben sie ihre Mission erfüllt“, fügte Gadamer seine persönliche Besorgnis dazu. „Und dann ist denen alles egal.“

„Leute, ich darf doch wohl um ein bisschen mehr Moral bitten“, straffte sich der Erste Hauptkommissar. „Wir erwarten Experten, die so etwas x-mal gemacht haben. Also, unterlassen Sie bitte dieses Herumunken.“

Er steckte beide Hände in die Jeanstaschen, das heißt, er wollte es tun, verfehlte aber beide Eingänge. Man sah deutlich das leichte Zittern seiner Hände. „Die Dinger sind mir schon lange mindestens eine Nummer zu klein. Aber man will ja jünger aussehen, als man ist“, trachtete er verzweifelt nach Leichtigkeit. Mommsen mochte plötzlich seinen Chef, als er das Zittern sah. Vorher hatten sie immer ein sehr distanziertes Verhältnis zueinander gehabt. Jetzt, dachte der Mann in Schwarz, könnte ich glatt ein Bier mit ihm trinken gehen, auch mehrere.

Warten. Warten.

Keine Rufe mehr von drinnen. Geflüster draußen. Die Zeit schien Minute für Minute eine Tellermine zu legen. Es war gefährlich, sich mit dieser Zeit anzulegen.

Warten. Angst.

Die Pulse trommelten den Rhythmus zum Marsch in den Kampf. Warten. Die Gesichter der Polizisten schweißig, bleich. Stille. Schützen in Erschießungskommandos kannten diese Stille. Die späte Nacht zerrte an einem Morgen und bekam ihn nicht in den Griff. Der Flur stellte sich allmählich als ein Kasemattengang vor. Die Lampen blakten. Gerüche verdichteten sich zu einem explosiven Gemisch. Selbst der Staub schien sich in Pulver zu verwandeln, das hinter Patronen lagerte.

Die Beamten fühlten die Spannung als Gezerre an ihren Gefühlsgedärmen. An den Fenstern klebte Bleiche, totenblass, als wollte der aufkommende Tag nicht richtig leben. Erste Sonnenstrahlen erinnerten an abgefeuerte Leuchtspurmunition.

Krüger flüsterte. Mommsen nickte.

Knaack hielt seine Sig-Sauer in der Hand, streichelte über den kantigen Lauf, als wollte er sie genauer kennen lernen. Der Erste Hauptkommissar schickte einen wütenden Blick zu ihm.

Aus dem Zimmer schrie plötzlich wieder eine Frauenstimme: „Nun reicht es! Es ist genug! Wir wollen nicht mehr!“

Carola Bunge rutschte an der Wand hinab und hockte sich auf den Boden, während sie ihren Kopf in die verschränkten Arme legte.

Der Gärtner brüllte von drinnen: „Ich werde wie ein richtiger Mann gehen!“

Eine Frauenstimme sagte laut: „Die richtigen Männer sind tot oder gefangen!“

Dann hörten sie einen Schlag.

„Was ist?“, schrie Bleichen durch die Tür und warf sich dann dagegen.

„Nichts“, zeterte es von drinnen. „Der Alte wollte mit dem Fernseher nach uns werfen und ist dabei auf die Schnauze gefallen.“ Ein Lachen. Unecht wie das von Partisaninnen, die sich Mut zulachen, weil sie einen Männerkrieg führen müssen.

Dann leises Fußgetrappel.

Die Fahrstuhltür ging auf.

Vermummte Männer verließen als Schatten die Kabine. Andere kamen den Treppenschacht empor gehastet. Alle trugen Waffen der verschiedensten Machart, jeder die, die ihm am dienlichsten für seine jeweilige Aufgabe erschien. Einige hatten die Kollegen vor sich zu decken, nur das, sonst nichts. Den anderen oblag die Erstürmung des Raumes.

Der Chef der Truppe flüsterte mit dem Ersten Hauptkommissar. Die Nachbarwohnungen wurden so leise wie möglich geräumt. Menschen, zumeist in Nachtwäsche, tappten erschrocken über den Flur und erschraken noch mehr, wenn sie auf einen der Schattenmänner trafen.

Mommsen hörte: „Wir haben Leute auf den Nachbarbalkons und auch auf dem der Tatwohnung.“

„Gut“, seufzte Bleichen.

Gadamer brachte einen Plan des Appartements. Die Vermummten sahen ihn sich an, zeigten sich gegenseitig etwas, besprachen sich.

Dann ging alles ganz schnell. Zwei Männer griffen sich eine silberglänzende Metallramme, hielten die vier Griffe fest umklammert und blickten auf ihren Vorgesetzten. Der sah auf seine Uhr, hob die rechte Hand, streckte den Daumen, den Zeigefinger, den Mittelfinger, den Ringfinger, den kleinen Finger aus, zählte leise, senkte die Hand und rief: „Los!" Krachen, Splittern, Klirren, ein Knall auch auf der anderen Seite der Wohnung von der Balkontür her, eine Blendgranate, Schreie, Schreie, immer wieder Schreie, laut, lauter, gebrüllt: „Polizei! Runter! Polizei! Auf den Boden! Sofort! Jetzt!" Dann Rufe: „Raum ist klar!" – „Raum zwei auch klar." – „Alles gesichert."

Mommsen sah die vier Frauen bäuchlings auf dem Boden liegen, die Arme auf den Rücken gezerrt. Sie sahen erbärmlich aus. Der Anblick schmerzte ihn. Sie waren Objekte. Nichts mehr. Für den Menschen, die Frau, die Gläubige, die Schwester interessierte sich niemand. Alle vier weinten. Sie taten es ganz leise. Es war jetzt überhaupt still, zum Fürchten still, dachte der Ermittler. Die ausgeübte Macht war zum Fürchten.

Der Rentner Manfred Korbmacher lebte. Er trat aus dem Zimmer, den Kopf erhoben, die Waldkauzfrisur zerzaust, einen leichten Schnitt auf der Wange, der kaum mehr blutete, und sagte die bedeutsamen Worte: „Das war doch nichts." Dann kippte er um. Ein Notarzt war sofort zur Stelle, tastete und horchte an dem Ohnmächtigen herum und gab bekannt: „Der ist im Nu wieder auf dem Damm. Es werden doch immer die falschen Leute als Geiseln genommen. Ich zum Beispiel wäre die geborene Geisel – großes ärztliches Können, fundiertes psychologisches Wissen, gepaart mit eisernen Nerven." Er lachte nicht bei diesen Worten, was Mommsen sehr wunderte.

Er beugte sich zu Carola Bunge hinab. „Danke."

„Wofür?"

„Dass es Sie und Ihren vorzüglichen Verstand gibt", freute sich der Kommissar.

„Und von meinem betörenden Körper reden Sie gar nicht." Sie lächelte. Etwas Furcht saß noch hinter diesem Lächeln.

Niemand hatte gesehen, dass draußen eine warme, satt gelbe Sonne das Meer bestrahlte und die Nordsee sich wie das Wasser vor Barbados fühlen musste.

„Der Himmel ist groß“, sagte Carola Bunge ganz leise, als sie als Erste zum Fenster gegangen war.

Die Frühbesprechung in der Zentralstation der Polizei begann wegen der vorangegangenen Ereignisse erst kurz nach 9.00 Uhr.

In den Beamten vibrierte es noch. Niemandem gelang es, völlig still zu sitzen. Finger klopften, Schultern bewegten sich, Füße scharrten, Köpfe neigten, hoben, drehten sich nach links oder rechts, Augenlider flatterten. Münder kauten ungestüm an Worten, die nicht gesagt werden wollten, weil sie nicht bedachtsam waren. Atemzüge fanden keinen gemäßigten Takt.

Der Erste Hauptkommissar Lothar Bleichen eröffnete das Gespräch: „Dem Rentner Manfred Korbmacher geht es gut. Ein Psychologe wird noch mit ihm reden. Er hat es den Frauen in der Nacht sehr leicht gemacht, in seine Wohnung zu gelangen. Als er ungewöhnlich laute Geräusche von nebenan gehört hatte, ist er sofort zur Tür gegangen und hat sie geöffnet, um nachzusehen, was da gerade passierte. Diese Neugier – Herr Korbmacher würde es Wachsamkeit nennen –“, Bleichen lächelte, „wäre ihm beinahe zum Verhängnis geworden. Nun gut. Die Aktion ist perfekt gelaufen. Und wir alle sind wohl, was unsere Mordfälle angeht, um ein gutes Stück klüger geworden, nein, um das entscheidende Stück.“

Der Chef legte der Bedeutsamkeit wegen, die er seinen folgenden Worten zu geben beabsichtigte, eine kurze Pause ein und ließ seine Augen großzügig über die versammelte Beamtenschar wandern. Dann baute er mit seinen Händen ein Spitzdach und formulierte über es hinweg sehr akzentuiert: „Die Geiselnahme, mit der die beiden so genannten Brüder freigepresst werden sollten, bestätigt uns darin, dass diese beiden Männer schuldig sind. Hätten sonst die Frauen ein so großes Risiko auf sich genommen? Nein! Sie bestreiten zwar alle vier, dass ihre Aktion etwas mit einer Schuld der Männer zu tun hätte. Aber hätten sie etwas anderes aussagen können?“

Er verwandelte das Spitzdach vor sich auf dem Tisch in Gebetshände, als wolle er einer höheren Macht für diese Lösung danken. „Entweder haben es beide Männer zusammen getan. Oder nur einer. Aber Mitwisser werden alle in dieser merkwürdigen Sekte gewesen sein. Die beiden so genannten Brüder haben nur die Alibis, die sie sich gegenseitig geben. Es ist kein einziger Zeuge aufgetan worden, der diese Alibis bestätigen könnte. Sie besaßen ein Motiv für beide Morde. Bei der Frau Suhr war es der von ihnen als sündhaft verstandene gesundheitliche Zustand, also ihre schweren Depressionen. Dazu wahrscheinlich das als ebenso sündhaft empfundene Verhältnis mit ihrem Oberhaupt. Aus diesem Grund wurde auch der Andernacht getötet, und auch darum, weil er die Gruppe grundsätzlich umwandeln wollte oder sie sogar aufzulösen gedachte, um eine eigene Karriere als Missionar zu machen. Hochmut, eine weitere Todsünde, nach der Wollust und der Maßlosigkeit. Für religiöse Fundamentalisten und Glaubensfanatiker reichen diese Motive allemal. Uns kommen sie absurd und mittelalterlich vor. Für die Gruppe waren sie lebensentscheidend.“

Der Erste Hauptkommissar lehnte sich zurück, entfaltete seine Hände und rieb sich einige Male über den Mund – um ihn vielleicht zu loben, dass so viel Kluges aus ihm gekommen war, dachte Mommsen und ärgerte sich. Zu logische Logik bedeutete ihm immer ein Ärgernis. Menschen waren nicht so. Sie irrten und verirrten sich. Sie dachten um Ecken herum, die niemand anders zu erkennen vermochte. Es gab Risse, Brüche, Abstürze. Möglicherweise war die Geiselnahme der entscheidende Beweis für die Täterschaft der beiden Männer. Aber vielleicht bedeutete sie auch, dass die Frauen das Ende wollten, weil sie alles am Ende sahen, die Gruppe als Familie, ihren Glauben als Lebenskraft. Und die Männer waren einfach nur vorgeschoben. Ein Amoklauf als Suizid. Die meisten Amokläufe waren so etwas, nämlich die Rahmenhandlung für die eigene Tötung.

„Hauptkommissar Mommsen hat die Ergebnisse vom LKA in Kiel, was die Spuren angeht“, hörte sich der Ermittler angesprochen und schob sich und seine Bedenken kurzerhand beiseite, um wieder ganz dazuzugehören, jedenfalls erst einmal.

Er räusperte sich und trug vor: „Die hellgrauen Gewebeteilchen, die wir unter den Fingernägeln von Andernacht entdeckt haben, der sich vermutlich gewehrt hat, sind ein Kunststoffgemisch, das vor allem zur Herstellung von Sportkleidung, von Jogginganzügen verwendet wird. Es ist keine Mischung, aus der man besonders strapazierfähige und teure Sachen produziert, sondern eher eine, die man bei billiger Massenware findet. In den Räumen der Geschwister wurde kein hellgrauer Jogginganzug gefunden. An der so genannten Neunschwänzigen Katze, also an der Peitsche, die sich in Andernachts Appartement befunden hat, war nur sein Blut. Am Stiel wurden die Fingerabdrücke aller sechs Gruppenmitglieder entdeckt, keiner des Ermordeten. Bestraft wurde also nur Andernacht. Ihn bestraft haben alle. Dieser Schal, mit dem der Große Bruder getötet wurde, ist identisch mit dem, der bei der Ermordung von Griet Suhr benutzt wurde. Die Experten vom Dezernat 400 im LKA meinen, diesen Schal als eine Stola identifizieren zu können, wie sie Geistliche tragen. Ja, Sie haben richtig gehört, eine Stola, die vermutlich der Länge nach mehrfach gefaltet wurde, um als Mordwerkzeug dienen zu können. Das wäre wohl das Wichtigste. Ach ja, natürlich haben wir keine Stola in den Räumlichkeiten der Gruppe gefunden. Niemand hat sie jemals mit einer solchen gesehen. Der Zeltmissionar Struve benutzt eine grüne Stola. Unsere hat die Grundfarbe Rot. Aber er könnte auch mehrere davon besitzen, wobei ich jetzt nicht den Struve als Täter ins Spiel bringen will.“

Mommsen lächelte sein Strichlächeln, noch geradliniger und schärfer als gewohnt.

Carola Bunge schaute interessiert auf ihren Kaffeebecher,

den sie auf der rechten Handfläche balancierte, dann nach draußen in die Sonne, als hätte sie vor, mit dem Kaffeebecher ein wenig Sonne einzufangen.

Knaack sah aus wie ein zufriedener Tourist, der Westerland gebucht und Westerland bekommen hatte.

Der Erste Hauptkommissar schickte erst ein „Danke“ in Richtung Mommsen und fragte dann: „Ändert das etwas an unserem Verdacht, dass die beiden Männer die Morde begangen haben?“ Er gab die Antwort gleich selbst, weil es eine andere nicht geben konnte, war er überzeugt: „Keineswegs! Den Jogginganzug und die Stola, wenn es denn wirklich eine war – aber diese Genies in Kiel täuschen sich ja so gut wie nie –, könnten die Leute schon längst selbst entsorgt haben.“

Gadamer nickte mindestens dreimal zu viel.

Krüger grollte ein „Jau“.

Der stille Steuben sah den Flensburger Chefkriminalisten quasi gottergeben an.

Hauptkommissarin Bunge sprach: „Wenn Sie das so wollen“, und orakelte dann: „Einfach ist einfach und kompliziert ist kompliziert. Aber manchmal ist einfach auch kompliziert.“

„Nun ja“, kommentierte Lothar Bleichen, kommandierte danach: „Sie, Frau Bunge und Herr Mommsen, nehmen sich Knut Reiser vor. Herr Knaack und Herr Gadamer verhören Arndt Zietlow. Die beiden Westerländer Kollegen könnten sich in der Zeltmission nach den Stolen oder Stolas – Was ist der Plural von diesem Ding? Ist ja auch egal! – von Herrn Struve umsehen. Sicher ist sicher. Keiner soll uns nachsagen können, wir hätten etwas oder jemanden vernachlässigt. Und meine Dame, meine Herren“, erhob sich der Kommandoton, „um 14.00 Uhr beginnt die Pressekonferenz. Alle Lokalzeitungen aus Schleswig-Holstein haben sich angesagt. Auch ein Hamburger Boulevardblatt wird einen Vertreter schicken. Welches dürfte allen klar sein. Der NDR kommt mit einem Kamerateam. Der Staatsanwalt ist auf dem Weg von Flensburg hierher. Herr Mommsen als zuständiger Sachbearbeiter wird uns bei der Konferenz assistieren. Und nun viel Glück!“ Das Letzte hörte sich wie ein Bergmannsgruß an, wenn man in die Tiefe rauscht und weiß, ein Stolleneinbruch oder ein schlagendes Wetter sind nie ausgeschlossen.

17

Mommsen und Carola Bunge saßen etwa 20 Minuten später in einem kleinen Büro Knut Reiser gegenüber. Der verkündete gleich: „Ich sage kein Wort.“ Er hielt diese Drohung auch ungefähr eine Viertelstunde lang durch. Dann wurde ihm der eisblaue Blick des Hauptkommissars doch zu fröstelig. Und die Beamtin nahm ihn ohnehin nur als eine Art lästige Fliege wahr, kam es ihm vor. Sie wollte nach jener Fliege nur nicht schlagen, weil es ihr zu anstrengend war.

„Das mit dem Morden, das können Sie mir nicht anhängen!“, schniefte er, weil er unter Heuschnupfen litt.

„Das wollen wir gar nicht“, langweilte sich die Beamtin.

„Was denn?“, hielt sich Reiser eine Hand unter die Nase.

„Hier sind Papiertaschentücher“, bot Mommsen an und schaute noch kälter.

„Wir beabsichtigen“, schleppte sich die Stimme der Frau müde über den Tisch, „Ihnen die Gelegenheit zu geben, sich zu entlasten.“

„Aber wie denn?“, klagte der verschnupfte Bruder.

„Das können wir doch nicht wissen“, gefror es aus Mommsens Richtung.

„Sie haben nun einmal kein Alibi, dafür Motive und die Gelegenheit zu beiden Taten“, seufzte Carola Bunge und sah auf ihre Armbanduhr. „Ist es schon so spät?“, wandte sie sich an ihren Kollegen.

„Ich fürchte, ja“, erwiderte der. „Später als gedacht. Nehmen Sie sich doch einen Anwalt“, taute er dann ein wenig auf. „Das ist besser für Sie. Und für uns auch. Dann sind wir Ihnen nämlich nicht mehr so furchtbar überlegen. Verstehen Sie?“

Reiser trotzte: „Ich bin unschuldig. Darum können Sie mir gar nicht überlegen sein."

„Sie haben eine Frau mehrfach vergewaltigt. Sie mögen Gewalt!", klirrte reines Eis vom Hauptkommissar her.

„Schweigen Sie doch lieber wie vorhin", schlug die Ermittlerin vor und hielt sich dann beim Gähnen geziert die Hand vor den Mund. „Das war richtig gemütlich."

„Sie kriegen mich nicht klein", wollte sich der Mann unbedingt selbst überzeugen. „Sie nicht!"

„Wer dann?", fragte Mommsen interessiert.

„Keiner!", stampfte Reiser nahezu mit den Füßen auf.

„Bewundernswert", murmelte die Kommissarin.

„Alle Achtung!", schob der Hauptkommissar Eis nach.

„Griet Suhr war hübsch. Nicht wahr?", fragte Carola Bunge. „Das muss doch einfach furchtbar sein, wenn sich beim Strangulieren ein solch hübsches Gesicht in reine Hässlichkeit verwandelt. Der Tod ist immer hässlich. Da sind Sie mit mir doch einer Meinung, Herr Reiser?"

„Natürlich ist der Tod hässlich", lief ihm die Nase.

„Das Taschentuch", mahnte Mommsen.

„Sie haben doch was gegen Frauen, die mit ihrer Schönheit Wollust bei Männern erzeugen. Solche Frauen macht ein Kerl wie Sie doch gerne hässlich", randalierte die Beamtin plötzlich.

„Und Ihr Großer Bruder fand sie schön. Der wollte nicht, dass sie hässlich wird", klirrte Mommsen

„Das war nicht in Ordnung", spitzte die Kommissarin jedes Wort zu einem Pfeil an.

„Nein. Doch. Sie bringen mich ganz durcheinander!", zerknüllte Reiser das Papiertaschentuch.

„Ihre Nase läuft schon wieder", schimpfte Carola Bunge.

„Na und!", jammerte Reiser. „Es gibt Schlimmeres."

„Oh ja", knirschte Mommsen. „Ihre Morde. Ihre Vergewaltigungen. Dagegen ist ein Heuschnupfen allerdings Dreck."

„Ich bin ein gläubiger Mensch", torkelte Reisers Stimme. „Da ist Mord eine Sünde."

„Aber keine Todsünde", stellte die Ermittlerin fest.

„Nein, das nicht", gab Reiser schwächlich zu.

„Aha!", grummelte der Kommissar. „Sie haben also die Sünden gegeneinander aufgewogen und sich dann gesagt, Mord ist schlimm. Doch Wollust und Hochmut sind schlimmer. Und das Schlimmere muss beseitigt werden. Man kann es gut mit etwas weniger Schlimmem schaffen. Jeder muss Opfer bringen, wenn Gottes Welt irgendwo gefährdet ist. Sie haben Menschen geopfert, Herr Reiser."

„Nein, nein", gellte der Mann. „So war es nicht."

„Sie haben Todsünden einfach Todsünden sein lassen, obwohl Sie von ihnen wussten, und nichts gegen sie getan? Das steht aber nicht im Einklang mit den Glaubensüberzeugungen Ihrer Gemeinschaft", wurde Carola Bunge sehr sachlich.

„Doch, ich habe etwas dagegen getan", flüsterte der Bruder.

„Getötet", sprach Mommsen dumpf.

„Eine kleinere Sünde gegen die ganz großen gestellt. Anders lassen sich Todsünden nicht beseitigen. Nur durch den Tod. Heißen diese Sünden nicht auch deswegen so? Sie müssen mit dem Tod bezahlt werden." Die Kommissarin atmete ganz ruhig. Sanft fügte sie hinzu: „Vor echtem Glauben habe ich eine hohe Achtung. Auch für Menschen, die diesen Glauben leben. Und Sünder sind wir alle."

„Ihr Chef hatte was mit der Suhr laufen", schnitt Mommsens Stimme.

„Aber das war doch von uns abgesegnet worden. Der Thomas hat das verlangt. Ihm stünde ein Ausgleich für die ihm von uns genommene große Liebe zu. Ja, so hat er das ausgedrückt. Und er hat die Griet wirklich geliebt. Ihre Ehe war doch ohnehin im Eimer."

„Und das haben Sie einfach so akzeptiert?" Mommsen ruckte mit seinem Oberkörper bedrohlich auf Reiser zu.

„Einfach war nichts dabei", presste sich der Mann an die Rückenlehne seines Stuhles. „Wir haben lange darüber gesprochen und sind zu dem Entschluss gekommen, dass der Thomas irgendwie Recht hatte. Aber es war schwer für uns, ihm dieses Recht zu geben."

„Und warum wurde er dann von Ihnen ausgepeitscht?", fragte die Kommissarin.

„Das hatte doch nichts mit dem Verhalten von Thomas der Griet gegenüber zu tun", schnupfte der Bruder durch ein frisches Papiertaschentuch. „Bei Thomas und ihr ist es doch nie zum Äußersten gekommen, auch nicht zu dem, was Menschen oft vorher zu tun pflegen."

„Ach ja!", höhnte der Ermittler. „Jahrelang haben die beiden also nur Händchen gehalten?"

„Das können sich Leute wie Sie wohl nicht vorstellen", kam es erhaben zurück. Dann trieb es die Erhabenheit in himmlische Höhen: „Die Griet ist vorher in ihrem Leben oft in die Irre gegangen. Thomas wollte sie auf den rechten Weg zurückführen. Das ist ihm gelungen. Er wollte die Frau heiraten, und sie wäre dann unsere Große Schwester geworden."

„Das wollte Ihnen der Andernacht wirklich weismachen?", hauchte die Kommissarin allergrößte Verwunderung.

„Er hat uns nie belogen", gab der Bruder, immer noch auf der Wolke der Erhabenheit schwebend, zurück.

„Aber dann verstehe ich diese Auspeitschungen überhaupt nicht mehr", grantelte Mommsen.

„Wir haben nur seinen Hochmut bestraft, weil er mehr wollte als nur uns Geschwister", erwiderte Reiser. „Er hat selbst eingesehen, dass er dieser Todsünde zu unterliegen drohte, und von uns gefordert, ihn zu schlagen. Außerdem klagte er sich selbst an, dass er die Todsünde, diese Depression bei Frau Suhr nicht hatte verhindern können. Sein Glaube wäre einfach nicht stark genug dafür gewesen. Ja, genauso war es." Der Mann senkte seinen Kopf, verschränkte dann die Arme auf dem Tisch und legte sein Haupt darauf. „Ich bin müde. Ich bin fertig. Ich will nicht mehr. Ich will gar nichts mehr. Es ist vorbei. Alles ist vorbei."

Reiser schwieg. Manchmal schniefte er. Dann schwieg er

wieder. Er stand mit dem Rücken gegen alle Wände, die es zur Zeit in seinem Leben gab. Er wusste es. Er schwieg. Er meinte, nicht an diese Wände gestellt zu gehören. Er schwieg. Er glaubte. Doch niemand glaubte ihm, wie sein Glaube auszusehen hatte. Er schwieg.

Dann gingen die Polizisten und er auseinander.

„Nichts“, sagten Knaack und Gadamer später zu Carola Bunge und Mommsen. „Einfach nichts.“

„Haben Sie Andernachts Verhältnis mit Griet Suhr angesprochen?“, drängte Mommsen.

„Natürlich. Ein Ersatz für die von den beiden Männern vergewaltigte Frau, die der Andernacht geliebt hatte. Nein, mehr als bloß ein Ersatz, sagt der Zietlow. Und nichts Anstößiges wäre zwischen den beiden passiert“, wunderte sich Knaack immer noch. „Jahrelang nichts. Die ganze Gruppe hätte angeblich zugestimmt, dass die beiden zusammen waren, wie gesagt, in allen Ehren. Und eine spätere Heirat wäre angedacht worden.“

„Wie bei uns“, sinnierte Carola Bunge. „Genau das hat auch der Reiser ausgesagt.“

„Und die Auspeitschungen?“, klang Mommsen erschöpft.

„Die wollte Andernacht, weil er glaubte, sich der Todsünde des Hochmuts schuldig gemacht zu haben. Und die Krankheit der Frau hat er nicht verhindert. Als ob das jemand könnte!“ Gadamer zuckte hilflos mit den Schultern. „Deren Welt ist mir so fremd. Ich verstehe zwar die Worte, die von ihr zu mir kommen. Doch der Sinn, die Absichten, das Verhalten wirken auf mich derart seltsam, als lägen Ozeane oder ganze Jahrhunderte zwischen ihnen und mir, die ich nicht zu überbrücken vermag.“

„War es einer von ihnen?“, fragte die Kommissarin leise.

„Man müsste es eigentlich meinen“, antwortete Mommsen und zog sich dabei zurück.

„Alles spricht gegen sie, jedenfalls alles, was wir wissen. Wissen wir alles?“ Kommissar Bastian Knaack wirkte wie einer, der etwas von sich suchte, obwohl er zu wissen glaubte, dass er nichts verloren hatte.

Die Sonne glänzte. Die Touristen lachten. Das Meer brandete gegen ihre bloßen Körper. Es fühlte sich schön an. Die bloßen Körper schienen unverletzlich zu sein. Möwen schnäbelten mit dem Wind. Der Strandhafer tanzte mit ihm. Auf der Friedrichstraße flanierten Menschen und kauften sich etwas, was später ihr Zuhause verstellte, aber jetzt so reizend und wichtig aussah. Eis klebte an Kinderhänden. Manchmal waren die Erwachsenen Kinder. Der Kaffee brannte auf Zungen. Es tat nicht weh.

Hauptkommissar Stefan Mommsen sah sich den Tag an. Er gefiel ihm nicht. Der Tag erinnerte ihn an ein Gestern, das schon sehr alt war und unbedingt Heute sein wollte. Es gibt zu viele Tode, dachte er, auch bei einem Verhör, auf beiden Seiten.

Der Flensburger Staatsanwalt sah ausgesprochen elegant aus in seinem hellen Leinenanzug, ein ins Sonnige spielende Beige. Das Hemd trug eine Farbe, die dem Westerländer Himmel angepasst schien, blassblau, aber noch mehr Blau versprechend. Die Krawatte, gelockert, erinnert in ihrer Tönung an Rotwein, vielleicht einen aus der Toskana, trocken, süffig, überlegte Mommsen, während er seinen Nachbarn zur Rechten betrachtete. Das Gesicht des Anwalts wirkte angemessen besorgt, die Frisur auch. Ihre braunen Strähnen zogen sich stramm über die Kopfhaut, mit Gel daran befestigt, aber deuteten dann und wann eine gewisse Schräglage an.

Der Erste Hauptkommissar, auf der anderen Seite des Juristen platziert, gab sich ganz als strenges Monument einer Nemesis, die ihre Aufgabe als erfüllt ansah.

Im Besprechungszimmer der Zentralstation blickten 13 Journalisten auf das Trio am Kopfende. Der Vierzehnte musste extra gezählt werden, weil er eigentlich kein richtiger Journalist war, sondern einer Boulevardzeitung diente, bei der die Recherche zumeist zweitrangig war, da sie mehr propagieren als berichten wollte. Man konnte dieses Blatt gut und gerne als eine Ansammlung von reißerischen Plakaten bezeichnen. Auch der

Fünfzehnte in der Runde musste aus der Reportergruppe ausgenommen werden, weil es sich bei ihm um Karl Severin handelte, der zwar für die *Frankfurter* berichten sollte, das jedoch als Erfolgsautor hoch erhaben über die übrige Journaille. Ganz hinten im Raum stand die Kamera des NDR, lässig bedient von einem Lederjackenträger, der die Übrigen mit seinem Scheinwerferlicht nervte und die prächtige Sonne ein wenig blass aussehen ließ.

Der Staatsanwalt hatte gut formuliert kurz den Stand der Untersuchung bekannt gegeben, hatte die nächtliche Geiselnahme nur eben gestreift, in der Hoffnung, die Journalisten würden begierig nachfragen und er könnte dann Ruhmreiches vermelden. Doch die Ereignisse der Nacht ließen die Presseleute einfach passieren, ohne sie aufhalten zu wollen – Geiselnahmen gaben nichts mehr her bei ihrer Häufigkeit in Deutschland. Stattdessen fragten sie mehrstimmig genau nach, wie gewiss denn diesen so genannten Brüdern eine Schuld nachgewiesen werden könnte.

Der Anwalt nickte heftig.

Der Erste Hauptkommissar räusperte sich stark.

Mommsen antwortete leise, man sei sich eigentlich recht sicher, einige Nachforschungen stünden allerdings noch aus. Ein Geständnis liege nicht vor. Die Befragungen würden fortgesetzt. Man werde auch noch in andere Richtungen ermitteln.

Der Staatsanwalt blickte daraufhin den Hauptkommissar finster an, besann sich aber dann noch rechtzeitig auf die Fernsehkamera und andere Fotogeräte im Raum und sonderte mühsam ein bestätigendes Lächeln ab. Der Erste Hauptkommissar allerdings betrachtete seinen Untergebenen, wegen der eben gemachten Äußerungen, besonders der letzten, als einen Defätisten und schaute auch so, grimmig, den Unterkiefer etwas vorgeschoben. Das wurde allenthalben gerne abgelichtet, weil es so herrlich entschlossen aussah.

Severin fragte in Poetensprache, ob die Todsünden als gegenwärtig noch geltender Urgrund der Untaten zu bewerten seien, gleichsam als aus inquisitorischen Zeiten in die Gegenwart reichende Momente. Mommsen fiel kein angemessenes Dichterwort als Antwort ein. So murmelte er nur: „Ja, vielleicht."

„*Vielleicht* reicht aber nicht", bellte der vom Boulevard.

„Ihnen reicht ein Vielleicht doch immer und allemal", gab der Hauptkommissar sehr ungnädig zurück. „Sie brauchen noch nicht einmal das für die überwiegende Mehrzahl ihrer buchstabenarmen Ausschüttungen."

Der andere schlug zurück: „Also ist nichts sicher?"

„Was interessiert Sie das?", bellte nun seinerseits Mommsen. „Bei Ihnen gelten doch Sachen als sicher, die andere nicht einmal als vage Mutmaßung bewerten würden."

„Meine Herren", äußerte sich der Staatsanwalt in Würde. „Wir werden noch heute Untersuchungshaft für die beiden Verdächtigen beantragen. Das sollte Ihnen genug über den Stand unserer Ermittlungen sagen."

„Und überhaupt kein Seitenverdacht?", fragte etwas beleidigt die Journalistin vom NDR, weil sie als Frau bei der Anrede des Anwalts eben übergangen worden war.

Der Erste Hauptkommissar und der Anwalt des deutschen Volkes sahen gleichermaßen drohend Stefan Mommsen an, als der zu antworten gedachte. Er antwortete trotzdem: „Wir bleiben offen."

Severin schickte noch einen literarischen Kunstsatz nach vorne: „Doch es lenkt Sie keine Beliebigkeit mehr?"

Der Staatsanwalt ließ ein „Danke, das wars!" anschwellen.

Mommsens Chef dachte daran, nicht länger Mommsens Chef sein zu wollen. Er wusste aber nicht, wie das zu bewerkstelligen wäre, zumal in einer sehr kurzen Zeit, nach der es ihn gelüstete.

Der Bestsellerautor trat nach vorne und wisperte dem Hauptkommissar zu, diesmal nicht poetisch, überhaupt nicht kunstvoll: „Es ist also gelaufen?"

Mommsen sah den Frager wütend an und flüsterte: „Ich gelte nicht als letzte Autorität."

„Aber dennoch“, beharrte Severin. „Geht es jetzt nur noch darum, den Tatverdacht zu bestätigen? Oder wollen Sie etwa ein frisches kriminelles Kaninchen aus dem Hut zaubern?“ Er lachte ein Hüsteln. „Verzeihen Sie mir diese dumme Metapher!“

Der Hauptkommissar blickte blau wie das Eis eines Gletschers, der gleich kalben wollte. Der Autor drückte sich durch die zusammenpackende Journalistenschar in Richtung Ausgang. Der Boulevard-Versorger hielt ihn auf: „Herr Severin, Sie gelten doch als Experte für Todsünden. Ihre beiden Bücher ... Erste Sahne! Sind diese schlimmen Sünden heute wirklich noch aktuell? Todsünde, das klingt doch für unsereins mehr nach Religion, die keine Ahnung von nichts hat und darum so einen Quatsch hervorkramt.“

„Quatsch!“, atmete der Autor heftig. „Religion, Sünde und Tod sind nie Quatsch.“

Severin hastete in den Sommer. Der zündelte.

18

Der Zeltmissionar Konrad Struve saß inmitten des gediegenen Ambientes seines erstklassigen Hotels und zitterte unkontrolliert. Es war noch nicht das Delirium tremens, das ihn derart beben ließ – dafür gab er sich noch einige Jahre Zeit –, sondern ein Brief, den ihm gerade würdevoll ein Herr vom Empfang ausgehändigt hatte. Der Herr hatte sich nichts davon anmerken lassen, für wie billig er den grauen, grobfaserigen Umschlag hielt, auf dem nur *STRUVE* gekrakelt stand. Ein Junge habe ihn vor etwa 15 Minuten, nein, vor genau 15 Minuten, hatte er sich nach einem Blick auf sein Chronometer verbessert, hereingereicht, hatte er dem Missionar kundgetan. Der Knabe sei ihm völlig unbekannt gewesen.

Nun also lag der Inhalt des billigen, grauen, grobfaserigen Umschlages vor dem bibbernden 72-jährigen auf dem kostbaren Landhausstiltisch. Auf dem Zettel stand phantasielos in

Computerschrift: *SIE SIND DER NÄCHSTE!* Erst hatte Struve überlegt, worin, von was, bei wem der Nächste. Doch dann waren ihm bald die beiden Morde eingefallen, für seine Verhältnisse sogar sehr schnell, wenn man bedachte, dass eine durchzechte Nacht hinter ihm lag. Diese hatte ihn irgendwann in eine bordellähnliche Einrichtung Westerlands geführt, dazu in ein Zimmer, das wie ein Dschungel eingerichtet war. Sogar einen Stoffaffen hatte es dort gegeben, glaubte er sich zu erinnern, vielleicht sogar einen Plüschtiger. Doch das wusste er nun wirklich nicht mehr. Alles war jedenfalls sehr grün gewesen und voller Bambusstäbe. Das Mädchen in diesem Dschungel hatte allerdings einen sehr deutschen Eindruck gemacht, in Richtung Sächsin möglicherweise. Er war ihr finanziell gerecht geworden, besann er sich. Sonst war nichts sehr gerecht gewesen, seine Körperkraft am allerwenigsten.

Er blickte die Druckbuchstaben an. Warum ich? Was habe ich denn jemandem getan – außer diesem Jemand möglicherweise einen Glauben vorgegaukelt zu haben, den er, Struve, auch nicht in Ansätzen glaubte. Dafür hatte dieser Jemand möglicherweise einige Scheine herausgerückt. Es mögen auch tausend Jemands gewesen sein. Aber die Vorstellung – der Missionar nannte seine Veranstaltungen schon lange „Vorstellungen“ – war doch meistens gut. Er ließ die Leute sich hundsmiserabel schlecht fühlen, um sie dann auf die Pfade der Güte hinzuweisen. Was war daran verwerflich? Die Musik war erstklassig, die Arbeit der Beleuchter ebenfalls. Ist es nicht eine wichtige Aufgabe, Menschen auf die ihnen innewohnenden Sünden in aller Deutlichkeit hinzuweisen, um ihnen dann die Chance zu geben, sich letztlich der Gnade zu unterstellen, belog er sich. Aber dass er log, wusste er nicht mehr. Dazu hatte er einfach zu oft gelogen.

Außerdem war er ein verwaister Vater, erinnerte er sich voller Gram. Und einen solchen hatte man zu schonen, ihm das Beileid auszusprechen, doch nicht zu bedrohen. Wurde denn die Trauer überhaupt nicht mehr respektiert?, spielte der Alte eine noch ältere Posse von Selbstbetrug und Selbstmitleid, die schon damals nie beklatscht worden war.

Struve hatte Angst. Er dachte daran, die Polizei um Hilfe zu bitten. Aber dann fiel ihm wieder dieser seltsame Kommissar mit seinen durchdringenden eisblauen Augen ein, die mehr zu sehen schienen, als der Missionar preiszugeben bereit war. Und er nahm von dem Gedanken Abstand. Nur noch zwei Vorstellungen. Dann würde er von Sylt auf Nimmerwiedersehen verschwinden. Das musste doch zu schaffen sein. Er würde seine Jungs bitten, auf ihn aufzupassen. Aber ob die Jungs dazu bereit sein würden, dessen war er sich nicht so sicher. Er hatte ihnen möglicherweise einmal zu oft, nun gut, 30 Mal zu oft gesagt, was er von ihnen hielt, nämlich nichts, und dass sie nach der letzten Vorstellung seinetwegen in den U-Bahn-Schächten Hamburgs nächtigen könnten. Er würde ihnen mehr Geld anbieten, überlegte er. Die Überlegung tat ihm weh. Doch der Tod würde es sicher auch tun. Was schmerzte mehr? Wohl doch das Letztere, entschied er nach längerem Nachdenken.

Er versuchte, eine Träne zu weinen, wie bei der Trauer um seinen Sohn. Doch er hatte keine mehr, so sehr er auch drückte. Er war das Trauern einfach nicht gewöhnt. All seine Abschiede von Frauen und anderen Betrogenen waren bisher immer frohen Herzens geschehen. Also ließ er es mit den Tränen gut sein, zitterte aber immer noch sehr und rief einen der Jungs an. Er erklärte ihm, dass wenn ihm, Struve, etwas passieren würde, alle anderen in die Röhre gucken würden. Sein Heil wäre das Heil aller.

Der Junge namens Jürgen am anderen Ende versprach vollmundig, sie alle würden über den Missionar wachen. Keine Maus würde ihm ein Härchen krümmen.

„Es geht nicht um Mäuse, du gottverlassener Blödian“, entgleiste Struve ein wenig in seiner Wortwahl, fand aber die Spur wieder und säuselte: „Entschuldige, Jürgen! Meine Nerven, du verstehst?“

Jürgen verstand.

Struve griff mit flatternden Händen unter das Bett, wo er seine Wodkaflasche gewöhnlich stehen hatte, fand sie nicht, fluchte über die „dämlichen Kühe“ von Zimmermädchen, wankte zur Hausbar und fand dort das so ersehnte Getränk. Er hob die Flasche und ließ einen Schwall des Schnapses in seine Gurgel schießen. Der Magen entflammte. Dann setzte die Betäubung ein. Nur nicht zu viel, ermahnte er sich. Ich muss aufpassen wie noch nie in meinem Leben. Der gute Jürgen und die anderen Jungs, alles prima Kerle. Die würden ihren alten Vater Struve doch nicht vor die Hunde gehen lassen, sprach der Wodka zu ihm. Der Missionar blickte noch einmal auf den Brief. Ich bin nicht der Nächste, du Rabenaas, drohte er. Da müssen schon ganz andere kommen, um mich fertig zu machen. Das war etwas dumm gedacht, fiel ihm ein, weil er den einen und seine Kraft und Gewalt nicht kannte, um sie mit anderen vergleichen zu können. Von den ganz anderen wusste er auch nichts. Er wusste eigentlich nur von sich etwas. Mehr hatte er auch nie wissen wollen, auch nicht von seinem angeblichen Sohn, der nun tot war.

Sei´s drum. *The show must go on,* griff er nach der alten Gauklerweisheit, die immer dann gerne angebracht wird, wenn die Gaukler von einem Todesfall betroffen werden. Er durchlitt eine Gänsehaut, die über seinen Körper raste. Darum trank er noch ein paar Tropfen. Dann summte er trotzig den alten Sinatra-Hit: *I Did It My Way.* Jawohl! *Old Blue Eye* hatte gute Freunde bei der Mafia gehabt. Er, Struve, hatte seine Jungs, keine Mafiosi zwar, aber doch schlagkräftige Freunde. Der Schnaps belog ihn, so gut er nur konnte. Er konnte es sehr gut.

Carola Bunge und Stefan Mommsen wanderten gemächlich in Richtung der alten St. Niels-Kirche. Auf dem Friedhof fanden sie eine Bank und breiteten sich darauf der Sonne entgegen. Sie packten die bei *Gosch* in der Friedrichstraße üppig belegten Krabbenbrötchen aus, bissen hinein und verstreuten wegen der Üppigkeit viele Krustentiere auf ihrer Kleidung. Sie lachten darüber, sammelten sie beim anderen ab, fütterten ihn damit, bissen erneut zu und verscheuchten herabstürzende Möwen.

Sie sprachen nicht viel. Die Pressekonferenz hatte vielleicht sein müssen, aber sie maßen ihr keinen Wert bei.

Mommsen schaute auf Grabsteine, manche Jahrhunderte alt, und befand, dass Vergänglichkeit eigentlich gar nicht so schlimm sei. Eine ewige Gegenwart wäre schlechterdings nicht auszuhalten.

Carola Bunge duftete durch das Krabbenaroma hindurch nach vielen Dünenblumen, dachte er, obwohl er nicht wusste, wie die rochen. Aber wenn sie es denn überhaupt taten, dann so gut wie die Frau neben ihm. Er blickte sie verstohlen von der Seite an und bemerkte, dass sie ihn ebenfalls anblickte. Sie lächelten. „Hier ist die Stadt wirklich ungewöhnlich schön", sagte die Frau. Sie sind schön, hätte der Mann beinahe erwidert, erschrak darüber. Er suchte gedanklich und gefühlsmäßig schleunigst seine Heimstatt der Einsamkeit auf und sprach dann: „Hoffentlich wissen die Westerländer das zu schätzen."

„Sie wissen es", summte die Frau. „Sie sind schließlich lernfähig, ziemlich oft jedenfalls. Inzwischen haben sie gemerkt, dass die alten Friesenhäuser wahre Schätze sind."

„Wisente", murmelte Mommsen.

„Wie bitte?", wunderte sich Carola Bunge.

„Sie erinnern mich an hingekauerte Wisente", sagte der Mann.

„Ach so", amüsierte sich die Frau. „Der Vergleich gefällt mir."

„Die Frisur", fuhr Mommsen plötzlich hoch.

„Von den Wisenten?", wunderte sich die Kommissarin.

„Nein, auf dem Phantombild", haspelte der Ermittler. „Ich habe doch gesagt, dass der Korbmacher sich bei der Beschreibung der Frisur vermutlich besonders viel Mühe gegeben hat, weil seine eigene ziemlich daneben und er mit ihr wahrscheinlich äußerst unzufrieden ist. Darum achtet er auf Frisuren."

„Ja, und?", wunderte sich Carola Bunge immer noch.

„Ich weiß jetzt, wer eine ähnliche Frisur wie die auf dem Phantombild trägt“, sprach Mommsen gegen den Wind und übertrumpfte ihn.

„Und wer?“

Der Hauptkommissar sagte es der Hauptkommissarin.

„Nein!“, fuhr sie auf. „Sind Sie sich wirklich sicher?“

„Ich muss unbedingt sofort mit Hamburg telefonieren“, keuchte Mommsen.

19

Karl Severin stand am Fenster seines Zimmers im *Miramar,* blickte auf die weite See, die Spiegelungen der Sonne, die quirligen Wolkenbilder, weiß, manche von goldenem Licht gerahmt, die der Wind am hohen Himmel formte. Ein Himmel wie ein Domgewölbe, der die Menschen ein wenig ehrfürchtiger machen wollte, aber es so selten schaffte, beschaute ihr buntes Treiben, ihre Leichtigkeit, ihre Unbekümmertheit.

Severin überlegte, wann er Konrad Struve am besten töten sollte, schon heute Abend oder erst bei der letzten Veranstaltung der Zeltmission morgen. Er entschied sich für den nächsten Tag.

Auf der Seidendecke des Bettes, eine hellblaue Decke, einige Blumen darin eingewebt, lag die rote Stola. Sie wirkte zerknüllt, war an einigen Stellen schon eingerissen. Sie war ja auch schon sehr alt. Der Prediger hatte sie damals immer bei Mama getragen, dann vergessen und war nie wiedergekommen, um sie zu holen, auch nicht, um Mama vom Sterben abzuhalten. Bubi hatte sie dann mit in sein Zimmer genommen. Severin hatte sie später immer bei sich getragen und vielleicht schon als Bubi gewusst, was er dereinst damit machen wollte. Jedenfalls, was den Prediger anging, auch Marga. Den Andernacht kannte er ja damals noch nicht.

Auf dem Jugendstilschreibtisch lag eine Makarow, klobig, schwer, ein hässlicher Gegensatz zur geschwungenen Eleganz des Schreibmöbels. Es glänzte unter seiner Politur, alt, gepflegt. Die Waffe sah stumpf aus. Doch gepflegt hatte sie Severin auch. Als er für sein erstes Buch *Amors Bastarde* im Hamburger Rotlichtmilieu recherchiert hatte, war sie ihm zum Kauf angeboten worden. Es gab zu viele Makarows nach dem Fall der Mauer. Die russischen Truppen hatten sie billig verscherbelt. Nun überschwemmten sie den Waffenschwarzmarkt.

Severin hatte weniger dafür bezahlt, als eine Nutte für zwei Stunden kostete. Er kannte zwar die Preise der Nutten. Doch nie hatte er erlebt, was sie mit einem Mann taten. Er hatte überhaupt nie erlebt, was irgendeine Frau mit einem Mann tat. Er konnte es nicht mehr erleben. Marga hatte ihn darum gebracht. Margarethe Königstein. Letztlich auch nicht mehr als eine Nutte, nur viel, viel besser bezahlt, von seinem Vater. Bubi hatte mit seinem Mannsein für sie bezahlt. Er würde es nie sein, ein Mann für eine Frau. Sie hätte ihn auch gleich amputieren können. Aber sie hatte es ja getan, mit beißendem Spott und lautstarker Verachtung. Griet Suhr, eine Nutte mit ehrbarer Maske.

Mama hatte, als Bubi ihr von dem entsetzlichen Geschehen berichtete, dem Marga ihn ausgesetzt hatte, von der Todsünde gesprochen. Sie trug den Namen Wollust, auch Margas Namen und den der Frauen, mit denen Papa immer nach Sylt gefahren war, bis seine Asthmaspraydose einmal leer war. „Der Tod ist nun einmal der Preis für eine solche Sünde“, hatte Mama gesagt und Bubi wissend angelächelt.

Er sah auf das in hellgrünes, billiges Kunstleder eingebundene Büchlein auf der Fensterbank mit der schwungvollen Goldaufschrift *Mein Tagebuch.* Er hatte oft darin gelesen, besonders immer wieder das, was die Nutte Marga über ihn geschrieben hatte in flüchtigen, vergesslichen Buchstaben. Die T-Striche fehlten oft, auch die I-Punkte. Dahinrasende Worte, alle schräg gelegt, nach links, Kippworte. Er hatte gelesen und gespürt, wie ihm die Sätze in das Seelenfleisch schnitten. Die Wunden eiterten. Sie bluteten Giftblut. Alles Geschriebene brünstig, nach Geilheit geifernd. Todsünder besprangen die

Todsünderin und sprangen in den Tod. Hölle, hier hast du deinen Sieg!

Er hatte auch die späteren Kapitel studiert, die Schrift nun ruhiger, gefasst, gerade aufgerichtet. Die Nutte wollte heilig werden, die Hure hehr. Verdammte Kirchen, die solchen geilen, stets läufigen, verfluchten Wesen Raum und Aufgaben anboten!

Severin roch an der Stola auf dem Bett. Sie roch eigentlich nach nichts. Doch für ihn trug sie den Duft von alten Gerichtssälen, in denen stets schuldig gesprochen wurde, von Zellen, in denen Täter früher auf den Tod warteten, und, ja, den Geruch eines Henkerseils. Das war der wichtigste Geruch. Die Makarow roch nur nach Öl. Sie würde vielleicht nie diesen kostbaren Geruch bekommen, es sei denn, er würde sie morgen bei Struve irgendwie benutzen müssen. Er wollte es eigentlich nicht. Aber der Prediger war ihm schon immer sehr stark erschienen, wenn er neben Mama saß und ihr zuhörte, schließlich mit der großen Hand einen Segen auf ihren Kopf legte, der immer gelogen war. Das wusste Bubi jetzt.

Beinahe hätte Severin die Waffe bei Andernacht einsetzen müssen, diesem Machtprotz, diesem Demütiger aller Ehrlichen, diesem Schänder von Bubis Wahrhaftigkeit, diesem Vergewaltiger aller Sehnsucht, die Severin jemals gefühlt hatte. Thomas hatte keine Angst gezeigt, dieser geistliche Herumhurer mit dem Hochmut eines dieser verkommenen Medici-Päpste, doch nie mit deren Grandiosität. Er hatte sich erst gefürchtet, als Bubi jäh hinter ihn sprang und das Henkerseil um ihn legte. Damit hatte er nicht gerechnet. Immer hatte er auf die Makarow geblickt, Arroganz in den Augen, Wollust in den Lenden, Maßlosigkeit im Denken. Macht schmeckt nach Honig oder nach dem Giftstachel der Bienen. Thomas wollte beides zugleich schmecken, obwohl er um die Gefahr wusste. Der Druck auf die Lebensader, nur kurz. Und die Arroganz, der Hochmut, die angemaßte Omnipotenz fielen ins sich zusammen. Der „Heilige". Sankt Thomas. Ehrwürden Andernacht.

Bubi schnaubte Verachtung.

Severin legte sich die Stola über die Augen. Sie schloss die ganze Welt für ihn aus. Nur sie und er. Es gab nicht mehr das Meer, die Angst, die Sonne, die Scham, den Wind, den Hohn, die Insel – ein Paradies, wenn man sie nicht missbrauchte wie Papa und Thomas. Den Hass, den gab es immer, auch wenn die Stola ihn blendete, dann ganz besonders.

Roch sie auch nach Blut? Das roch Bubi nicht so gerne. Mama hatte aus dem Mund geblutet, als sie starb. Severin sah es immer wieder und floh jedes Blut, auch das wenige, das gesickert war, als sein Henkerseil in die Hälse schnitt. Das Blut, es roch wirklich wie der Tod, auch wie Bubis Tod dereinst, wusste er. Es gab einen kleinen Fleck auf dem rechten Arm des Jogginganzuges. Er sah rostig aus. Es war Andernachts Blut. Er konnte es nicht herauswaschen. Blut war nicht zu löschen. Er fasste die Stelle nie an. Sie war nur ganz klein. Aber Mamas Mund war an dieser Stelle.

Severin ging zur Hausbar und holte sich eine Flasche *Perrier*-Mineralwasser. Er hatte Durst. Er musste sich erfrischen. Heute Abend würde er nach der Zeltmission gut essen, unten im Restaurant. Dort aß man besonders gut und es war so, als käme dabei das Meer zu einem, auch der Himmel, der sich weit in der Ferne mit dem Meer verbunden und verbündet hatte. Die Stimmen waren dort leise, das Licht unwirklich, weil es nie direkt auf einen floss. Bubi wurde hier als Gast geehrt. Severin gab dafür gerne sein Geld aus.

Er trank durstig. Dann legte er die Makarow unten in den Kleiderschrank, nachdem er sie in ein Tuch gewickelt hatte. Er wollte dem Schrank, den ehrbare Tischler vor langer Zeit, als gutes Handwerk noch als Kunst galt, angefertigt hatten, keine Schramme zufügen. Danach breitete er sich auf dem blauen Boden aus, weil von dort seine Welt größer und majestätischer wirkte, lächelte einmal, dann noch einmal dieser Welt zu, dankte ihr, weil von ihr aus alle Wege dorthin geführt hatten, wo er Todsünden mit dem Tod aufgewogen und sie wirkungslos gemacht hatte. Sylt legte sich um ihn, eine Insel um einen Insulaner, der einsam war und es bleiben wollte. Seine Mission war nur als Einsamer zu erfüllen. Sie war schön. Menschen verstanden sie, hatte er vorhin im Polizeihaus gehört. Sie machte die Insel etwas freier von Sünden.

Es war als Fügung zu bewerten, dass sich alle drei zur selben Zeit mit ihm auf Sylt befanden, Marga, der Heilige und der Prediger. Es war noch mehr: ein Auftrag.

Severin legte sich die Stola über die Augen, schlief ein. Und Bubi träumte, dass Marga mit Andernacht herummachte, aber Marga nicht konnte und Andernacht erst recht nicht, weil ein Poet und Priester Macht über sie hatte: Bubi.

20

Mommsen vergaß sein Flüstern: „Römische Cäsaren trugen eine solche Frisur, wie sie Severin hat. Und der derzeitige bundesdeutsche Innenminister kämmt sich seine Haare so. Eine Frisur der Macht.“ Der Hauptkommissar rannte gegen den Wind an in Richtung Zentralstation.

Carola Bunge konnte kaum mit ihm Schritt halten.

„Und Severin verabscheute den Andernacht“, keuchte der Beamte, „seinen einstigen Studienkollegen. Ich rieche sogar Hass. Da ist etwas Schwerwiegendes gelaufen, was unseren Autor beinahe traumatisiert hat. Severin hat sich zwar bedeckt gehalten. Doch ziemlich unzureichend. Und wie er die Mewes zurückgewiesen hat, rüde, rücksichtslos oder auch panisch, ja, panisch. Das erzählt mir von einem sehr gestörten Verhältnis zu Frauen.“

„Reicht das?“, hastete die Ermittlerin.

„Offiziell reicht das für gar nichts“, gab Mommsen zu und stolperte, fing sich wieder und stürmte weiter. „Wir werden gleich am Telefon, wenn wir mit Severins Verlag sprechen, sehr plausibel lügen müssen.“

Die beiden überlegten sich, während sie mit ihrer Hatz durch das ruhige Alt-Westerland Touristen verwirrten, mit welchen

Unwahrheiten sie Wahrheiten über den Romancier erfahren könnten. Sie sprachen, atmeten eilig – ihre Füße schlugen wild und wütend auf den Boden der Ferieninsel – und sie sorgten sich bis an den Rand der Angst. Sie wollten glauben und erkannten die Möglichkeit eines Irrtums. Sie hetzten. Ihre Worte trotzten.

In der Zentralstation tobten sie mit einer solchen Wucht durch den Wachraum, dass jeder der Beamten dort glaubte, etwas wäre passiert, was diesen ohnehin schon unruhigen Tag gänzlich aus dem Gleichgewicht bringen würde und sie alle dazu. Mommsen riss die Tür des ersten Büros im Gang auf, entschuldigte sich nicht bei dem darin befindlichen Oberkommissar, keuchte: „Bleiben Sie bitte. Wir brauchen Sie als Zeugen." Er nahm einfach Besitz von dem Raum, dem Telefon, rief ungeduldig der Dame von der *Telekom*-Auskunft durch die Sprechmuschel zu, dass er die Nummer eines Hamburger Verlages brauche, dringend. Er nannte den Verlagsnamen, bekam die Nummer, wählte neu, hörte eine freundliche Stimme, nannte Dienstrang und Namen und dröhnte, er benötige sofort jemanden, der ihm etwas über Karl Severin erzählen könne. Der Kommissar wurde weiter verbunden, drückte auf die Mithörtaste. Musik schwebte durch den Raum, die jede Ungeduld während der Wartezeit besänftigen sollte. Es handelte sich um zarte Klarinettentöne, Mozart, anspruchsvoll, gleichzeitig nichtig, weil die Klarinette Mommsen keineswegs besänftigte. Er dachte, noch einen Ton und ich schlage den Hörer auf den Tisch. Da meldete sich eine Stimme, nahezu launig: „Bindig. Ich bin der Lektor von Karl Severin."

Nun log der Hauptkommissar bedenkenlos, ohne Scham, weil Bedenken und Scham ihn nur daran hindern würden, einen Doppelmörder zu überführen:

„Wir arbeiten auf Sylt an einem Fall, in der die Todsünden eine wichtige Rolle spielen, die sieben Todsünden, die einmal im Mittelalter zu solchen erklärt worden sind. Wir wissen, dass Herr Severin ein Experte in Sachen dieser Sünden ist. Seine beiden hervorragenden Bücher beweisen uns das. Und wir hätten ihn gerne als Mitarbeiter gewonnen, weil wir ohne seine Hilfe nicht weiterkommen, fürchte ich. Er befindet sich, zu unserem Glück, gerade auf Sylt."

„Der Gerd, das können Sie mir glauben, kennt sich wirklich mit diesen Todsünden aus." Der Lektor, immer noch launig.

„Gerd?" Der Hauptkommissar erstaunt.

„Gerd Wilhelmi, ja. Karl Severin ist sein Künstlername. Seine Mutter war eine gebürtige Severin und hieß mit Vornamen Karla. Gerd hatte ein sehr inniges Verhältnis zu seiner Mutter."

„Aha!" Mommsen alarmiert. „Wilhelmi wie die gleichnamige Baufirma in Hamburg?"

„Genau. Sein Vater besaß die einmal. Sie ist vor längerer Zeit verkauft worden. Gerd hat das ganze Geld geerbt. Schreiben müsste der wirklich nicht, um sich seinen Lebensunterhalt zu verdienen. Aber, Gott sei´s gedankt, schreibt er dennoch, weil er es hervorragend kann." Der Lektor begeistert.

Margarethe Königstein und Severin kannten sich eventuell. Carola Bunge und Mommsen spürten, wie ihr Pulsschlag zu Trommelwirbeln ansetzte, die kaum mehr zu ertragen waren. Diese Trommelwirbel, die in einem Zirkus den Salto mortale ankündigen und begleiten.

„Könnten Sie uns noch etwas über Ihren Autor erzählen?" Der Hauptkommissar kämpfte um Ruhe und Vernunft. „Sie verstehen, wenn wir ihn in unsere Ermittlungen mit einbeziehen, müssen wir wissen, um was für einen Menschen es sich dabei handelt."

„Natürlich." Der Lektor, jetzt sachlich. „Er ist ein sorgfältiger Rechercheur, dabei äußerst hartnäckig, bringt nur das in seine Bücher, was auch wirklich stimmt. Er hat diese ungeheure Begabung, auf der Grundlage von Fakten einen mitreißenden Roman zu schaffen."

„Wie ist der Mensch Severin?" Mommsens Stimme schien Schweiß abzusondern, kam es ihm vor.

„Der Mensch Wilhelmi oder Severin hält sich sehr zurück. Er

wird kaum jemals persönlich." Der Lektor bedauernd. „Ich weiß über den Menschen so gut wie nichts. Aber wer etwas wissen könnte, das ist seine Haushälterin. Sie ist für ihn zu einer Art Mutterersatz geworden, als die eigene Mutter gestorben ist. Hoppla, ich weiß doch etwas Persönliches." Bindig freute sich.

„Haben Sie die Telefonnummer von der Frau?" Mommsen drängte. „Wie heißt sie?"

„Agnes Sager. Und die Telefonnummer ... Warten Sie einen Moment." Es raschelte am anderen Ende. Dann kamen Zahlen. Carola Bunge schrieb mit. Der Oberkommissar schrieb mit. Mommsen schrieb mit. Die Aufregung wühlte sich in die Menschen hinein, besetzte sie vollkommen und trieb und trieb und trieb.

Der Hauptkommissar keuchte einen Dank, aber erst, als er bereits aufgelegt hatte. Er wählte neu. Die Sonne warf Glut in den Raum.

Die Mitarbeiter des Zeltmissionars Konrad Struve – wenn man sie denn Mitarbeiter nennen wollte, waren sie doch eher als rechtloses Gesinde zu bezeichnen, als Knechte und Mägde eines herrschsüchtigen und ewig unbeherrschten Erzbischofs von eigenen Gnaden und keiner Gnade sonst – befanden sich zum ersten Mal, seit sie auf Sylt weilten, in ausgelassener Stimmung. Sie lachten laut. Eine Sektflasche von *Aldi* kreiste, dann noch eine. Sie konnten nicht genug davon bekommen, wenn Jürgen das Telefongespräch mit dem Alten wiederholte, Struves Angst parodierte, auch seine flehentliche Bitte um Hilfe. Ausgerechnet von ihnen. Sie lachten lauter.

Es war so einfach gewesen, den Drohbrief zu schreiben. Der Verwalter des Campingplatzes, auf dem sie hausten, verfügte über einen Computer, der ständig unbeaufsichtigt war, weil der Campingplatzbesitzer andauernd woanders etwas zu beaufsichtigen hatte. Die Camper rissen fortwährend seine von ihm aufgestellten Ordnungen nieder. Und einen Jungen zu finden, der für zehn Euro den Brief in das Hotel *Stadt Hamburg* trug, war nichts als ein Kinderspiel. Das Ganze war ein Kinderspiel, ein Spiel, um den Bösen endlich einmal zittern zu lassen, der ansonsten nur andere zittern ließ.

Das Gesinde genoss die Angst und das Fest in vollen Zügen. Der sich erzbischöflich aufführende Erzgauner spürte gerade, was es bedeutete, wenn man gequält wurde. Die Qualen würden ihn nicht läutern. Dazu war der Betrug in Struve schon viel zu sehr gealtert, ja, verkalkt.

Jürgen schnaubte begeistert: „Der Alte glaubt wirklich, er ist bald hin."

Corinna kreischte voller Freude reinste Abscheu.

Agnes Sager, Haushälterin und Ersatzmutter, erzählte weitschweifig, gefühlvoll und sehr gerne von ihrem „Bub". Mommsen schwieg in die Sprechmuschel, aber auf eine Art und mit einem Atem, der die Frau dazu anstachelte, mehr und mehr zu sagen. Der Hauptkommissar hatte die Dringlichkeit betont, mit der sie auf Severin angewiesen wären. Ohne ihn wären sie hilflos. Der Fall würde nie gelöst werden.

„Ja, ja", sagte die Frau, die der Stimme nach um die 70 Jahre alt sein konnte, „der Bub, der wird Ihnen schon beistehen. Er weiß so viel. Und nun noch dieser große Erfolg mit seinen Büchern. Er hat ihn verdient, wirklich. Endlich einmal geht es ihm richtig gut. Er hat so viel in seinem Leben durchmachen müssen."

„Tatsächlich?", wagte Mommsen den winzigen Einschub, um die Erzählfreude der Haushälterin noch kräftiger anzuschieben.

„O ja. Der Bub war noch so jung, gerade erst 15, als das Schlimme passierte."

„Das Schlimme ...?" Der Kommissar riskierte erneut eine Ermunterung.

„Fertig haben sie ihn gemacht. Der eigene Vater seinen Sohn. Auf der Insel. Und die Marga, die Margarethe Königstein, ein Flittchen. Entschuldigen Sie meine Ausdrucksweise, Herr

Kommissar. Aber das war sie wirklich. Man soll ja über Tote nichts Schlechtes reden …"

„Sie wissen, dass sie tot ist?" Mommsen nun unvorsichtig, weil verwundert. Denn nur die *Sylter Rundschau* hatte vor der Pressekonferenz über den Mordfall Suhr berichtet.

„Ja. Der Bub hat mir doch die Zeitung geschickt, in der das drinstand. Er schickt mir immer die Zeitungen, in denen etwas über ihn drinsteht." Die Worte der Frau wurden verräterisch, dann noch mehr. Die Polizeibeamten erstarrten. „Wenn einer seiner Erfolge irgendwo erwähnt wurde, dann hat er mir das geschickt. Ich habe extra ein Album, in das ich alle Zeitungsausschnitte über Gerd einklebe. Auch den über Marga. Sie hat den Bub um all sein männliches Selbstbewusstsein gebracht, wenn Sie verstehen, was ich meine."

„Nicht so ganz", löste sich Mommsen aus der Erstarrung.

„Es war schlimm, Herr Kommissar. Nun kann der Bub nicht mehr heiraten. Er vertraut keiner Frau mehr. Nur noch mir. Mir allein." Agnes Sager schien erst ein Weinen zu unterdrücken, um dann einen großen Stolz hervorzukehren. „Aber Sie können ihm ganz vertrauen. Ganz bestimmt. Auf den Bub ist Verlass. Er kennt sich aus, ja, und auch in den Todsünden, von denen Sie vorhin gesprochen haben und bei denen Ihnen der Bub beistehen soll. Ich kann mich für ihn verbürgen. Niemand kennt ihn so gut wie ich. Mein Gott, wie sehr hätte ich ihm eine Familie gewünscht, wo er doch nie eine richtige gehabt hat. Aber das geht ja nun nicht mehr. Nein, ich wünsche keinem Menschen den Tod, auch der Margarethe Königstein nicht, und bestimmt nicht einen solchen. Aber eine Strafe hätte sie verdient. Doch dafür hat ja die ganze Polizei kein Gesetz, nicht wahr, Herr Hauptkommissar? Auch Sie nicht, leider, wo Sie doch so gerecht klingen und mit Gerds Hilfe Gerechtigkeit schaffen wollen. Er wird Ihnen helfen. Das verspreche ich Ihnen. Brauchen Sie noch mehr Informationen, um ihn einzustellen?"

„Nein, Frau Sager. Ich danke Ihnen sehr." Mommsen umklammerte den Hörer so fest, dass aus seinen Fingern das Blut wich. Seine Stimme hatte zuletzt bei dem Dank wie die reine Wut geklungen, sehr rein, gereinigt von aller Geduld, aller Nachsicht und allem Verständnis. Die Haushälterin hatte nichts von dieser Wut mitbekommen. Wie sollte sie auch? Auf den Bub vermochte doch niemand auf der Welt wütend zu sein, auf den guten Bub.

„Dafür nicht!", schallte es munter aus Hamburg hinüber nach Westerland.

Carola Bunge wand ihm den Hörer aus der Hand und legte ihn auf die Gabel zurück.

„Sie haben alles gehört?", fragte Mommsen und rückte sich ungeduldig sein Schulterholster zurecht, als würde er bald die Waffe brauchen.

„Ja", erwiderte der Oberkommissar.

„Ja", antwortete ebenfalls Carola Bunge.

„Doch es reicht nicht, befürchte ich", sagte der Oberkommissar.

„Das fürchte ich auch", murmelte die Ermittlerin.

„Er hat bei der Suhr ein Motiv. Bei dem Andernacht eventuell auch", fiel Mommsen in sein altes Flüstern zurück.

„Werden das die Kollegen auch so sehen? Insbesondere der Erste Hauptkommissar und der Staatsanwalt?" Carola Bunge atmete flach und wirkte, als wäre sie viel zu lange gelaufen und vergeblich. Kein Zielband, verriet ihre Erschöpfung, war durchrissen.

„Der Erste Hauptkommissar und der Staatsanwalt verhören gerade Knut Reiser", sagte der Westerländer Oberkommissar. „Krüger und Steuben den Arndt Zietlow. Sie waren und sind immer noch erste Wahl. Tut mir Leid, Herr Mommsen. Ich stimme Ihnen darin zu, dass Severin auf Griet Suhr sehr zornig gewesen ist. Davon hat mich die Haushälterin überzeugt. Aber mehr ..." Er breitete beide Arme aus, die leeren Handflächen nach oben.

„Da ist mehr", beharrte der Hauptkommissar. Er wusste, dass er störrisch und unbelehrbar auf den Westerländer Kollegen wirken musste, vielleicht sogar auf Carola Bunge. „Da ist mehr“, wiederholte er und verließ den Raum.

Draußen frischte der Wind auf. Er trieb den Touristen Sand in die Augen. Die Wellen schlugen weit oben auf dem Strand auf, überschlugen sich und rissen winzige Stücke von der Insel ab. Man bemerkte es nicht. Überall auf dem Meer waren weiße Schaumköpfe zu sehen. Gischt bildete sich. Menschen rafften fluchtwillig ihre Sachen zusammen. Die Rettungsschwimmer zogen an den Masten vor ihren Stationen zwei rote Bälle auf: Absolutes Badeverbot. Die Sonne wurde immer wieder von schwarzen Wolkenfäden verhängt. Die Luft kühlte sich ab. Windstärke 5 bis 6. Allerorten wurde von tourismusabhängigen Westerländern gesagt: „Das wird schnell wieder besser. Das ist immer so auf der Insel.“ Man glaubte ihnen nicht und verschanzte sich in Cafés, Restaurants, Appartements und Hotelzimmern. Die Fahnen auf der Friedrichstraße knallten gegen die Masten. Eine zeigte Risse, eine Friesenfahne.

21

Karl Severin empfing gerne den Ersten Hauptkommissar, doch nicht in seinem Zimmer, sondern in der Cocktailbar des *Miramar.* Es war bereits nach 17.00 Uhr, die Bar also geöffnet – reiner Jugendstil, bequeme Sessel, dunkles Holz, weiß-braun gepolstert, die Fenster bunt, viel Gelb, ein helles Blau, ein wenig Grün, auch Orange, gefällige Muster. Der Romancier war aufgeräumt, die Cäsarenfrisur glänzte, das nichtssagende Gesicht bemühte sich, von Freude zu erzählen, schaffte es nur unvollkommen.

Mommsen war der gesamte Jugendstil egal, nicht aber, wie sich der Autor anstrengte, ihm mit äußerstem Wohlwollen entgegenzukommen.

Severin bestellte sich beim Barkeeper, er redete ihn mit Vornamen an, sagte „Günter“, einen speziellen Cocktail namens *Sylter Wasser.* Den hatte dieser Günter erfunden, wie es dem

Hauptkommissar vom Dichter zugeflüstert wurde, „Wodka, Blue Curaçao, Fruchtsäfte, irgendwelche. Welche, verrät Günter nicht. Auch nicht die genaue Zusammenstellung.“ Severin machte viele Gesten mit seinen Händen, wollte das Geheimnis dieses Getränks wohl andeutungsweise in die Luft malen.

Mommsen mochte die viele Bewegung nicht. Alles erschien ihm zur Zeit verspielt an diesem Mann, der seiner Überzeugung nach alles andere tat, als zu spielen.

„Sie kannten Margarethe Königstein?“, fragte er darum direkt und wusste sich böse dabei.

„Wie kommen Sie darauf?“, baute Severin ein Staunen auf, das aber bald hinfällig war, als der Hauptkommissar erwiderte: „Ich weiß es von einer gewissen Agnes Sager, Ihrer Vertrauten.“

„Und was besagt das?“, trotzte der Autor.

„Sehr viel“, entgegnete Mommsen scharf und laut, laut, weil gerade Musik aufklang, *Casablanca, Spiels noch einmal, Sam!, As Time Goes By*. „Marga hat Ihnen etwas Furchtbares angetan. Wenn ich Frau Sager richtig verstanden habe, und ich habe sie richtig verstanden, dann hat sie Sie psychisch entmannt oder wie ich das sonst nennen soll. Jedenfalls, sagte Ihre Ersatzmutter, würden Sie nie eine Familie gründen können. Impotenz. Das reicht, um auf die Urheberin Ihres männlichen Unvermögens sehr wütend zu sein. Nein, Wut reicht da wohl nicht. Hass. Liege ich damit richtig, Herr Wilhelmi?“

Das Getränk des Romanciers wurde serviert. Mommsen verweigerte eine Bestellung, was ihm keineswegs übel genommen wurde. Man befand sich schließlich mit dieser Bar, dem gesamten Hotel mitten in der Grandezza.

„Das wissen Sie also auch von meiner lieben Agnes, dass ich ein Pseudonym benutze“, hielt sich Severin an seinem Cocktail fest.

„Nein, von Ihrem lieben Lektor. Wir haben viel Ihretwegen gefragt“, drohte Mommsen unverhohlen. „Sie haben ein Motiv, Herr Wilhelmi, um Frau Suhr zu töten. Sie haben uns belogen, Herr Wilhelmi. Wir werden Ihre Alibis akribisch überprüfen,

Herr Wilhelmi. Das ist Ihnen doch klar. Und bei Herrn Andernacht sind wir der Meinung, dass auch er ein Opfer von Ihnen sein könnte. Wir, die Polizei, erfahrene Todesermittler, denen man so leicht nichts vormachen kann. Wir werden die gesamte Spurenlage auf Ihre Person hin erneut untersuchen."

„Tun Sie das!", ließ sich Severin in den Sessel zurückfallen. Sein Gesicht sagte nichts. Die Hände lagen locker um das Cocktailglas. „Sie wissen nicht gerade viel", stellte er fest. „Und was meine angebliche Impotenz angeht, von der ach so schrecklichen Margarethe Königstein, alias Griet Suhr, verursacht, da möchte ich Sie doch bitten, mich von einem Arzt Ihrer Wahl untersuchen zu lassen. Ist das nicht ein Angebot, Herr Hauptkommissar?"

Er nahm einen kleinen Schluck aus dem Glas, hielt es betont lange in Mundhöhe, um dem Ermittler die Ruhe seiner Hände zu zeigen, setzte es dann ab und fügte hinzu: „Und selbst wenn ich ein Mörder wäre, was ich nicht bin, möchte ich ausdrücklich feststellen, würde ich mich als solcher mit Sicherheit so verhalten, dass mir kein noch so erfahrener Todesermittler auf die Schliche käme. Mein Gott, Herr Mommsen. Was sollte bloß diese dumme Tour, mich mit ein paar Aussagen meiner Haushälterin und meines Lektors zu überfahren? Ich hätte mehr von Ihnen erwartet."

„Sie werden mehr bekommen. Das habe ich doch bereits gesagt", ließ sich der Hauptkommissar nicht auf das überhebliche Geplänkel seines Gegenübers ein. „Alles, ich wiederhole, alles, was wir bisher ermittelt haben, wird nun einzig auf Ihre Person hin überprüft. Einzig auf Sie hin, Herr Wilhelmi. Und die Erkennungsdienstler sind gut. Jeder von uns ist gut, besser, als Sie sich vorstellen."

„Und dann kommen Sie ganz allein zu mir und haben keinen Durchsuchungsbeschluss bei sich?"

„Alles braucht seine Zeit", sagte Mommsen leise und übertönte dennoch *As Time Goes By*. „Und die Zeit arbeitet für uns, Herr Severin. Sie arbeitet gegen Sie, Herr Wilhelmi. Wir haben

Zeit. Sie haben keine mehr. Ach ja, Frau Inken Mewes. Sie haben sie äußerst brutal abfahren lassen, sehr rüde und ehrverletzend, als sie Ihnen erotisch entgegenkommen wollte, weil sie Sie wohl liebt."

„Na und?" Severin blickte hämisch, empfand Mommsen, auch überheblich, grässlich überheblich. „Will ich die Frau heiraten? Nein. Ein Kind zeugen? Nein. Nur dann, Herr Polizist, käme für mich Sexualität in Frage. Nicht bei einem so läppischen Techtelmechtel. Der Auftrag der Heiligen Schrift ist eindeutig: *Seid fruchtbar und mehret euch.* Nirgends steht: Seid brünstig und fallt übereinander her! Die Bibel ist nie als großes Geleitwort, das unser Leben lenken soll, für ungültig erklärt worden. Sie gilt. Ich weiß, unsere Zeit, Herr Polizist, sudelt etwas anderes. Aber ich weigere mich mitzusudeln. Das ist schwer vorstellbar für Sie. Das sehe ich Ihrem Gesicht an. Doch Keuschheit, Herr Hauptkommissar, ist ein edles Gut." Der Autor nippte geziert an seinem Glas. Die Cäsarenfrisur glänzte im Licht, hellblondes Haar, mächtig nach vorne gebürstet.

„Herr Severin-Wilhelmi", sagte der Ermittler leise und beugte sich weit zu dem anderen hin: „Sie reden nur Blech und wollen es mir als Gold verkaufen."

Er stand auf und ging in Richtung Ausgang. Dann drehte er sich noch einmal um und schaute den Autor aus seinen eisblauen Augen an. Er schaute ihn einfach an, Sekunden, vielleicht eine Minute, die Zeit tickte gefährlich. Severin reagierte. Er lächelte, während seine Lidschläge sehr schnell wurden. Er lächelte. Und seine Wimpern zuckten hastig wie die Beinchen eines todgeweihten Insekts. Mommsen bemerkte es.

Der Wind draußen hatte sich beruhigt. Die Rettungsschwimmer zogen die beiden Bälle ein. Die Wellen legten ihre Schaumkronen nach und nach ab, bis sie nur noch grau-blau aussahen. Das Licht bekam seine goldgelbe Farbe zurück. Vor die Sonne breiteten sich nicht länger schwarze Wolkenschlieren. Die Schlieren schwammen am Himmel davon und ließen das Firmament als reine und unendliche Glaskuppel zurück. Die

Nackten wagten wieder nackt zu sein. Ihre Häute. befanden sie, waren allemal dick genug.

Mommsen setzte sich ins *Café Wien,* wurde von der wohlig runden Bedienung als Stammgast eingeordnet und besonders froh bedient. Er bat wieder um dieses Kaffee-Getränk namens Schümli und um ein Stück Friesentorte. Während er aß und trank dachte er unablässig an Severin. Er schmeckte jedem Bissen, jedem Schluck genau nach, genoss sie und dachte an den Autor als einen, der ihm jeden Schluck und jeden Bissen bald unschmackhaft machen würde. Dessen war er sich sicher. Dann rief er von seinem Handy aus Carola Bunge an und bat sie zu sich ins Café.

„Reiser und Zietlow werden immer noch verhört", berichtete die Ermittlerin. „Man kommt keinen Schritt weiter. Haben wir Recht?", fragte sie dann ein wenig besorgt.

„Ja", sagte Mommsen. Dann telefonierte er mit dem *Miramar* und bat, mit Severin verbunden zu werden. Als der sich am anderen Ende meldete, sagte Mommsen schroff: „Sie haben mir eine ärztliche Untersuchung angeboten. Sie werden Sie bekommen. In einer Stunde in der Nordseeklinik. Unser Gerichtsmediziner wartet auf Sie."

Severin schwieg. Dann sprach er: „Nein. Ich lasse mich von Ihnen zu nichts zwingen. Das habe ich gar nicht nötig. Ich bin nämlich wer, Herr Hauptkommissar. Ein Könner und berühmt."

„Es war Ihr Angebot", erinnerte ihn der Ermittler.

Der andere hatte aufgelegt.

Das war ein ermittlungstechnischer Fortschritt, befand Mommsen und bekleckerte sich aufgeregt mit Pflaumenmus das schwarze Jackett.

„Sie haben sich bekleckert", sagte ihm Carola Bunge etwa zehn Minuten später, als sie sich zu ihm an den Tisch setzte.

„Ich weiß", antwortete Mommsen munter und berichtete ihr von dem Gespräch mit Severin, schließlich von dessen Ablehnung, eine von ihm selbst vorgeschlagene ärztliche Untersuchung vornehmen zu lassen.

„Das ist bedenkenswert", wertete die Hauptkommissarin.

„Auch sehr bedenklich", vergaß der Hauptkommissar zum wiederholten Male an diesem Tag sein Flüstern. Dann rauchte er vor der Kollegin und der gesamten Gästeschar des *Cafés Wien* einen seiner stinkenden Zigarillos.

Das ist in der Tat sehr bedenklich, dachte Carola Bunge.

„Wir müssen es also allein machen?", fragte sie dann.

„Nein", entgegnete der Hauptkommissar, „ganz offiziell mit dem gesamten Team."

„Wir werden es brauchen", seufzte die Ermittlerin und begann, mit Hilfe einer Serviette am Pflaumenmusfleck auf seinem Jackett herumzureiben.

22

Severin, in sein Zimmer zurückgekehrt, fand nichts mehr schön, weder die kostbare Einrichtung noch die himmlische Domkuppel draußen, weder die blaugraue Weite des Meeres noch die Anmut der Lilien in einer Jugendstil-Kristallvase.

Er hielt die rote Stola in den Händen, um Halt zu haben, betrachtete die Makarow auf dem Bett, um Macht zu sehen, und nahm wahr, wie sich alle Organe in ihm zu streiten schienen. Unruhe und Schmerz, dazu eine immer stärker aufkeimende Übelkeit. Der Hauptkommissar wusste. Er wusste mehr, als der Autor jemals einem anderen Menschen bei Strafe, bei Todesstrafe erlaubt hätte, über ihn zu wissen. Seine selbstgebaute Eremitage, geschaffen aus Hass, Stolz und einem Glauben, der ein Diktat war, abgesegnet von einem Gott, der Hinrichtungen verlangte, geheiligt von einer Gerechtigkeit, die sieben Sünden mit dem Tod ahndete – diese Eremitage zerfiel mehr und mehr. Denn der schwarz gekleidete Mann, schwarz wie ein Talar, rüttelte an ihr.

Bubi kam sich entsetzlich schutzlos vor. Severin fühlte sich mehr und mehr entblößt bis hin zur Nacktheit seiner angemaßten Macht, von der Ohnmacht eines 31-jährigen Lebens gezeugt. Er wand die Stola um seinen Arm und zog den Strang so fest zu, wie er konnte. Dann wiederholte er es um seinen Hals. Er zerrte, riss an den beiden Enden des Henkerseils, spürte den Schmerz – er war gut, so gut, er reinigte, er tilgte. Atemlos ließ er von sich ab, befühlte den roten Striemen an seiner Gurgel und genoss.

Severin wollte nicht mehr warten. Bubi hasste den Prediger. Der Hass machte ihn ungeduldig. Severin machte die Angst vor dem Kommissar ungeduldig. Nicht morgen. Heute. Heute. Den grauen Jogginganzug würde er nicht mehr brauchen. Er war ja auch nur für die Exekution im Kurzentrum als Tarnung gut gewesen, weil nahezu alle dort ein derartiges Kleidungsstück trugen. Er ließ ihn einfach und überheblich von einem herbeitelefonierten Dienstboten entsorgen, wie und wo auch immer. Der Dienstbote sah wie kein solcher aus, fand Severin, weil er Würde herzeigte und seine Arbeit als wertvoll erachtete wie alle in diesem Hotel. Vielleicht auch noch ehrenvoll, amüsierte sich der Autor anmaßend. Ich lasse diesen Mann den Beweis einer Tötung davontragen.

Bubi war stolz. Er herrschte. Heute, dachte er und wog die Makarow auf der rechten Handfläche. Das Metall fühlte sich kalt an. Kalt ist gut, freute sich Severin. Ich bin groß, ich habe Erfolg, immer. Bubi beneidete Severin. Dann sah der Mann als Bub eisblaue Augen. Ich bin klein, fühlte er. Nein, trotzte Severin, nie mehr, nie mehr. Marga war ausgerottet, der Heilige gefällt. Der Prediger würde nie mehr Mama verlassen dürfen.

Carola Bunge und Mommsen betraten die Zentralstation. Die Verhöre liefen noch, erfuhren sie von dem Oberkommissar, der die Gespräche mit Hamburg bezeugt hatte. Im Haus herrschte eine geordnete Geschäftigkeit. Telefone riefen nach Aufmerksamkeit, Computertasten klackten, Schritte wurden bestimmt gesetzt, Worte teilten mit, Uniformen lagen straff an.

Der Hauptkommissar und seine Kollegin setzten sich in das Besprechungszimmer und überlegten, wie sie den Staatsanwalt und den Flensburger Chef von ihrem Verdacht überzeugen könnten. Sie stellten alles noch einmal schriftlich zusammen: Severin war von Margarethe Königstein seelisch schwer verletzt worden, so schwer, dass er um seine Mannbarkeit gebracht war. Er hatte eine Untersuchung deswegen verweigert. Seiner Haushälterin, dem Muttterersatz, hatte er einen Zeitungsbericht über den Mord an Griet Suhr zukommen lassen. Er schickte alle Artikel, die über einen seiner Erfolge berichteten, in die Villa nach Hamburg-Wandsbek. Der Tod der Frau wurde also von ihm als sein Erfolg bewertet. Er kannte Andernacht und verabscheute ihn zutiefst. Das würde man gewiss noch beweisen können, ebenso die Gelegenheiten zu den Taten und das Fehlen der Alibis. Dazu würde man noch etwas Zeit brauchen. Bisher war Severin ja nie überprüft worden. Er war mindestens ein ebensolcher Fundamentalist wie die Geschwister, besonders, was die Todsünden anging.

Mommsen und Carola Bunge lasen das von ihnen Notierte noch einmal durch und nickten sich zu. Sie warteten. Die Minuten tropften wie bei einer Wasserfolter, fühlten sie. Das Warten schmerzte ganz besonders.

Sie hörten Schritte von oben die Treppe herabkommen. Der Staatsanwalt trat in den Raum, müde, verschwitzt, nicht mehr so scharf gebügelt wie während der Pressekonferenz. Der Anzug war lappig, das Oberhemd zerknittert, die Krawatte wie ein verrutschtes Lätzchen. Der Erste Hauptkommissar folgte ihm. Auch er war erschöpft, die Autorität ein wenig angerissen, die Augen schwarz umrändert, Jeans und Hemd von erschlafften Muskeln gefüllt.

„Kein Fortschritt“, gab der Staatsanwalt glanzlos bekannt.

„Einfach nichts“, meldete der Erste Hauptkommissar Verluste. „Auch bei den Verhören der Kollegen“, fügte er hinzu. „Um 20.00 Uhr machen wir eine allgemeine Dienstbesprechung“, rief er sich dann zur Ordnung. „Herr Mommsen, würden Sie das bitte organisieren.“

Der Angesprochene nickte. Der Sommer loderte.

Die sieben Kripoleute und der Staatsanwalt saßen eng beieinander am Kopfende des großen Tisches und schwiegen zunächst. Dann lächelte es der Erste Hauptkommissar müde: „Wortlosigkeit als Ideenlosigkeit?“

„Nein“, sagte Mommsen.

Carola Bunge saß sehr gerade.

Knaack sah auf seine beiden geballten Fäuste vor sich.

Gadamer spuckte angewidert den kalten Kaffee in den Becher zurück.

Krüger lag erschöpft in seinem Stuhl und mochte wohl seine Nebelhornstimme nicht mehr, weil sie bislang so wenig bewirkt hatte. Jedenfalls räusperte er sich nur mehrfach äußerst bescheiden.

Steuben gab Stille von sich wie so oft, aber eine Stille, die keineswegs in sich ruhte, sondern aus sich herauswollte, um möglicherweise zu einer Ruhe vor dem Sturm zu werden.

„Nein“, sagte Mommsen noch einmal. Niemand verhielt sich nach diesem „Nein“ anders als bisher, jedenfalls äußerlich nicht. Aber Muskeln und Nerven spannten sich an. In den Gehirnen begannen die Botenstoffe sich startklar zu machen. Adrenalin sammelte sich an, das zuvor irgendwo in den Körpern versackt war.

Hauptkommissar Stefan Mommsen trug alles vor, was Hauptkommissarin Bunge und er über den Autor, die Person Karl Severin, alias Gerd Wilhelmi, zusammengetragen hatten: über einen entmannten Mann, einen Bub, der nie so recht erwachsen geworden zu sein schien, über einen Hochmütigen, einen Hasser, über einen möglichen Doppelmörder. Wenn Mommsen eine Pause machte, setzte Carola Bunge ein, und umgekehrt. Sie führten eine Tragödie vor, die ihrer Meinung nach endlich beendet gehörte. Der Westerländer Oberkommissar bezeugte das Telefongespräch und gab sich besorgt.

Alle hörten zu, aufmerksam, gereizt, auch überreizt. Sie hörten den Alarm, den Mommsen und Bunge ausriefen, und glaubten ihm auch.

Der Staatsanwalt fragte nach, ließ sich erklären, die Motive, die seelische Grundstruktur des Severin, wollte alles wissen und noch mehr. „Wir müssen noch einiges klären“, antwortete Mommsen dann. Oder Carola Bunge erwiderte: „Da werden wir die Basis der Beschuldigung bald und gewiss verstärken können.“

Der Erste Hauptkommissar reckte sich seinen beiden Ermittlern nahezu bedrohlich entgegen und gab zu bedenken: „Zu viel Theorie. Einfach zu viel Theorie.“

„Ich habe aber auch eine Menge Fakten gehört!“, dröhnte plötzlich Krüger und brachte die Wucht seiner gesamten Erscheinung ins Spiel. „Wenn wir jetzt zögern ... Dann gute Nacht, Marie!“

Gadamer flüsterte: „Wie habe ich nur diesen Mann so übersehen können? Ich verstehe das nicht.“

Knaack zauderte: „Und die beiden Brüder. Sind die nun völlig unschuldig? Oder was?“

„Sie sind Vergewaltiger“, antwortete Steuben. „Aber mehr wohl nicht. Sehe ich das so richtig, Herr Staatsanwalt?“, wagte er sich weit vor.

Der Anwalt des deutschen Volkes versuchte, die scharfen Bügelfalten des vergangenen Mittags zu zeigen. Er überlegte, nahm sich sehr viel Würde vor, die er auszufüllen gedachte, wusste aber nicht wie und antwortete: „Ja.“

„Also nehmen wir uns Severin vor“, blies Krüger zum Sturm.

„Ganz ruhig, meine Dame, meine Herren“, ermahnte der Erste Hauptkommissar. „Gehen wir alles noch einmal mit größter Bedachtsamkeit durch.“

Dann schrie eine Stimme vom Wachraum: „Im Missionszelt scheint der Teufel los zu sein!“

„Das ist er da doch immer!“, brüllte Krüger zurück.

„Nein, das hier ist ernst“, hastete es aus dem Wachraum. „Ich habe eine Frau namens Corinna am Apparat, die behauptet, der Missionar werde von einem bewaffneten Mann bedroht. Dabei sollte doch alles nur ein Spaß sein, sagt sie immer wieder. Ja, wir hören Sie“, wandte der Beamte sich dann wieder an Corinna. „Sie sehen also einen Mann mit einer Pistole, die auf Herrn Struve gerichtet ist? In Ordnung. Sie bringen sich bitte sofort in Sicherheit! Ist das Zelt noch besetzt?“

„Also“, meldete der Beamte, den Hörer immer noch in der Hand, den aus dem Besprechungsraum herbeigestürmten Kollegen und der Kollegin: „Sie haben es mitgekriegt? Struve wird von einem mit einer Pistole bewaffneten Mann, den die Frau namens Corinna schon öfter bei vorherigen Veranstaltungen im Zelt gesehen haben will, in diesem büroartigen Anbau bedroht und festgehalten. Es ist gerade Pause. Viele Leute sind draußen vor dem Zelt, aber eine ganze Menge auch noch drinnen.“

„Rufen Sie alle Beamten zusammen, die wir noch hier haben“, befahl der Erste Hauptkommissar. „Wir müssen da raus. Und das möglichst schnell, aber auch mit aller gebotenen Vorsicht. Stille Anfahrt! Eine Panik wäre das Letzte, was wir jetzt gebrauchen können.“

„Das SEK?“, würgte sich der Staatsanwalt mit seiner Krawatte, die er ordentlich unter den Hemdkragen zu befördern gedachte.

„Die Zeit haben wir diesmal nicht, fürchte ich“, murmelte der Erste Hauptkommissar Lothar Bleichen.

„Wieso diesmal?“, verlangte der Anwalt eine Erklärung.

„Später!“, wies ihn der leitende Kripomann zurück. „Wir haben wirklich keine Zeit. Severin?“, fragte er dann Mommsen.

„Ich weiß nicht“, zuckte der mit den Schultern. „Eine Schusswaffe ist bisher bei ihm noch nicht vorgekommen. Jedenfalls liegen uns darüber keine Erkenntnisse vor.“

„Rufen Sie diese Haushälterin an! Vielleicht weiß die was“, dirigierte Bleichen hastig, aber angemessen.

Schritte polterten durch das Haus, dann nach draußen, während Mommsen mit Agnes Sager sprach.

„Der Bub hat eine Waffe“, meldete er dann. „Pardon, der Severin. Die Frau spricht immer von ihm als Bub. Sie hat sie einmal beim Saubermachen in dessen Arbeitszimmer auf dem

Schrank gefunden. Sie mache immer sehr gründlich sauber, sagt sie, obwohl sie das in dem Zimmer vom Bub gar nicht dürfe. Aber sie besäße noch einen zweiten Schlüssel von dem ersten Chef, dem alten Wilhelmi."

„Wollen Sie mir hier die gesamten öffentlichen und geheimen Säuberungsrituale in Severins Haushalt schildern?", raunzte Bleichen. „Er hat eine Waffe. Punkt."

„Ausrufezeichen wäre angemessener", flüsterte Mommsen.

Doch der Erste Hauptkommissar blickte nur finster in die Runde und fragte: „Sind das alle? Kriegen wir insgesamt, uns mitgezählt, nur 15 Beamte zusammen?"

„So ist es", sagte der Oberkommissar, der mit Corinna telefoniert hatte. „Aber wir holen alle zurück, auch die, die jetzt keine Schicht haben."

„Und wir fahren jetzt endlich los!", kommandierte Bleichen. „Und Sie bestellen einen Notarztwagen zum Zelt, wenn es geht, mehrere. Aber auch die sollen bitte ganz leise anfahren und sich im Hintergrund halten!", rief er dem Oberkommissar zu.

23

Vier Streifenwagen und zwei zivile Fahrzeuge rasten die Kjeirstraße, dann den Bahnweg entlang. Reifen radierten in Kurven über den Asphalt, die Wagen schleuderten, die Getriebe schrieen auf, wenn Gänge gewechselt wurden. Spaziergänger, es waren nur wenige in diesem Teil von Westerland, schauten entgeistert diesem Konvoi nach, der ohne Licht und Signale über ihre Straße hetzte, drückten sich ängstlich an Wände.

Die Beamten klammerten sich an Haltegriffe. Schweiß rann in die Augen. Die Herzschläge schienen von kleinen, wütenden, inneren Fäusten überhastet vollführt zu werden. Der Speichel schmeckte bitter. Die Sorge zerrte an den Beamten, von der anderen Seite die Angst. Waffen schlugen gegen Rippen oder Lenden. Die Stadt floh nach hinten zum Meer, Häuser nur als Striche.

Dann der Flughafen. Das blaue Zelt. Menschen. Viele.

Die Wagen brachen zur Seite aus, als sie scharf abgebremst wurden.

Türen schlugen auf. Polizisten sprangen auf den Asphalt, uniformierte und zivile, schoben sich als Kordon zwischen Zelt und Besucher. Sie riefen: „Gehen Sie! Schnell bitte. Nicht warten! Und keine Panik! Für Sie besteht keine Gefahr!"

Die Leute schauten, wunderten sich, waren gespannt, neugierig, aufgeregt. Das Programm war besser als erwartet. Aber es war wohl doch kein Programmteil. Die Polizisten blickten zu ernst dafür. Endlich gingen die Menschen, einige liefen sogar, nur nicht zu schnell. Keine Hast, keine Stürze bitte, keine Stürze bitte …

Mommsen, Bunge, Krüger, Bleichen und Knaack schlichen sich zum Zelteingang, lugten vorsichtig in den großen Raum und entdeckten etwa dreißig Missionsgäste, die müßig auf ihren Stühlen hockten und lässig plauderten. Man hatte sich gut amüsiert. Dann und wann kullerte ein Lachen aus den Kehlen.

Die Beamten hasteten so leise wie möglich zu den Besuchern hin, die weit verteilt saßen. Sie hielten ihre türkisgrünen Dienstausweise in die Luft, riefen unterdrückt immer wieder: „Polizei! Bitte verlassen Sie das Zelt. Nein, es besteht keine Gefahr für Sie. Aber gehen Sie bitte. Unverzüglich."

„Ja, meine Damen und Herren, folgen Sie den Anweisungen der Beamten", klang es plötzlich über die Lautsprecher. Severin stand auf der Bühne am Mikrofon, neben ihm Konrad Struve, der eine Art roten Verband um den Hals trug, die Stola, erkannte Mommsen. Außerdem war eine klobige Pistole auf ihn gerichtet, eine 9 mm-Makarow, katalogisierten die Beamten.

„Auch die Polizisten verschwinden gefälligst", peitschte die Stimme des Autors. Sein sonst so nichtssagendes Gesicht sprach von ungezügelter Wut, brüllte diese Wut, kreischte sie. „Nur einen Beamten hätte ich gerne bei mir hier vorne", wurde aus dem Peitschen der Stimme ein Säuseln. „Der betreffende Herr weiß gewiss, dass er gemeint ist. Ja, genau, der Herr in

Schwarz. Sie, Mommsen“, hieb die Stimme erneut. „Bringen Sie Ihre Waffe mit, aber nur von zwei Fingern der linken Hand gehalten.“ Wieder das Säuseln. Dann neuer Peitschenknall: „Und der Rest haut ab. Sofort!“

Stühle kippten. Menschen stolperten. Sie fingen sich, rannten dann im Zick-Zack, wie vielleicht in einem Western oder Kriegsfilm gesehen, auf den Ausgang zu. Die Beamten sicherten diesen Rückzug, so gut sie konnten. Keiner zog dabei seine Waffe. Nur Mommsen tat es, ganz langsam, ganz vorsichtig, mit dem Daumen und dem Zeigefinger der linken Hand. Er schritt in Richtung Bühne, legte die Sig-Sauer darauf und sagte: „Sie sind richtig gut, Herr Severin. Dass Herr Struve auch noch auf Ihrer Liste steht, darauf sind wir nicht gekommen.“

„Danke, mein lieber Herr Hauptkommissar“, verbeugte sich der Autor leicht, „der Herr Struve ist sogar der Höhepunkt meines Schaffens. Er hat meine Mama zum Sterben gebracht!“, schrillte Bubi. „Ohne ihn würde meine Mutter noch leben“, ergänzte Severin leise. Der Hass ließ jeden gesprochenen Buchstaben vibrieren. „Sie, Herr Mommsen, legen sich jetzt vor der Bühne auf den Bauch und verschränken beide Hände hinter dem Kopf. Wenn ich bitten dürfte.“ Bubi Severin spuckte Hohn und Spott, der ewig Unterlegene obenauf, ein Erfolgsautor, dem der Erfolg als Autor nicht mehr eingebracht hatte als Geld, von dem der Erfolgsautor ohnehin genug besaß. Den Ruhm, die Ehre, den Applaus verstand er nicht. Er hatte sie nie kennen gelernt. Er wusste sie nicht zu ordnen und verstieß sie darum. Sie halfen ihm nicht bei seinen Demütigungen. Da half nur Hass, Hass gegen Hass, gegen den des Vaters, Margas, Hass gegen den Tod der Mutter, Hass gegen Schuld. Tod. Tod. Tod …

Mommsen lag auf dem ungleichmäßig gehobelten Holz, die Stirn darauf gestützt. Es brannte, die Hände hinter dem Kopf, sie starben ab. Es war still in dem großen Zelt. Nur der Atem Severins war über die Lautsprecher zu hören, manchmal ein unterdrücktes Wimmern Struves.

Der Ermittler hob vorsichtig den Kopf und fragte: „Haben Ihnen die Tode von Margarethe und Thomas wirklich geholfen, Herr Severin? Haben sie es leichter für Sie gemacht zu leben, weiterzuleben? Oder wird selbst ein Tod schnell fade?"

„Lassen Sie mich überlegen, Herr Hauptkommissar", tönte es hallend. „Nein, keine Hilfe eigentlich. Aber Erleichterung schon. Ja, das würde ich sagen, große Erleichterung. Und ein wenig fade werden Tode in der Tat sehr schnell. Da haben Sie Recht, Herr Mommsen. Aber mir geht es nicht darum, Geschmack am Töten zu finden, sondern um die Erleichterung. Und die wird unermesslich sein, wenn der Prediger seinen letzten Atemzug hinausgewürgt hat. Unermesslich. Dessen bin ich mir sicher."

„Und dann sind Sie tot", sagte Mommsen.

„Wie das?", schallte es durch die Lautsprecher. „Werden Ihre Beamten Sie einfach opfern."

„Das müssen sie leider", antwortete Mommsen als Lügner. „Die Dienstvorschrift will es so. Aber ich vertraue eigentlich sehr darauf, dass die Scharfschützen Sie von der traurigen Pflicht entbinden werden, mich zu opfern. Dafür werden Sie dahingerafft werden. Finaler Rettungsschuss wird das poetisch bei uns genannt. Anders ausgedrückt: Die knallen Sie einfach ab, Herr Severin. Die Romane über die fünf übrigen Todsünden werden ungeschrieben bleiben. Ein Verlust für die Literaturwelt. Denn Sie schreiben in der Tat verdammt gut."

„So, nun ist Schluss", schallte es von oben. „Sie bluffen nicht besonders gut. Einmal haben Sie mich reingelegt mit dieser angeblichen rechtsmedizinischen Untersuchung, bei der ich hätte wissen müssen, dass ein Normalmediziner keine psychisch bedingte Impotenz feststellen kann."

„Also sind Sie tatsächlich ein Eunuch?", kam es vom Boden her. „Von einer unmündigen Göre kastriert? Sie armer Ochse, Kapaun oder Wallach, ein verschnittener Hammel … "

„Du bist tot!", kreischte Bubi.

„Nein, du bist es!", sagte Carola Bunge und warf sich von hinten auf Severin.

Struve stürzte von der Bühne und blieb bewegungslos liegen.

Mommsen sprang auf, rieb sich die abgestorbenen Hände, rieb, stolperte, warf sich auf die Bühne, alle Finger immer noch wie tot. Er rammte seinen Kopf gegen den Arm Severins, der die Makarow hielt. Ein Schuss löste sich. Die Kommissarin schrie auf. Mommsen brüllte Entsetzen. Bubi Severin biss, wand sich, hieb mit der Waffe nach dem Kommissar, traf ihn an der Schulter. Eine Lähmung. Mommsen stöhnte. Ein weiterer Schuss löste sich. Carola Bunge bewegte sich noch, lag auf dem Mann, griff mit der rechten Hand in die Cäsarenfrisur, in die Macht, und zerrte mit aller Kraft, entwurzelte Haare und Macht. Blut tropfte in das Gesicht Bubi Severins, der angeekelt aufschrie, sich hin und her wälzte, alles losließ, die Waffe, die Ermittlerin, Mommsen, und wie besessen über sein Gesicht wischte. Er schrillte: „Nein, kein Blut! Nein, Mama, kein Tod! Bitte, bitte nicht!"

„Machen Sie das", keuchte Carola Bunge und hielt Mommsen mit rechts die Handschellen hin, während der linke Arm bewegungslos und blutend an ihr herabhing.

„Ich kann auch nicht", krächzte der. „Meine Schulter."

„Meine auch", stöhnte die Kommissarin.

„Ich kann es", posaunte Krüger, fesselte Severin und ließ dann die Posaune sinken: „Mein Gott, was hätte Ihnen alles passieren können. Ich meine, Ihnen beiden. Es hätte nur ein Bühnenbrett unter Frau Bunge knacken müssen ... Ich will mir das gar nicht vorstellen." Krüger flüsterte so eindringlich und nachdrücklich, als wollte er künftig nur noch flüstern.

„Mir ist sauschlecht", wisperte Mommsen.

„Mir auch", klagte Carola Bunge.

„Wir sind schon zwei Helden", summte der Kommissar.

„Nein, lieber etwas anderes", bat die Kommissarin.

„Gepriesen sei der Herr!", salbaderte Konrad Struve vom Boden vor der Bühne her.

„Aber nicht von Ihnen!", donnerte Krüger, jäh wieder dem Flüsterton abhanden gekommen.

Ein Arzt sprintete durch den Mittelgang des Zeltes, gefolgt von zwei Sanitätern mit Bahre und einem metallenen Koffer. Polizeibeamte folgten ihm, die Waffen korrekt in Richtung Boden gehalten.

„Nur sie", wies Mommsen auf Carola Bunge. „Bei mir kommt alles von selbst zurück."

„Ich bin Corinna", sprach es plötzlich vom Vorhang hinten her, der sich öffnete und eine hübsche, dunkelhaarige junge Frau durchließ. „Ich habe Sie angerufen. Das mit dem Herrn Struve sollte wirklich nur ein Spaß sein", ängstigte sie sich. „Der Drohbrief war wirklich nicht ernst gemeint. Wirklich nicht", beschwor sie und sah immer noch hübsch aus. Etwas drall vielleicht, aber hübsch.

„Das haben wir nicht gehört, junge Dame", sagte sonor der Erste Hauptkommissar. „Und Sie vergessen das alles ganz schnell. Übrigens, danke für Ihren Anruf."

„Oh ja", errötete Corinna.

Sie ist drollig drall, dachte Mommsen reines Gehirngeschwafel. Ihm war immer noch sehr schlecht. Dennoch richtete er sich auf, ruckelte auf dem Bühnenrand zu Carola Bunge hin, an deren linker Schulter der Arzt sehr vorsichtig hantierte, und hauchte ihr einen Kuss auf die Wange. „Schon wieder Sie", sagte er. „Immer Sie!"

„Ja, nicht?", antwortete die Frau, stöhnte einmal laut auf, lächelte dann aber so anhaltend, wie sie es unter diesen Umständen nur konnte.

„Liebe Frau, Sie müssen stillhalten", sagte der Arzt. „Ein Streifschuss ist nicht ohne."

„Ich habe einen Splitter im Fuß", klagte Carola Bunge. „Der tut viel mehr weh als die blöde Schulter. Ich musste doch barfuß schleichen wie eine echte Squaw", kicherte sie, „sonst hätte der Feind mich gehört."

„Liebe Frau, Sie haben einen Schock", sprach der Mediziner.

„Wenn Sie mich noch einmal liebe Frau nennen", zeterte sie, „dann lasse ich Sie wegen Beamtenbeleidigung festnehmen."

„Wir müssen leider Ihr T-Shirt aufschneiden“, sagte der Arzt unbeeindruckt.

„Nein“, protestierte die Verletzte, „das ist eins vom Schleswig-Holstein-Musikfestival, wie Sie wohl schon festgestellt haben.“ Sie holte rasselnd Atem. „Und da ist ein Autogramm von Leonard Bernstein drauf. Da, wo mein Bauch ist.“

„Da ist nichts“, meldete sich ein medizinischer Assistent zu Wort.

„Weil es schon rausgewaschen ist, Sie Blödmann“, stöhnte Carola Bunge ihren Schmerz. „Die Tinte war nicht wasserfest. Aber es ist noch da, weil ich es weiß.“ Dann fiel ihr Kopf zur Seite. Mommsen erschrak entsetzlich.

„Nur eine vorübergehende Ohnmacht“, beruhigte der Arzt. „Die hilft. So kriegt sie wenigstens den Schmerz nicht ganz so deutlich mit.“ Er schnitt das T-Shirt vom Hals abwärts auf, aber sehr vorsichtig. Dann säuberte er die Wunde und legte einen Verband an. „Ich gebe ihr noch eine Spritze. Die betäubt“, gab er bekannt.

Draußen war es noch hell und warm. Westerland badete im goldroten Abendlicht und wollte gerne verwunschen aussehen, wenigstens ein bisschen, was nicht gelang. Riesige Betonklötze am Strand und sonst wo waren dagegen. Fenster waren in diese Klötze gebohrt worden, Räume in ihnen ausgehöhlt, Balkone davor gehängt, die Fundamente manchmal termitengangartige Ladenpassagen.

Mommsen stand vor dem Zelt, sah, bedauerte und lauschte seiner Angst nach.

Als Carola Bunge auf einer Bahre an dem Hauptkommissar vorbeigetragen wurde, hörte er sie flüstern: „Mommsen, du Idiot, ich habe furchtbare Angst um dich gehabt.“

Der Mann in Schwarz zuckte vor diesem Satz zurück. Mit diesen Worten war in seine Intimsphäre der Einsamkeit eingebrochen worden. Er fühlte sich wie entkleidet.

24

Noch in derselben Nacht wurde das Zimmer Severins im Hotel *Miramar* von Polizeibeamten durchsucht. Sie gingen dezent dabei vor, wie es dem edlen Haus auf den Dünen zustand. Sie wollten es keinesfalls in irgendeine Schieflage bringen. Die Hotelmitarbeiter kamen ihnen entgegen, soweit sie es nur vermochten. Aber Diskretion und Höflichkeit hatten ihnen untersagt, dem des Mordes verdächtigen Gast näher zu kommen. So sprachen sie durch ihre Betroffenheit und ihr Entsetzen hindurch lediglich von einem ruhigen Bewohner, der ihnen nie eine Last gewesen sei. Ein Gast sei übrigens niemals eine Last.

Einer aus der Hotelwäscherei brachte den Beamten jenen grauen Jogginganzug, den der Romancier entsorgt haben wollte: „Es ist mir seltsam vorgekommen“, sagte der aus der Wäscherei, „dass ein Mann wie Herr Severin, der stets die teuerste Kleidung getragen hat, so ein billiges Stück in seinem Besitz hatte.“

Die Beamten fanden das Tagebuch Griet Suhrs, dazu einige nachlässig auf das Papier geworfene Notizen Severins. Zwei stachen ihnen ins Auge: *Die Explosion des Hasses ist ein Schöpfungsakt, genauso eine neue Welt bauend wie die Explosion der Liebe, aus der Gott das Universum hat entstehen lassen.* Und: *Eine Tötung ist nur dann verdammenswert, wenn sie keiner Schöpfung entspricht.*

Sie packten alles zusammen und tranken dann den Kaffee, der ihnen von den Hotelmitarbeitern angeboten worden war, schauten sich dabei immer wieder in dem Raum um, der so kostbar aussah und aus dem ein Mörder zu seinen Taten ausgezogen war. Es war seltsam, fanden sie. In solchen Räumen hatte Lob zu gedeihen.

Mommsen durchlitt im *Marin*-Hotel eine unruhige Nacht. An Schlaf war nicht zu denken. Angst kratzte immer noch an seinen Magenwänden und ließ ihn Schmerz fühlen. Er versuchte, auf seinem Keyboard einen Gospel zu spielen: *Walk In Jerusalem.* Aber er kam nie in Jerusalem an. Er vergriff sich oft in den Tasten.

Er nahm die Bibel seiner Frau in die Hand und suchte nach einer von ihr unterstrichenen Stelle, die ihm ein wenig Ruhe geben könnte. Er las ein Wort aus dem 55. Psalm – der Strich, von Iris darunter gezogen, wirkte gerade und entschlossen: *Wirf dein Anliegen auf den Herrn; der wird dich versorgen und wird den Gerechten in Ewigkeit nicht wanken lassen.*

Ich kann es nicht, Iris, stöhnte es in ihm. Er setzte sich auf die Fensterbank, rauchte einen Zigarillo, dachte an Carola Bunge in der Nordseeklinik, an ihre Schmerzen, und sah dem alten Mann von gegenüber zu, der gerade frühstückte. Neben ihm auf dem Boden tat es ebenfalls dessen Hund. Der Mann las die *Sylter Rundschau.* Er bewegte die Lippen dabei. Er liest seinem Hund vor, erkannte Mommsen die Einsamkeit dort drüben und die seinige.

Er wandte sich ab, zog sich die durchgeschwitzte und verschmutzte Kleidung aus und duschte sehr lange. Er saß zusammengekauert auf dem Boden und ließ es auf sich regnen, wusste dabei, dass er nie wieder richtig sauber werden würde. Die Tode gingen unter die Haut und lagerten sich auf der Epidermis der Seele ab, einer neben dem anderen, manchmal übereinander, wie jetzt. Er zog sich frische Kleidung an und verließ das Hotel.

Die Straßen waren still. Er setzte seine Schritte leise, auch zögerlich. Nichts trieb ihn. Er wollte eigentlich nicht wissen, was genau Severin angerichtet und warum er es getan hatte. Doch er würde in dessen persönliches Inferno eintauchen müssen und ein Stück Hölle noch lange mit sich herumtragen.

Einer hatte gehasst und diesem Hass einen religiösen Talar angezogen, weil sein unmenschlicher Hass menschliche Würde bekommen sollte. Severin hatte einen mittelalterlichen Inquisitor gegeben, der gegen Todsünden zu Felde zog, um seine mörderische Gegenwart und die schmutzige Erdgebundenheit seiner Taten auszuhalten. Vielleicht hatte er den Inquisitor in seinen kostbaren Seidengewändern, von der Hoheit einer Kirche zu seiner Aufgabe bestallt, mit dem Mörder im Jogginganzug, von persönlichen Demütigungen vorwärts geprügelt, gar nicht mehr auseinanderhalten können. Mommsen widerte es an, darüber nachzudenken. Die Hölle, das sind wirklich oft die anderen, dachte ein winziger Existenzialist in ihm.

In der Zentralstation begrüßten ihn die Beamten freundlich, sogar herzlich. Ein Sieg war errungen worden, auch von diesem Kommissar in Schwarz. Manch einer der Uniformierten hätte gern ein Victory-Zeichen mit Zeige- und Mittelfinger gemacht. Aber das verschlossene Gesicht Mommsens verbot auch nur die kleinste Siegesfeier.

„Der Gefangene hat sich ruhig verhalten“, meldete ihm ein junger Kommissar.

„Gut“, erwiderte der Hauptkommissar. „Können Sie mir bitte alles bringen, was in dessen Hotelzimmer gefunden wurde.“

„Der Jogginganzug ist schon auf dem Weg in das LKA nach Kiel“, sagte der uniformierte Beamte. „Sonst gibt es nur dieses Tagebuch und einige Notizzettel Severins.“

Mommsen setzte sich in das menschenleere Besprechungszimmer und begann Griet Suhrs Aufzeichnungen in dem grünen, von wertlosem Kunstleder umhüllten Büchlein zu lesen. Er erschrak ständig dabei. Da war ein Kind, nie richtig erwachsen geworden, dessen wichtigste Lehre, die es aus dem Leben gezogen hatte, schrecklich naiv war: Ich gebe dir Bonbons. Dann beachtest du mich und spielst mit mir.

Der Bonbon war ihr Körper gewesen. Ein rücksichtsloser Machtverköstiger wie der alte Wilhelmi hatte diesen Bonbon-Körper gebraucht und missbraucht, wann und wie ihm gerade danach war. Dann, als die Süßigkeit fade zu schmecken begann, hatte er den Bonbon seinem Sohn vorgeworfen. Und die gedemütigte, missbrauchte Griet hatte plötzlich das Kind der ihr verhassten Macht in der Gewalt und schlug erstmalig zurück. Sie peinigte, wie sie gepeinigt worden war, entwürdigte, wie sie entwürdigt worden war, zerstörte, weil sie sich zerstört fühlte. Ein Opfer opferte. Und das Opfer gelang. Das Kind Griet, auch noch mit 19 und später stets ein Kind, richtete ein anderes Kind zugrunde, indem es ihm das Mannwerden ein für allemal raubte, brutal, wie die Brutalität des großen Wilhelmi. Der kleine Wilhelmi würde klein bleiben.

Manchmal kam Mommsen die Schreiberin vor, als schriebe sie Sätze, die sie am liebsten in die Flucht geschlagen hätte. Sie hatte bei ihren Aufzeichnungen begriffen, dass ihr bei jedem Eindringen in ihren Körper nichts als Entfremdung und Heimatlosigkeit zugestoßen war. Dann kam der naive, aufrechte Uwe Suhr, begeistert von einem friesischen Freiheitshelden, erblickte Schönheit, warb unbeholfen, tollpatschig um sie. Diese Schwäche zog Griet zu diesem Mann hin. Endlich einmal würde sie nicht die einzige Schwache sein, konnte den anderen vielleicht sogar stärker machen und sich selbst dazu. Sie wolle ihm die beste Ehefrau auf der Welt sein, hatte sie geschrieben. Wiedergutmachung. Doch Uwe war oft nicht daheim. Griet bleib zu wenig Zeit für die Wiedergutmachung. So stürzte sie sich in die Religion, in die Kirchenarbeit, wollte sich sozusagen noch einmal taufen lassen oder weihen. Sie glaubte und arbeitete über ihre Verhältnisse, immer gegen diese furchtbare Vergangenheit an.

Uwe findet mich schön, hatte sie notiert. *Ich kann es nicht glauben. Doch er sagt es. Und er ist doch ein so ehrlicher Mann. Bin ich wirklich wieder schön? Nach Jahren kann ich den Anblick meines Körpers im Spiegel ertragen. Danke, Uwe!* Sie glaubte, glaubte nicht, arbeitete, hetzte sich ab, setzte sich unter Druck, unter noch mehr Druck. *Bin ich wirklich schön?* Dann stürzte sie in die Depression. *Vorbei,* hatte sie zitternd geschrieben. *Vorbei. Kein Glaube, keine Liebe, keine Hoffnung mehr. Nichts als vorbei. Ich bin für diese Welt vorbei. Nicht einmal ein Schatten wird bleiben. Ich bin keine Sonne. Für niemanden. Ich war es nie.*

Mommsen schauderte es beim Lesen. Er glaubte, Weinen zu

hören, auch Schreie, Stöhnen. Er glaubte, Dämonen in Puttengestalt würden ihn anspringen und sich an ihm festkrallen. Die Innenflächen seiner Hände waren mit Schweiß überzogen. Der Kopf, der Magen schmerzten. Ein Kind wurde in die Hölle geholt und baute sich dann selbst eine nach dem Muster, wie es es kennen gelernt hatte. In der eigenen Hölle regiert man, glaubte es. Doch in Höllen war man nie mächtig, nur immer Opfer. Und dann wurde die Frau getötet, genau an dem Tag getötet, als sie sterben wollte. Sie war für ihren Tod bereit gewesen. Eine Gnade? Pfui Teufel!

Mommsen schlug das Buch zu und wandte sich den Notizzetteln Severins zu: *Die Explosion des Hasses ist ein Schöpfungsakt* ... Nach der furchtbaren Logik des Romanciers hatte er Recht, fürchtete sich Mommsen. Der Mörder hatte in der Tat eine neue Welt geschaffen, die aber nur für ihn allein bewohnbar war. Die Schöpfung der Einsamkeit. Die Mörder lebten stets jenseits von Eden, von Gott beweint, aber nicht verlassen. Der Brudermörder Kain stand unter dem persönlichen Schutz des Herrn. Das Kainsmal war der Ausweis dafür. Nur daheim war er nie mehr. Jedes Paradies würde ihm fremd bleiben, besonders das erste Paradies: die Liebe.

Mommsen war so müde, dass er sich am liebsten in den nächsten Zug gesetzt hätte und nach Flensburg heimgekehrt wäre. Die kleine Altbauwohnung am Hafen war ihm immer als schützende Höhle vorgekommen, auch wenn er die Morde, die Tode, in denen er ermittelt hatte, auf der Epidermis seiner Seele mit in diese Wohnung trug. Doch er bildete sich ein, wenigstens für Momente hier seine Seele ausschütteln zu können. Es waren die Momente, in denen er Iris besonders zu lieben glaubte und ein Gospel auf dem Keyboard vollkommen gelang.

„Herr Mommsen, Sie und Herr Knaack werden den ersten Teil des Verhörs übernehmen", sprach ihn die Stimme des Ersten Hauptkommissars von der Tür an. Der Ermittler nickte. Er wollte nicht verhören, musste es aber tun, wusste er. Nicht weil es ihm befohlen worden war, sondern weil er Severin irgendwie in eine Welt einsortieren wollte, die er zu verstehen vermochte. Sonst würde er eines Tages wahnsinnig werden, fürchtete er.

Er schloss seine Waffe in den dafür vorgesehen Schrank ein. Knaack neben ihm tat das Gleiche und sah sehr blass aus.

Im Verhörzimmer blickten sie auf einen Severin, der schmutzig war, die Cäsarenfrisur zerzaust, das sonst so nichtssagende Gesicht voller Verse über die Vergeblichkeit seines Tuns. Der Körper war auf dem Stuhl merkwürdig verdreht, als wollte er sich aus diesem Leib herausschrauben.

„Könnte ich mit Ihnen alleine sprechen, Herr Mommsen?", bat er leise. „Sie sind anders als die anderen. Ich bin es auch, allerdings, im Gegensatz zu Ihnen, offenbar in einem sehr schlechten Sinne." Er lächelte das Übergabelächeln der Verlierer.

Knaack stand ohne ein Wort auf und verließ den Raum. Er würde mit all den anderen von draußen durch das Einwegfenster zuhören und zusehen.

„Soll ich Sie Severin oder Wilhelmi nennen?", fragte Mommsen und stellte das Tonbandgerät an. „Es stört Sie doch nicht?" Er wies auf den Apparat.

Der Romancier schüttelte den Kopf und sagte dann: „Wilhelmi. Ich bin in meine alte Welt zurückgekehrt. Ich konnte es tun, weil alle Schatten darin beseitigt sind. Ich bin Gerd Wilhelmi, verstehen Sie? Endlich bin ich zurück."

„Sie wissen", räusperte sich Mommsen über sein erstes Erstaunen hinweg, „dass wir Sie beider Morde einwandfrei überführen können. Die Beweislage ist eindeutig wie selten. Wir können es uns beiden einfacher machen, wenn Sie alles erzählen, vor allem, warum Sie getötet haben. Bei Margarethe Königstein wissen wir es allerdings bereits. Wir haben, wie Sie, das Tagebuch gelesen."

„Ich muss mich bei Ihnen entschuldigen", erwiderte Wilhelmi, „dass ich Sie bei der Abholung des Tagebuches niedergeschlagen habe. Es lag weder in meiner Absicht, noch ist es meine Art, Unschuldige zu Boden zu strecken. Also: Verzeihung!"

„Sie wussten von Frau Mewes das Versteck?“

„Die brünstige, läufige Frau Mewes hat mir alles verraten, auch den Ort, an dem Marga den Schlüssel zu verstecken pflegte. Die heiße Hündin Inken hat geduscht. Und ich habe gemordet. Und da sie von mir unbedingt besprungen werden wollte, hat sie mir ein Alibi gegeben.“

„Ich mag Ihre Sprache überhaupt nicht“, ekelte sich der Hauptkommissar. „Ich finde sie schlechterdings widerlich!“

„Sie mögen die Wahrheit über die Frauen nicht, mein lieber Herr Mommsen“, erhob Wilhelmi kurz noch einmal das Cäsarenhaupt.

„Frau Mewes hat Sie auf ihre Art geliebt, denke ich.“

„Wenn Sie Brunst unbedingt mit Liebe gleichsetzen wollen.“

„Ich weiß über Sie, dass Sie mit der Liebe und mit der Sexualität nur höchst unglückliche, ja, verhängnisvolle Erfahrungen gemacht haben. Für Sie zerstörerische Erfahrungen“, flüsterte Mommsen, weil ihm das alles so schrecklich vorkam. Denn eigentlich wollte er jetzt am Ende des Falles nicht mehr flüstern. Nun war die klare, laute Sprache dran.

„Ach, das wissen Sie tatsächlich.“ Wilhelmi höhnte, aber sehr verhalten, eher pflichtgemäß, weil er glaubte, Frauen und die Liebe nur verhöhnen zu können. „Meine Mutter hat mich geliebt“, wurde er dann seinerseits sehr leise. „Und ich habe sie geliebt, rein und unschuldig, wie sich die Schöpfung die Liebe vorgestellt hat.“

„Nein, Herr Wilhelmi, die Schöpfung hat sich die Liebe viel umfassender gedacht“, setzte der Hauptkommissar dagegen. „Sie haben leider nur einen Teil dieser Liebe erfahren dürfen. Und das tut mir Leid für Sie.“

„Das braucht es nicht“, verschmähte der Mörder jegliche Liebe, die anders geartet war als die einer Mutter. Er kannte diese andere Liebe nicht und konnte sie niemals leben.

„Doch, Sie tun mir Leid“, bestand Mommsen. „Das müssen Sie mir zugestehen. Sie sind zutiefst gedemütigt worden, über alle Ihre Seelenkräfte hinaus. Das wissen wir, wie gesagt, von

Margarethe Königstein. Und wie verhielt es sich bei Andernacht und Struve?"

„Der Heilige und der Prediger", schnaubte Wilhelmi. Dann verkleinerte sich seine Stimme. Auch der Körper gab viel von seiner Größe auf, indem er sich ganz eng zusammenzog. Und die kleine Stimme aus dem kleinen Körper begann zu erzählen. Sie erzählte von Bubi. Sie wimmerte manchmal. Sie greinte oder plärrte. Oder ein Sopran sang Stolz. Es blieb die Stimme eines Kindes. Es war die Geschichte eines Kindes, dem Menschen verwehrt hatten, groß und erwachsen, selbstbestimmt und würdevoll zu werden – eine sich selbst über alles liebende Mutter, ein Machtmonster als Vater, eine hilflos um sich schlagende Marga, ein sich Heiligkeit anmaßender junger Theologe, dem die einzige Liebe geraubt worden war und der nun seinerseits auf Liebesraub aus war, und ein abgetakelter Prediger, der für die schwache Mutter zur Krücke und dann zum Rollstuhl geworden war.

Es gibt zu viele grausame Kinder in diesem Fall, klagte es im Ermittler. Griet Suhr, der Romancier …

Bubi winselte seine Geschichte und jauchzte, als er die Morde schilderte. Dann kehrte die tiefe Stimme zurück, ein Grollen und jener Satz, den Mommsen schon kannte: „Eine Explosion des Hasses ist ein Schöpfungsakt. Sie hat mir meine Welt zurückgegeben."

„Nein", sagte Mommsen. „Sie hat sie endgültig zum Alleinsein verdammt."

„Ich habe die Macht eines Religionsfürsten ausgeübt", setzte sich Wilhelmi hoch auf. „Ein solcher Fürst wird nie allein sein."

„Der christliche Glaube kennt keine Fürsten", sagte der Hauptkommissar, während er jedes Wort betonte. „Jesus hat den Hochadel abgeschafft und dafür die Geschwisterlichkeit eingesetzt. Sein Stolz hieß Dienen, sein Mut Demut, ein ungeheuer schwerer Mut, und das Sterben führt bei ihm immer zum Leben. Bei Ihnen, Herr Wilhelmi, führte Ihr Töten zum eigenen

Tod, zum gesellschaftlichen Tod, zum Tod jemandes, der nicht mehr von den Seilen der Liebe gehalten der Hoffnung entgegengehen kann. Nein, ein Fürst sind Sie wirklich nicht. Nur ein Sklave, Herr Wilhelmi, der sich dreimal erhoben hat, um dann endgültig von Sterben und Tod versklavt zu sein. Gnade für Sie kann nur von Gott kommen."

„Sie predigen wirklich schön, Herr Hauptkommissar", sah Wilhelmi hoch erhoben herab. „Gnade habe ich mir selber gegeben, zweifache Gnade. Töten schafft Leben. Die Kriege der Weltgeschichte beweisen es."

„Töten schafft nur Tod. Jeder Krieg war ein Beweis dafür und ein Armutszeugnis menschlicher Politik, menschlichen Verstandes, der Würde, des Glaubens. Sie sind auch kein Krieger, Herr Wilhelmi. Sie sind heute allein der mit der weißen Fahne, die Sie aus der Ruine Ihres Lebens schwenken. Ich sage es noch einmal: Sie tun mir Leid!"

„Mein nächstes Buch", kündigte der Mörder, immer noch hoch erhoben, an, „werde ich über die Todsünde des Zorns schreiben. Sein Titel wird sein: *Der Hammer Thors*. Wie finden Sie das?"

„Herr Wilhelmi, schreiben Sie vor allem eins. Schreiben Sie einen Brief an sich selbst, in dem Sie nach allem fragen, was in Ihrem Leben schief gelaufen ist. Und beantworten Sie diesen Brief so ehrlich wie möglich. Beantworten Sie aber vor allem viererlei: Was ist schwerer, zu töten oder wahrhaftig zu leben? Was ist schwerer, zu hassen oder wahrhaftig zu lieben? Was ist schwerer, zu verdammen oder wahrhaftig zu vertrauen? Was ist schwerer, sich zu haben oder sich zu verlassen?"

Mommsen stand auf und ging aus dem Raum. Er sagte zu Krüger: „Machen Sie weiter. Und seien Sie laut dabei."

Er stieg in den ersten Stock der Zentralstation, dorthin, wo die Kripo ihre Räume hatte, und verzog sich in das Büro, das man ihm zugeteilt hatte, in dem er aber höchstens zwei Mal gesessen hatte. Er hatte stets im Besprechungsraum seine schriftlichen Arbeiten erledigt. Dort war er näher am Geschehen.

Doch jetzt benötigte er dringend die Abgeschiedenheit. Es war ihm gelungen, Wilhelmi in eine Welt einzusortieren, die er verstand, aber eigentlich nie verstehen wollte. Sie war ihm fremd, weil er geliebt hatte und Iris immer noch liebte. Es war gut so, befand er, dass diese Welt ihm fremd war. Meine wird von einer Explosion der Liebe geschaffen. So hatte es Gott getan. So hatte es Iris gewollt. So wollte Mommsen es.

Er schrieb seinen Bericht, sachlich, kurz, präzise, ohne ein Gefühl zu Wort kommen zu lassen, ohne Mitleid, ohne Bedauern, auch ohne Anklage. Er schrieb seine und Wilhelmis Wahrheit, wie sie sie eben zusammen erlebt hatten. Dann schaute er nach draußen und wunderte sich, dass alle Schatten bereits so kurz waren. Die Sonne stand im Zenit. Dort gehört sie hin, fand er.

Er verließ die Zentralstation, setzte sich in den Passat und fuhr zur Nordseeklinik, um Carola Bunge abzuholen. Bei der Pressekonferenz, die für 14 Uhr angesetzt war, würde er nicht dabei sein. Er teilte es über Handy einem Beamten im Polizeihaus mit und wollte nicht mit dem Ersten Hauptkommissar verbunden werden.

„Geht das auch in Ordnung?“, fragte der Beamte besorgt.

„Ganz bestimmt“, trotzte Mommsen. „Sagen Sie dem Ersten, ich habe bereits mit der Bürgermeisterin ausführlich telefoniert und ihr alles Wissenswerte mitgeteilt. Die Frau Bürgermeisterin war begeistert, auch von mir. Das richten Sie bitte aus! Ja?“

Er hatte wirklich mit der Bürgermeisterin telefoniert. Sie hatte in der Zentralstation angerufen. Weil alle anderen bei Wilhelmis Verhör waren, war der Anruf zu ihm durchgestellt worden, und er hatte ausführlich Auskunft erteilt. Die kluge, tüchtige und charmante Stadtobere, die sich wirklich kümmerte, hatte ihm gedankt und seinen Berichtstil gelobt: „Endlich einmal kein Jargon, keine Ausflüchte, sondern eine klare Sprache, direkt und zupackend. Gut so!“ Dann hatte sie aufgelegt wie eine, die Westerland wieder sehr oder immer noch mochte, hatte Mommsen das energische Klicken gedeutet.

„In Ordnung“, schnaufte der Kollege am anderen Ende.

Carola Bunge saß draußen auf einer Bank, lümmelte sich auf ihr, wälzte sich munter der Sonne entgegen, so weit und so gut es mit ihrem linken Arm, den sie in einer Schlinge trug, ging.

„Da sind Sie ja endlich“, murmelte sie träge und mit geschlossenen Augen.

„Wie haben Sie mich erkannt, ohne mich zu sehen?“, freute sich Mommsen.

„Sie haben Katzenschritte. Außerdem riechen Sie nach Meersalz. Sie riechen immer nach Meersalz, solange wir auf der Insel sind. Ich mag das. Haben Sie das gewusst?“

„Dass Sie es mögen oder dass ich nach Salz rieche?“, wunderte sich der Hauptkommissar.

„Beides“, sagte Carola Bunge und schlug die Augen auf. „Die Welt sieht tatsächlich so gut aus, wie ich eben gedacht habe“, stellte sie munter fest.

„Das gestern Abend war aber ganz schön gefährlich von Ihnen“, erinnerte sich Mommsen an seine Angst.

„Wieso denn? Erst wollte sich der Knaack anschleichen. Aber der ist doch viel zu schwer für so was“, trillerte die Beamtin. „Ich bin nun einmal das Leichtgewicht der Truppe. Bei Knaack hätte der Bühnenboden gebebt. Bei mir war noch nicht einmal ein leises Bretterzittern zu spüren. Und“, fügte sie noch einen Triller hinzu, „wenn Severin sich umgedreht hätte, dann hätte Knaack sofort geschossen. Darin ist er gut, der Junge.“

„Und warum hat er nicht gleich geschossen, gezielt ins Bein oder so?“, hörte Mommsen sich immer noch mit der Angst unterhalten.

„Dann hätte ich Sie einmal sehen mögen!“, ereiferte sich die Beamtin. „Schusswaffengebrauch? Und das bei Ihrem Verhältnis zum Schusswaffengebrauch ... Dieses Verhältnis ist doch mit dem eines Mönches, eines strengen Mönches, möchte ich betonen, zu einer, Bordsteinschwalbe, einer lustbejahenden, möchte ich betonen, zu vergleichen.“

Sie grinste.

Das Meer warf viele Wellen zugleich an den Strand und ließ es ordentlich schäumen. Kinder quiekten. Erwachsene juchzten, einer jodelte sogar. Seeschwalben veranstalteten einen pfeilschnellen Formationsflug. Der Hauptkommissar und Sylt rochen zusammen herrlich frisch und gesund nach Salz.

„Wir beide bleiben noch einen Tag auf dieser wunderbaren Insel", gab Mommsen bekannt und nahm ihre Hand. „Du zur Genesung und ich zu deiner Betreuung. Alles von oben abgesegnet."

„Oh ja, betreue mich", sagte Carola Bunge und schaute in den ganz großen Himmel, so groß, dass Leben über Leben in ihn hineinpasste.

Wolfgang Seehabers erster Kriminalroman

Dieser rasante Krimi beteiligt die Leser an der Zusammensetzung eines raffiniert erdachten Puzzles. Ort des Geschehens ist Kiel, wo die 13-jährige Laura überfahren wird: von vier angetrunkenen Jugendlichen, die ihre Leiche danach verstümmeln. 15 Jahre später sterben die Täter nacheinander eines unnatürlichen Todes ...

352 Seiten, kartoniert, ISBN 3-8048-4473-1

»Wenn einer eine Reise tut« ...

... dann erzählt er hinterher besser nichts. Zumindest der „Held“ dieses Krimis. Denn der schwäbische Pastor Gonser verbringt während einer Tagung in Hamburg eine erregende Nacht auf St. Pauli – mit Folgen: Ein Foto zeigt ihn in eindeutiger Stellung, er muss mit der Prostituierten fliehen und einen dramatischen Showdown auf einem Autobahn-Parkplatz (üb-)erleben.

120 Seiten, kartoniert, ISBN 3-8048-4479-0

Der Amrum-Krimi von Christian Uecker

Auf der Nordseeinsel Amrum wird vom *Club der Poeten* die *Woche der Poesie* veranstaltet. Doch die Hobby-Dichter schmieden mehr Intrigen als Reime: bis einer von ihnen an der Amrumer Odde ganz prosaisch erschlagen wird. Die Leiche findet ausgerechnet Pastor Frank Falke, *»der Nachfahre von Chestertons unsterblichem Pater Brown«* (DER SPIEGEL).

168 Seiten, kartoniert, ISBN 3-8048-4466-9

Bernd Lohses Norwegen-Krimis

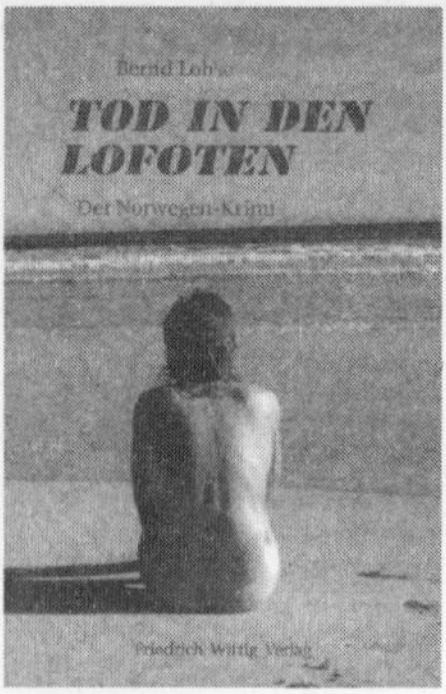

Tod in den Lofoten *(ISBN 3-8048-4461-8)*

Mit Pastor Bernd Lohses erstem Krimi erleben Sie den literarischen Polar-Sommer hautnah: in den Lofoten. Dorthin flieht die Studentin Ellen vor den sexuellen Erniedrigungen ihres gewalttätigen Freundes Johannes. Doch er folgt ihr. Nach einem dramatischen „Showdown" sieht sie ihn das letzte Mal …

»Die Sympathien des Autors gehören durchweg seinen weiblichen Figuren, die alle eine große Portion Sexyness mit viel mentaler Kraft verbinden; schlecht weg kommen Machos. Geradezu genüsslich werden die Szenen ausgemalt, in denen sich der selbstgefällige Schürzenjäger Abfuhren bei einer norwegischen Barkeeperin und bei zwei Lesben in einer Hotelsauna holt.« *(Lexikon der Kriminalliteratur)*

Familienbande *(ISBN 3-8048-4471-4)*

In Norwegen starten drei Häftlinge – zwei Männer und eine Frau – mit dem Gefängnispastor auf einen Pilgerweg: als Resozialisierungsmaßnahme, die zur Begnadigung führen soll. Doch es gibt Menschen, die nicht wollen, dass die Gruppe ihr Ziel erreicht …

Gier und Gnade sind die großen Themen dieses Krimis. Er zeigt fantasievolle Wege gegen die „Gnadenlosigkeit" populärer Ideen unserer Zeit: als spannendes Plädoyer für eine geistliche Wende. Das Buch handelt in Hamburg und Norwegen. Sämtliche Ortsbeschreibungen und -namen sind authentisch, auch der Pilgerweg. Damit ist die Lektüre besonders interessant für alle Hamburg- und Norwegenkenner.

»Wer in seiner Bibliothek gute Krimis hat, sollte auf die psychologisch gut geschriebene Familienbande nicht verzichten.«

(Der Evangelische Buchberater)